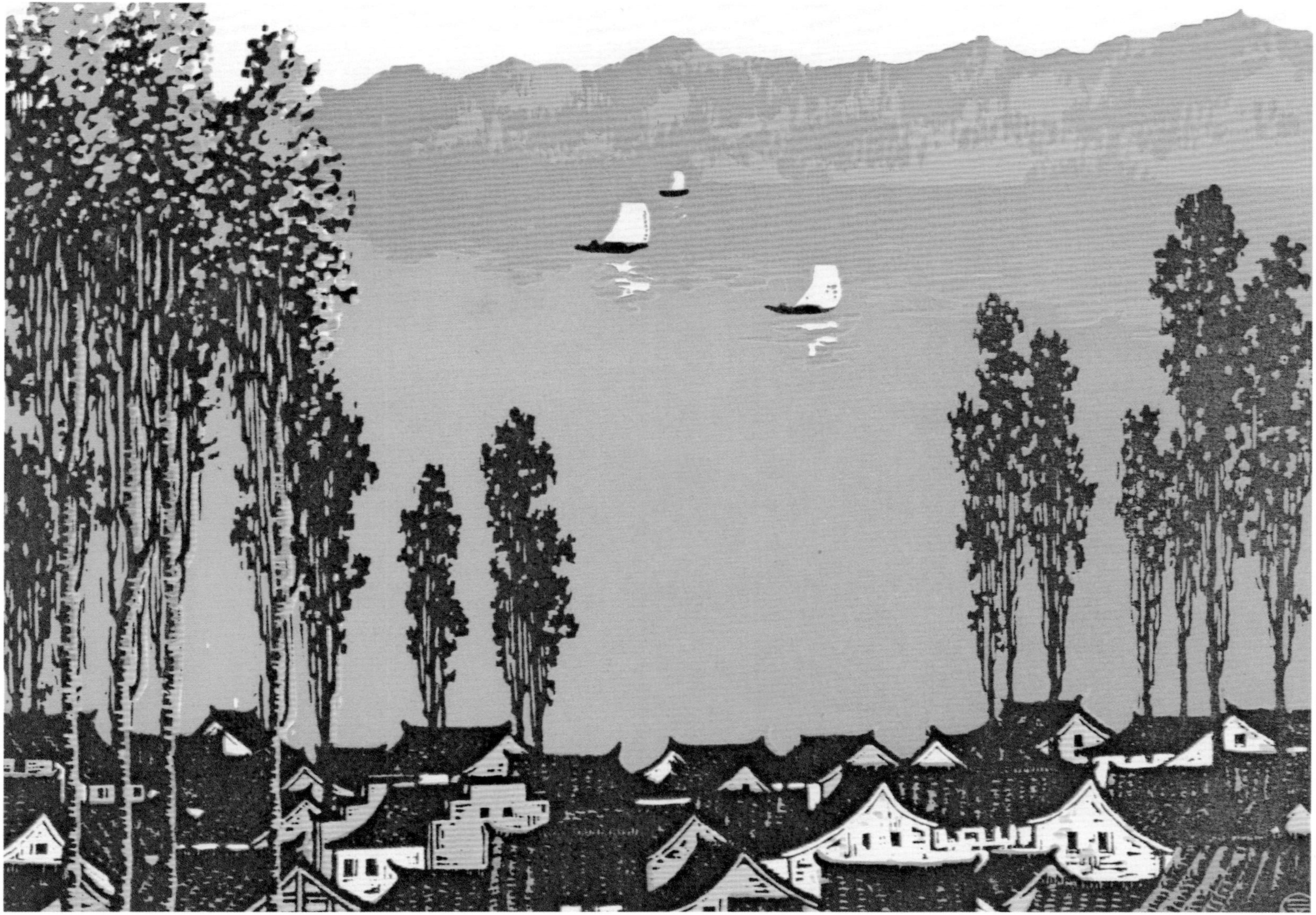

范一辛「江畔帆影移」（套色木刻）——范一辛，當代版畫家。石破天和丁璫、丁不三在長江中乘船，情景或與此彷彿。

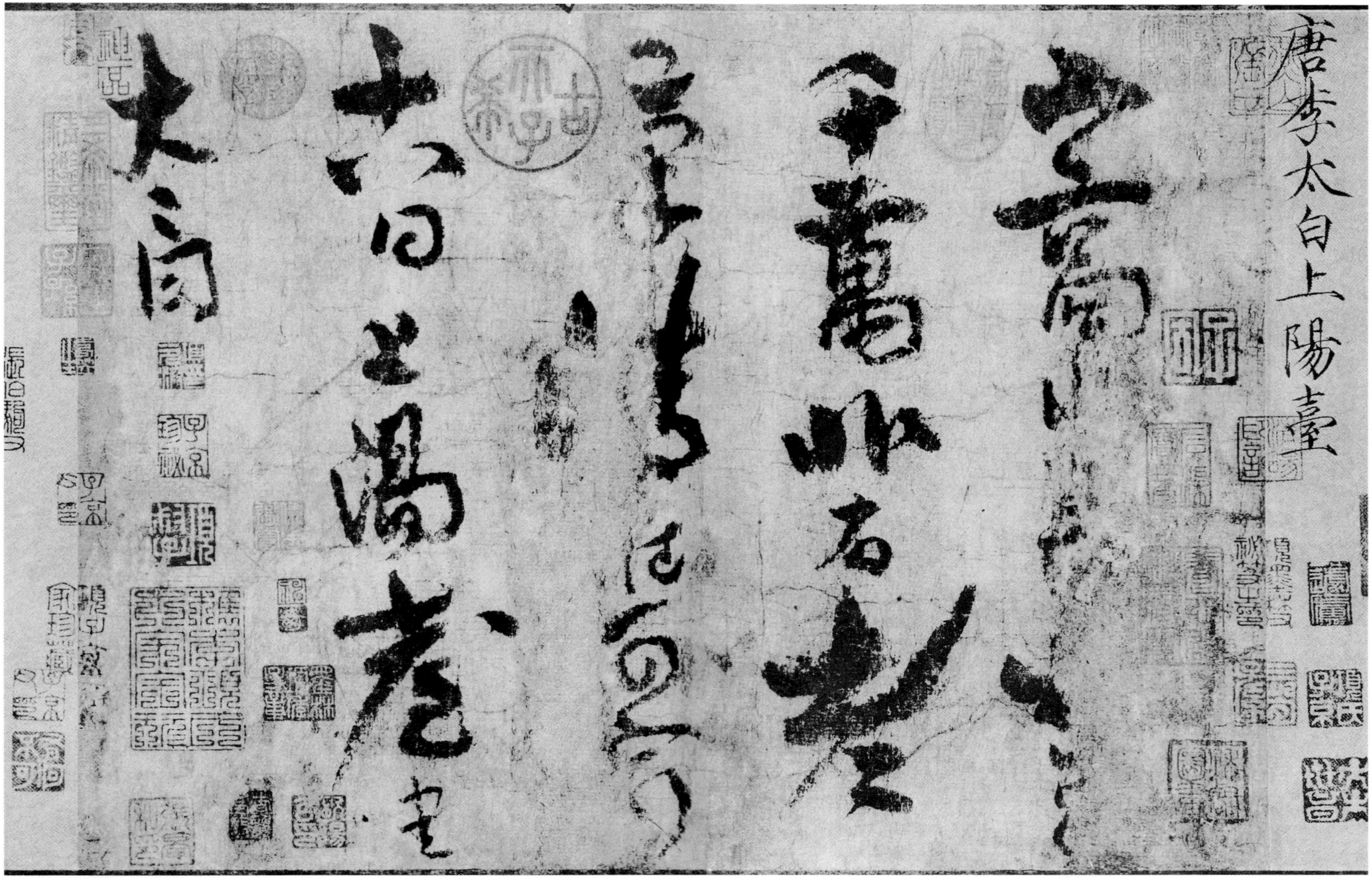

李白「上陽台帖」──此為世上所存李白書法的惟一真跡，字共五行：「山高水長，物象萬千，非有老筆，清壯何窮。十八日，上陽台書。太白。」前綾隔水上宋徽宗瘦金書標題「唐李太白上陽台」。李白此書雄健飄逸，與顏真卿「劉中使帖」及張旭「肚痛帖」的筆意近似。

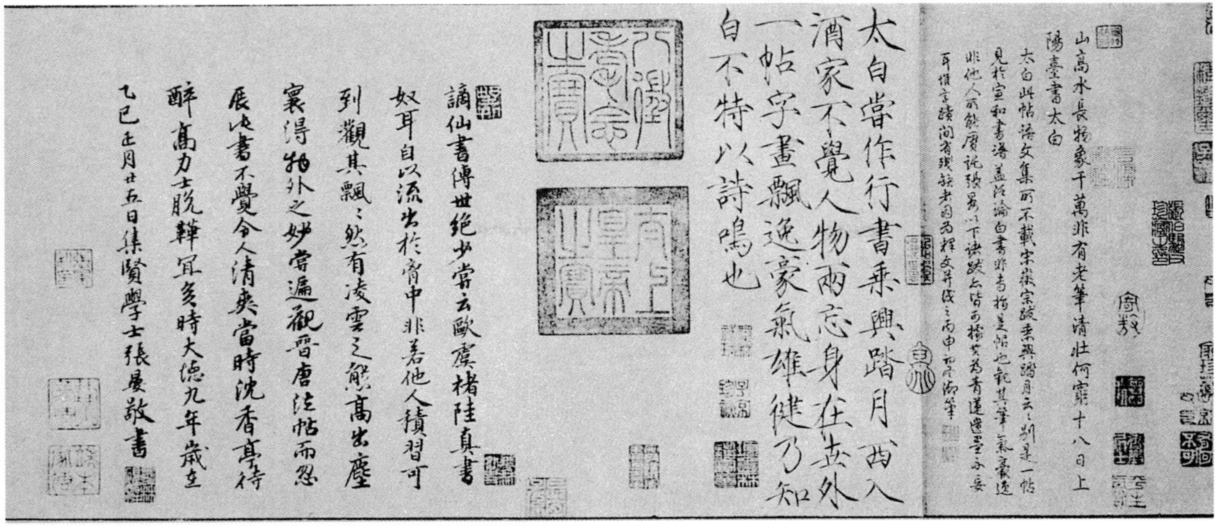

「李白上陽台帖題跋」之一——第一段是清乾隆皇帝題跋，第二段是宋徽宗題跋。

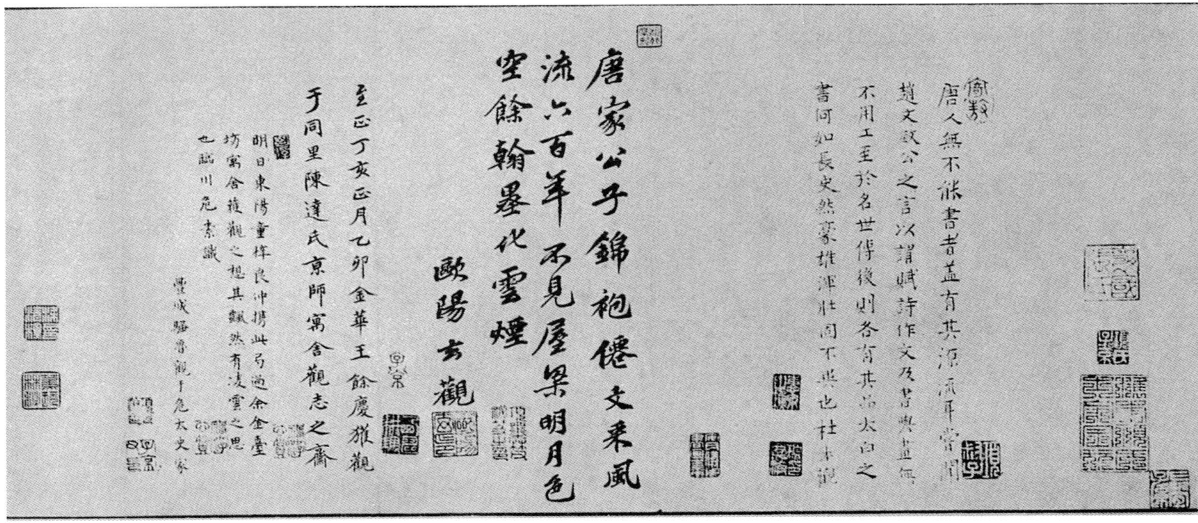

「李白上陽台帖題跋」之二——其中題跋的危素，是明末清初名士，《儒林外史》中曾提到他，後為朱元璋所殺。

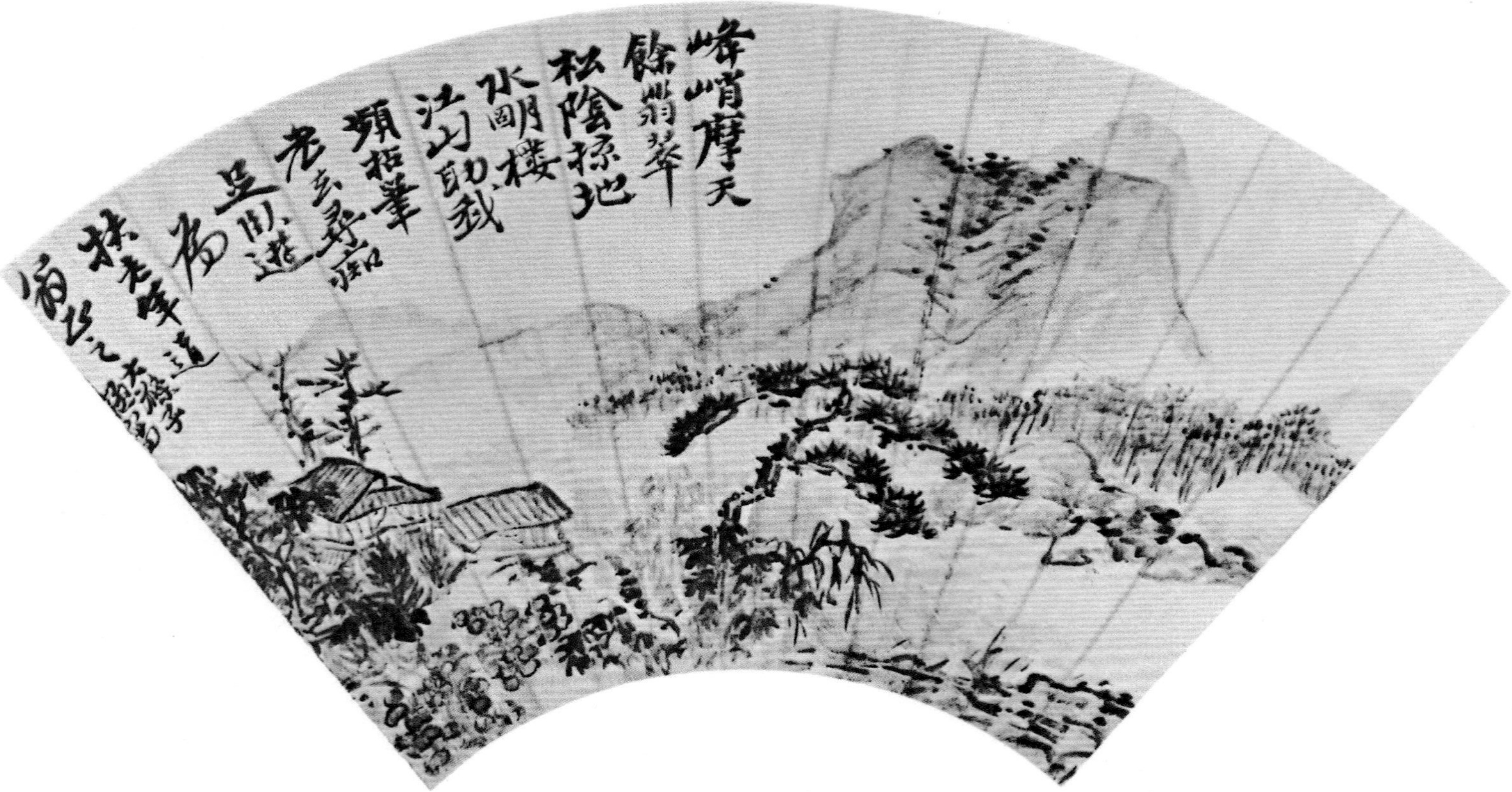

道濟「扇面」──道濟，明末清初大畫家，號「大滌子」。圖中寫「峯峭摩天」，似有謝煙客所居摩天崖的意味。

大字版 俠客行

② 賞善罰惡

金庸

大字版金庸作品集㊾

俠客行 (2)賞善罰惡 「公元2004年金庸新修版」

Ode to the Gallantry, Vol. 2

作　者／金　庸

封面設計／唐壽南　內頁插畫／王司馬

發 行 人／王 榮 文
出版・發行／遠流出版事業股份有限公司
臺北市中山北路一段11號13樓
電話／2571-0297　傳真／2571-0197　郵撥／0189456-1

□2004年9月16日　初版一刷
□2022年3月16日　二版三刷

大字版　每冊380元（本作品全四冊，共1520元）
〔另有典藏版共36冊（不分售），平裝版共36冊，新修版共36冊，新修文庫版共72冊〕

ISBN　978-957-32-8499-4（套：大字版）
ISBN　978-957-32-8496-3（第二冊：大字版）
Printed in Taiwan

YLib 遠流博識網
http://www.ylib.com　E-mail:ylib@ylib.com

目錄

長江中風勁水急，兩船瞬息間已相距十餘丈，丁不三輕功再高，也沒法縱跳過去。那小船輕舟疾行，越駛越遠，再也追不上了。

八 白痴

石破天自己撞到閔柔劍上，受傷不重，也不如何疼痛，眼見石淸、閔柔二人出廟，跟著殿中燭火熄滅，一團漆黑之中，忽覺有人伸手過來，按住自己嘴巴，輕輕將自己拖入了神枱底下。正驚異間，火光閃亮，見白萬劍手中拿著火摺，驚叫：「有鬼，有鬼！」奔出廟去，料得他不知自己躲在神枱之下，出廟追尋，不由得暗暗好笑，只覺那人抱著自己快跑出廟，奔馳了一會，躍入一艘小舟，接著有人點亮油燈。

石破天見身畔拿著油燈的正是丁璫，心下大喜，叫道：「叮叮噹噹，是誰抱我來的？」丁璫小嘴一撇，道：「自然是爺爺了，還能有誰？」石破天側過頭來，見丁不三抱膝坐在船頭，眼望天空，便問：「爺爺，你……你……抱我來做甚麼？」

丁不三哼了一聲，說道：「阿璫，這人是個白痴，你嫁他作甚？反正沒跟他同房，不如乘早一刀殺了。」

丁璫急道：「不，不！天哥生了一場大病，好多事都記不起了，慢慢就會好。天哥，我瞧瞧你的傷口。」解開他胸口衣襟，拿手帕蘸水抹去傷口旁的血跡，敷上金創藥，再撕下自己衣襟，給他包紮了傷口。

石破天道：「謝謝你。叮叮噹噹，你和爺爺都躲在那桌子底下嗎？好像捉迷藏，好玩得很。」丁璫道：「還說好玩呢？你爸爸媽媽和那姓白的鬥劍，可不知瞧得我心中多慌。」石破天奇道：「我爸爸媽媽？你說那個穿黑衣服的大爺是我爸爸？那個俊女人可不是我媽媽……我媽媽不是這個樣子，沒她好看。」丁璫嘆了口氣，說道：「天哥，你這場病眞害得不輕，連自己父母也忘了。我瞧你使那雪山劍法，也生疏得緊，難道眞的連武功也都忘記得乾乾淨淨了？……這……這怎麼會？」

原來石破天爲白萬劍所擒，丁不三祖孫一路追了下來。白萬劍出廟巡視，兩人乘機躲入神枱之下，石清夫婦入廟鬥劍種種情形，祖孫二人都瞧在眼裏。丁不三本來以爲石破天假裝失手，必定另有用意，那知見他使劍出招，劍法之糟，幾乎氣破了他肚子，心中不住大罵：「白痴，白痴！」乘著白萬劍找尋火刀、火石，便將石破天救出。

只聽得石破天道：「我會甚麼武功？我甚麼武功也不會。你這話我更加不明白了。」

丁不三再也忍耐不住，突然站起，回頭厲聲道：「阿璫，你到底是迷了心竅，還是甚麼，偏要嫁這麼個胡說八道、莫名其妙的小混蛋？我一掌便將他斃了，包在爺爺身上，給你另外找一個又英俊、又聰明、風流體貼、文武雙全的少年來給你做小女婿兒。」

丁璫眼中淚水滾來滾去，哽咽道：「我……我不要甚麼別的少年英雄。他……他又不是白痴，只不過……只不過生了一場大病，頭腦一時胡塗了。」

丁不三怒道：「甚麼一時胡塗？他父母明明武功了得，他卻自稱是『狗雜種』，他若不是白痴，你爺爺便是白痴。瞧著他使劍那一副鬼模樣，不教人氣炸了胸膛才怪，那麼毛手毛腳的，沒一招不是破綻百出，到處都是漏洞。嘿嘿，人家明明收了劍，這小子卻把身子撞到劍上去，硬要受了傷才痛快。這樣的膿包我若不殺，早晚也給人宰了。江湖上傳言出去，說道丁不三的孫女婿給人家殺了，我還做人不做？不行，非殺不可！」

丁璫咬一咬下唇，問道：「爺爺，你要怎樣才不殺他？」丁不三道：「哈，我幹麼不殺他？非殺不可，沒的丟了我丁不三的臉。人家聽說丁老三殺了自己孫女婿，沒甚麼希奇。若說丁老三的孫女婿給人家殺了，那我怎麼辦？」丁璫道：「怎麼辦？你老人家給他報仇啊。」

丁不三哈哈大笑，道：「我給這種膿包報仇？你當你爺爺是甚麼人？」丁璫哭道：「是你叫我跟他拜堂的，他早是我丈夫啦。你殺了他，不是教我做小寡婦麼？」

丁不三搔搔頭皮，說道：「那時候我曾試過他，覺得他內功不壞，做得我孫女婿，那知他竟是個白痴。你一定不讓我殺他，那也成，卻須依我一件事。」

丁璫聽到有了轉機，喜道：「依你甚麼事？快說，爺爺，快說。」

丁不三道：「我說他是白痴，該殺。你卻說他不是白痴，不該殺。好罷，我限他十天之內，去跟那個白萬劍比武，將那個『氣寒西北』甚麼的殺死了或者打敗了，變成了『氣死西北』，我才饒他，才許他和你做眞夫妻。」

丁璫倒抽了一口涼氣，剛才親眼見到白萬劍劍術精絕，石郎如何能是這位劍術大名家的敵手，只怕再練二十年也是不成，說道：「爺爺，你出的明明是個辦不到的難題。」

丁不三道：「白萬劍姓白，白痴也姓白，兩個姓白的必得拚個輸贏，只能剩一個姓白的。他打不過白萬劍，我一掌便將這白痴斃了。」自覺理由充分，不禁洋洋自得。

丁璫滿腹愁思，側頭向石破天瞧去，卻見他一臉漫不在乎的神氣，悄聲道：「天哥，我爺爺限你在十天之內，去打敗那個白萬劍，你說怎樣？」石破天道：「白萬劍？他劍法好得很啊，我怎打得過他？」丁璫道：「是啊。我爺爺說，你如打不贏他，便要將你殺了。」石破天嘻嘻一笑，說道：「好端端的爲甚麼殺我？爺爺跟你說笑呢，你也當眞？爺爺是好人，不是壞人，他……他怎會殺我？」

丁璫一聲長嘆，心想：「石郎當眞病得傻了，不明事理。眼前之計，唯有先答允爺爺再說，在這十天之內，好歹要想法兒讓石郎逃走。」向丁不三道：「好罷，爺爺，我答允了，教他十天之內，去打敗白萬劍便是。」
丁不三冷冷一笑，說道：「爺爺餓了，做飯吃罷！我跟你說：一不教，二別逃，三不饒。不教，是爺爺決不教白痴武藝。別逃，是你別想放他逃命，爺爺只要發覺他想逃命，不用到十天，隨時隨刻便將他斃了。不饒，用不著我多說。」
丁璫道：「你既說他是白痴，那麼你就算教他武藝，他也學不會，又何必『一不教』？」丁不三道：「就算爺爺肯教，他十天之內又怎能去打敗白萬劍？教十年也未必能夠。」丁璫道：「那是你教人的本領不好，以你這樣天下無敵的武功，好好教個徒兒來，怎會及不上雪山派白自在的徒兒？難道甚麼威德先生白自在還強過了你？」
丁不三微笑道：「阿璫，你這激將之計不管用。這樣的白痴，就算神仙也拿他沒法子。你有沒聽到石清夫婦跟白萬劍的說話？這白痴在雪山派中學藝多年，居然學成了這等獨腳貓的劍法？」他名叫丁不三，這「三」字犯忌，因此「三腳貓」改稱「獨腳貓」。
其時坐船張起了風帆，順著東風，正在長江中溯江而上，向西航行。天色漸明，江面上一陣陣白霧瀰漫。丁璫說道：「好，你不教，我來教。爺爺，我不做飯了，我要教天哥武功。」
丁不三怒道：「你不做飯，不是存心餓死爺爺麼？」丁璫道：「你要殺我丈夫，我不如先餓死了你。」丁不三道：「呸，呸！快做飯。」丁璫不去睬他，向石破天道：

「天哥，我來教你一套功夫，包你十天之內，打敗了那白萬劍。」丁不三道：「胡說八道，連我也辦不到的事，憑你這小丫頭又能辦到？」

祖孫倆不住鬥口。丁璫心中卻著實發愁。她知爺爺脾氣古怪，跟他軟求決計無用，只有想個甚麼刁鑽法子，或能讓他回心轉意，尋思：「我不給他做飯，他餓起上來，只好停舟泊岸，上岸去買東西吃，那便有機可乘，好教石郎脫身逃走。」

不料石破天見丁不三餓得愁眉苦臉，自己肚中也餓了，他又怎猜得到丁璫用意，站起身來，說道：「我去做飯。」丁璫怒道：「你去勞碌做飯，創口再破，那怎麼辦？」

丁不三道：「我丁家的金創藥靈驗如神，敷上即愈，他受的劍創又不重，怕甚麼？好孩子，快去做飯給爺爺吃。」為了想吃飯，居然不叫他「白痴」。丁璫道：「他做飯給你吃，那麼你還殺不殺他？」丁不三道：「做飯管做飯，殺人管殺人。兩件事毫不相干，豈可混為一談？」

石破天一按胸前劍傷，果然並不甚痛，便到後梢去淘米燒飯，見一個老梢公掌著舵，坐在後梢，對他三人的言語恍若不聞。煮飯燒菜是石破天生平最拿手之事，片刻間將兩尾魚煎得微焦，既香且鮮，一鑊白米飯更煮得熱烘烘、香噴噴地。

丁不三吃得連聲讚好，說道：「你的武功若有燒飯本事的一成，爺爺也不會殺你了。當日你若沒跟阿璫拜堂成親，只做我的廚子，別說我不會殺你，別人若要殺你，爺爺也決不答應。唉，只可惜我先前已限定了十日之期，丁不三言出如山，決不能改，倘若我限的是一個月，多吃你二十天的飯，豈不是好？這當兒悔之莫及，無法可想了。」說著嘆氣不已。

吃過飯後，石破天和丁璫並肩在船尾洗碗筷。丁璫見爺爺坐在船頭，低聲道：「待會我教你一套擒拿手法，你可得用心記住。」石破天道：「學會了去跟那白師傅比武麼？」丁璫道：「你難道當眞是白痴？天哥，你……你從前不是這個樣子的。」石破天道：「從前我怎麼了？」丁璫臉上微微暈紅，道：「從前你見了我，一張嘴可比蜜糖兒還甜，千伶百俐，有說有笑，哄得我好不歡喜，說出話來，句句令人意想不到。你現在可當眞傻了。」

石破天嘆了一口氣，道：「我本來不是你的天哥，他會討你歡喜，我可不會，你還是去找他的好。」丁璫軟語央求：「天哥，你這是生了我的氣麼？」石破天搖頭道：「我怎會生你的氣？我跟你說實話，你總不信。」

丁璫望著船舷邊滔滔江水，自言自語：「不知道甚麼時候，他才會變回從前那樣。」呆呆出神，手一鬆，一隻磁碗掉入了江中，在綠波中晃得兩下便不見了。

石破天道：「叮叮噹噹，我永遠變不成你那個天哥。倘若我永遠是這麼……這麼…

……一個白痴，你就永遠不會喜歡我，是不是？」

丁璫泫然欲泣，道：「我不知道，我不知道！」心中煩惱已極，抓起一隻隻磁碗，接二連三的拋入了江心。

石破天道：「我……我要是口齒伶俐，說話能討你喜歡，那麼我便整天說個不停，那也無妨。可是……可是我眞的不是你那個『天哥』啊。要我假裝，也裝不來。」

丁璫凝目向他瞧去，其時朝陽初上，映得他一張臉紅彤彤地，雙目靈動，臉上神色卻十分懇摯。丁璫幽幽嘆了口氣，說道：「若說你不是我那個天哥，怎麼肩頭上會有我咬傷的疤痕？怎麼你也這般喜歡拈花惹草，既去勾引你幫中展香主的老婆，又去調戲雪山派的那花姑娘？若說你是我那個天哥，怎麼忽然間痴痴呆呆，再沒從前的半分聰明伶俐、風流瀟洒？」

石破天笑道：「我是你的老公，老老實實的不好嗎？」丁璫搖頭道：「不，我寧可你像以前那樣活潑調皮，偷人家老婆也好，調戲人家閨女也好，便不愛你這般規規矩矩的。」石破天於偷人家老婆一事，心中始終存著個老大疑竇，這時便問：「偷人家老婆？偷來幹甚麼？老伯伯說，不先跟人家說而拿人東西，便是小賊。我偷人家老婆，也算小賊麼？」

丁璫聽他越說越纏夾，簡直莫名其妙，忍不住怒火上衝，伸手便扭住他耳朵用力一扯，登時將他耳根子上血也扯出來了。

石破天吃痛不過，反手格出。丁璫只覺一股大得異乎尋常的力道擊在她手臂之上，身子猛力向後撞去，幾乎將後梢上撐篷的木柱也撞斷了。她「啊喲」一聲，罵道：「死鬼，打老婆麼？使這麼大力氣。」石破天忙道：「對不起！我……我不是故意的。」

丁璫往手臂上看去，只見已腫起了又青又紫的老大一塊，忽然之間，她俏臉上的嗔怒變爲喜色，握住了石破天雙手，連連搖晃，道：「天哥，原來你果然是在裝假騙我。」

石破天愕然道：「裝甚麼假？」丁璫道：「你武功半點也沒失去。」石破天道：「我不會武功。」丁璫嗔道：「你再胡說八道，瞧我理不理你。」伸出手掌往他左頰上打去。

石破天一側頭，伸掌待格，但丁璫是家傳的掌法，去勢飄忽，石破天這一格中沒半分武術手法，自然格了個空，只覺臉上一痛，無聲無息的已給按上了一掌。

丁璫手臂劇震，手掌便讓石破天的臉頰彈開了，不禁又「啊喲」一聲，驚惶之意卻比適才更甚。她料想石破天武功既然未失，自是輕而易舉的避開了自己這一掌，因此掌中自然而然的使上了本門陰毒的柔力，那料到石破天這一格竟會如此笨拙，直似全然不會武功，可是手掌和他臉頰相觸，卻又受到他內力的劇震。她左手抓住自己右掌，只見石破天左頰上一個黑黑的小手掌印陷了下去。她這「黑煞掌」是祖父親傳，著實厲害，幸得她造詣不深，而石破天又內力深厚，才受傷甚輕，但烏黑的掌印卻終於留下了，非至半月之後，難以消退。她又疼惜，又歉仄，摟住了他腰，將臉頰貼在他左頰之上，哭道：「天哥，我眞不知道，原來你並沒復原。」

石破天玉人在抱，臉上也不如何疼痛，嘆道：「叮叮噹噹，你一時生氣，一時開心，到底爲了甚麼，我眞不明白。」

丁璫急道：「那……怎麼辦？那怎麼辦？」坐直身子，從懷中取出一個小瓷瓶，倒出一顆藥丸給他服下，道：「唉，但願不會留下疤痕才好。」

兩人偎倚著坐在後梢頭，一時之間誰也不開口。

過了良久，丁璫將嘴湊到他耳邊，低聲道：「天哥，你生了這場病後，武功都忘記了，內力卻忘不了。我教你一套擒拿手，於你有很大用處。」

石破天點點頭，道：「你肯教我，我用心學便了。」

丁璫伸出手指，輕輕撫摸他臉頰上烏黑的手掌印，心中好生過意不去，突然湊過口去，在那掌印上吻了一下。

霎時之間，兩人的臉都羞得通紅，心下均感甜蜜無比。

丁璫掠了掠頭髮，將一十八路擒拿手演給他看。當天教了六路，石破天都記住了。跟著兩人逐一拆解。次日又教了六路。

過得三天，石破天已將一十八路擒拿手練得頗爲純熟。這擒拿法雖只一十八路，但其中變化卻著實繁複。這三天之中，石破天整日只跟丁璫拆解。丁不三冷眼旁觀，有時冷言冷語，譏嘲幾句。到第四天上，石破天胸口劍創已大致平復。

丁璫眼見石郎進步極速，芳心竊喜，聽得丁不三又罵他「白痴」，問道：「爺爺，咱們丁家一十八路擒拿手，叫一個白痴來學，多少日子才學得會？」

丁不三一時語塞，眼見石破天確已將這套擒拿手學會了，那麼此人實在並非痴呆，這小子到底是裝假呢，還是當眞將從前的事情都忘了？他不肯輸口，強辯道：「有的白痴聰明，有的白痴愚笨。聰明的白痴，半天便會了，傻子白痴就像你的石郎，總得三天才能學會。」丁璫抿嘴笑道：「爺爺，當年你學這套擒拿法之時，花了幾天？」丁不三道：「我那用著幾天？你曾祖爺爺只跟我說了一遍，也不過半天，爺爺就全學會了。」丁璫笑道：「哈哈，爺爺，原來你是個聰明白痴。」丁不三沉臉喝道：「沒上沒下的胡說八道。」

便在此時，一艘小船從下流趕將上來。當地兩岸空闊，江流平穩，但見那船高張風帆，又有四個人急速划動木槳，船小身輕，漸漸迫近丁不三的坐船。船頭站著兩名白衣漢子，一人縱聲高叫：「姓石的小子是在前面船上麼？快停船，快停船！」

丁璫輕輕哼了一聲，道：「爺爺，雪山派有人追趕石郎來啦。」丁不三眉花眼笑，道：「讓他們捉了這白痴去，千刀萬剮，才趁了爺爺心願。」丁璫問道：「捉聰明白痴？還是捉傻子白痴？」丁不三道：「自然是捉傻子白痴，誰敢來捉聰明白痴？」丁璫笑道：「不錯，聰明白痴威震天下，武功這麼高，有誰敢得罪他半分？」丁不三一怔，怒道：「小丫頭，你敢繞彎子罵爺爺？」丁璫道：「雪山派殺了你孫女婿，日後長樂幫問你要人，丁三老爺不大有面子罷？」丁不三道：「爲甚麼沒面子？有面子得很。」自覺這話難以自圓其說，便道：「誰敢說丁老三沒面子，我扭斷他脖子。」

丁璫自言自語：「旁人諒來也不敢說什麼，就只怕四爺爺要胡說八道，說他倘若有個孫女婿，就決不能讓人家殺了。不知道爺爺敢不敢扭斷自己親兄弟的脖子？就算有這個膽子，也不知有沒這份本事。」丁不三大怒，說道：「你說老四的武功強過我的？放屁，放屁！他比我差得遠了。」

說話之間，那小船又追得近了些。只聽得兩名白衣漢子大聲叱喝：「兀那漢子，瞧你似是長樂幫石中玉那小子，怎地不停船？」

石破天道：「叮叮噹噹，有人追上來啦，你說怎麼辦？」

丁璫道：「我怎知怎麼辦？你這樣一個大男人，難道半點主意也沒有？」

便在此時，那艘小船已迫近到相距丈許之地，兩名白衣漢子齊聲呼喝，縱身躍上石破天的坐船後梢。兩人手中各執長劍，耀日生光。

石破天見這二人便是在土地廟中會過的雪山派弟子，心想：「不知我甚麼地方得罪了他們，這些雪山派的人如此苦苦追我？」只聽得嗤的一聲，一人已挺劍向他肩頭刺來。石破天在這三日中和丁璫不斷拆解招式，往往手腳稍緩，便遭她扭耳拉髮，吃了不少苦頭，此刻身手上的機變迅捷，比之當日在土地廟中和石清夫婦對招之時已頗爲不同，眼見劍到，也不遑細思，隨手使出第八招「鳳尾手」，右手繞個半圓，欺上去抓住那人手腕一扭。

那人「啊」的一聲，撒手抛劍。石破天右肘乘勢抬起，啪的一響，正中那人下頦。那人下巴立碎，滿口鮮血和著十幾枚牙齒都噴在船板上。

石破天萬萬料不到這招「鳳尾手」竟如此厲害，不由得嚇得呆了，心中突突亂跳。第二名雪山弟子本欲上前夾擊，突見一霎之間，同來的師兄便已身受重傷。這師兄武功比他爲高，料想自己倘若上前，也決計討不了好去，當即搶上去抱起師兄。此時那小船已和大船並肩而駛，那人挾著傷者躍回小船，喝令收篷扳梢。

眼見小船掉轉船頭，順流東下，不多時兩船相距便遠。但聽得怒罵之聲順著東風隱隱傳來。石破天瞧著船板上的一攤鮮血，十幾枚牙齒，既感驚訝，又好生歉仄，兀自喃喃的道：「這……這可當眞對不住了！」

丁璫從船艙中出來，走到他身旁，微笑道：「天哥，這一招『鳳尾手』乾淨利落，使得可挺不錯啊。」石破天搖頭道：「你怎事先沒跟我說明白？早知道一下會打得人家如此厲害，這功夫我也就不學了。」

丁璫心頭一沉，尋思：「這獃子傻病發作，又來說獃話了。」說道：「既學武功，當然越厲害越好。剛才你這一招『鳳尾手』若不是使得恰到好處，他的長劍早已刺通你的肩頭。你不傷人，人便傷你。你喜歡打傷人家呢，還是喜歡讓人家打傷？打落幾枚牙齒，那是最輕的傷了。武林中動手過招，隨時隨刻有性命之憂。你良心好，對方卻良心不好，你如給人家一劍通入心窩，良心再好，又有甚麼用？」

石破天沉吟道：「最好你教我一門功夫，既不會打傷打死人家，又不會讓人家打傷打死我。大家嘻嘻哈哈的，只做朋友，不做敵人。」丁璫苦笑道：「獃話連篇，滿嘴廢話！咱們學武之人，動上手便即拚命，你道是捉迷藏、玩泥沙嗎？」石破天道：「我喜歡捉迷藏、玩泥沙，不喜歡動手拚命。可惜一直沒人陪我捉迷藏，阿黃又不會。」丁璫越聽越惱，嗔道：「你這胡塗蛋，誰跟你說話，就倒足了霉。」賭氣不再理他，回到艙中和衣而睡。

丁不三道：「是嗎？我說他是白痴，終究是白痴。武功好是白痴，武功不好也是白痴，不如乘早殺了，免得生氣。」

丁璫尋思：「石郎倘若眞的永遠這麼胡塗，我怎能跟他廝守一輩子？倒也不如眞的依爺爺之言，一刀將他殺了，落得眼前淸淨。」但隨即想到他大病之前的種種甜言蜜語，就算他一句話不說，只要悄悄的向自己瞧上一眼，那也是眉能言，目能語，風流蘊藉之態，眞教人如飲美酒，心神俱醉；別後相思，當眞顚倒不能自已，萬不料一場大病，竟將一個英俊機變的俏郎君，變成了一段迂腐遲鈍的呆木頭。她越想越煩惱，不由得嗚咽哭泣，將薄被蒙住了頭。

丁不三道：「你哭有甚麼用？又不能把一個白痴哭成才子！」丁璫怒道：「我把一個傻子白痴哭成了聰明白痴，成不成？」丁不三怒道：「又來胡說八道！」

丁璫不住飮泣，尋思：「瞧雪山派那花萬紫姑娘的神情，對石郎怒氣沖沖的，似乎還沒給他得手。他見到美貌姑娘居然不會輕薄調戲，那還像個男子漢大丈夫？我眞的嫁了這麼個規規矩矩的呆木頭，做人有甚麼樂趣？」

她哭了半夜，又想：「我已跟他拜堂成親，名正言順的是他妻子。這幾日中，白天和他練功夫，他就只一本正經的練武，從來不乘機在我身上碰一下、摸一把。晚上睡覺，相距不過數尺，可是別說不鑽進我被窩來親我一親，連我的手腳也不來揑一下，那像甚麼新婚夫婦？別說新婚夫婦，就算是七八十歲的老夫老妻，也該親熱一下啊。」

耳聽得石破天睡在後梢之上，呼吸悠長，睡得正香，她怒從心起，從身畔摸過柳葉刀，輕輕拔刀出鞘，咬牙自忖：「這樣的呆木頭老公，留在世上何用？」悄悄走到後梢，心道：「石郎石郎，這是你自己變了，須莫怪我心狠。」提起刀來正要往他頭上斫落，終於心中一軟，將他肩頭輕輕扳過，要在他臨死之前再瞧他最後一眼。

石破天在睡夢中轉過身來，淡淡的月光洒在他臉上，但見他臉上笑容甚甜，不知在做甚麼好夢。丁璫心道：「你轉眼便要死了，讓你這好夢做完了再殺不遲，左右也不爭在這一時半刻。」當下抱膝坐在他身旁，凝視著他臉，只待他笑容一斂，揮刀便斫將下去。

過了一會，忽聽得石破天迷迷糊糊說道：「叮叮噹噹，你……你為甚麼生氣？不過……不過你生起氣來，模樣兒很好看，是真的……真的十分好看……我就看上一百天，一千天，也決不會夠，一萬天……十萬天，不，五千天……也是不夠……」

丁璫靜靜的聽著，不由得心神盪漾，心道：「石郎，石郎，原來你在睡夢之中，也對我念念不忘。這般好聽的話倘若白天裏跟我說了，豈不是好？唉，總有一天，你的胡塗病根子好了，會跟我說這些話。」眼見船舷邊露水沾濕了木板，石破天衣衫單薄，心生憐惜，將艙裏一張薄被扯了出來，輕輕蓋在他身上，又向他痴痴的凝視半天，這才回入艙中。

只聽得丁不三罵道：「半夜三更，一隻小耗子鑽來鑽去，便是膽子小，想動手卻不敢，有甚麼屁用！也不知是不是我丁家的種？」

丁璫知道自己的舉止都教爺爺瞧在眼裏了，這時她心中歡喜，對爺爺的譏刺毫不在意，心中反來覆去只想著這幾句話：「不過你生起氣來，模樣兒很好看……我看上一萬天，十萬天，也是不夠。」突然間噗哧一聲，笑了出來，心道：「這白痴天哥，便在睡夢中說話，也是痴痴的。咱們就活了一百歲，也不過三萬六千日，那有甚麼十萬天可看？你這般說，倒似五千天還多過十萬天！」

她又哭又笑的自己鬧了半天，直到四更天時才矇矓睡去，但睡不多時，便給石破天的聲音驚醒，只聽得他在後梢頭大聲叫嚷：「咦，這可眞奇了！叮叮噹噹，你的被子，半夜裏怎麼會跑到我身上來？難道被子生腳的麼？」

丁璫大羞，從艙中一躍而起，搶到後梢，見石破天手中拿著那張薄被，大聲道：「叮叮噹噹，你說這件事奇怪不奇怪？這被子……」丁璫滿臉通紅，夾手將被子搶了過來，低聲喝道：「不許再說了，被子生腳，又有甚麼奇怪？」石破天道：「被子生腳還不奇怪？你說被子的腳在那裏？」

丁璫一側頭，見那老梢公正在拔篙開船，似笑非笑的斜視自己，不由得一張臉更羞得如同紅布相似，嗔道：「你還說？」左手便去扭他耳朵。

石破天右手一抬，自然而然的使出一十八路擒拿手中的「鶴翔手」。丁璫右手迴轉，反拿他脅下。石破天左肘橫過，封住了她這一拿，右手便去抓她肩頭。丁璫將被子往船板上一拋，回了一招，她知石破天內勁凌厲，手掌臂膀不和他指掌相接。霎時之間兩人已拆了十餘招。丁璫越打越快，石破天全神貫注，居然一絲不漏，待拆到數十招後，丁璫使一招「龍騰爪」，直抓他頭頂。石破天反腕格去，這一下出手奇快，丁璫縮手不及，已給他五指拂中了手腕穴道，只覺一股強勁的熱力自腕而臂，自臂而腰，直轉了下去。這股強勁的內力又自腰間直傳至腿上，丁璫站立不穩，身子一側，便倒了下來，正好摔在薄被上。

石破天童心大起，俯身將被子在她身上一裹，抱了起來，笑道：「你為甚麼扭我？我把你拋到江裏餵大魚。」丁璫給他抱著，雖隔著一條被子，也不由得渾身酸軟，又羞又喜，笑道：「你敢！」石破天笑道：「為甚麼不敢？」將她連人帶被的輕輕一送，擲入船艙。

丁璫從被中鑽出，又走到後梢。石破天怕她再打，退了一步，雙手擺起架式。丁璫笑道：「不玩啦！瞧你這副德性，拉開了架子，倒像是個莊稼漢子，那有半點武林高手的風度！」石破天笑道：「我本來就不是武林高手。」丁璫道：「恭喜，恭喜！你這套擒拿手法已學會了，青出於藍，連我做師父的也已不是徒兒的對手了。」

丁不三在船艙中冷冷的道：「要和雪山派高手白萬劍較量，卻還差著這麼老大一截。」

丁璫道：「爺爺，他學功夫學得這麼快。只要跟你學得一年半載，就算不能天下無敵，做你的孫女婿，卻也不丟你老人家的臉了。」丁不三冷笑道：「丁老三說過的話，豈有改口的？第一、我說過他既要娶你為妻，永遠就別想學我武藝；第二、我限他十天之內打敗白萬劍。再過得五天，他性命也不在了，還說甚麼一年半載。」

丁璫心中一寒，昨天晚上還想親手去殺死石破天，今日卻已萬萬捨不得石郎死於爺爺之手，但爺爺說過的話，確是從來沒不算數的，這便如何是好？思前想後，只有照著原來的法子，從這一十八路擒拿手中別出機謀。

於是此後幾天之中，丁璫除了吃飯睡覺，只將這一十八路擒拿手的諸般變化，反來覆去的和石破天拆解。到得後來，石破天已練得純熟之極，縱然不借強勁內力，也已勉強可和丁璫攻拒進退，拆個旗鼓相當。

第八天早晨，丁不三咳嗽一聲，說道：「只剩下三天了。」

丁璫道：「爺爺，你要他去打敗白萬劍，依我看也不是甚麼難事。白萬劍雪山派的劍法雖然厲害，總還不是我丁家的武功可比。石郎這套擒拿手練得差不多了。單憑一雙空手，便能將那姓白的手中長劍奪了下來。他空手奪人長劍，算不算得是勝了？」

丁不三冷笑道：「小丫頭說得好不稀鬆！憑他這一點子能耐，便能把『氣寒西北』

手中長劍奪了下來？我叫你乘早別發清秋大夢。就是你爺爺，一雙空手只怕也奪不下那姓白的手中長劍。」丁璫道：「原來連你也奪不下，那麼你的武功我瞧……哼，哼，也不過……哼，哼！」丁不三怒道：「甚麼哼哼？」丁璫仰頭望著天空，說道：「哼哼就是哼哼，就是說你武功了得。」丁不三道：「你說甚麼鬼話？哼哼就是說我武功稀鬆平常。」丁璫道：「你自己說你武功稀鬆平常，可不是我說的。」丁不三道：「你哼哼也好，哈哈也好，總而言之，十天之內他不能打敗白萬劍，我就殺了這白痴。」

丁璫嘟起了小嘴，說道：「你叫他十天之內去打敗白萬劍，但若十天之內找不到那姓白的，可不是石郎的錯。」丁不三道：「我說十天，就是十天。找得到也好，找不到也好，十天之內不將他打敗，我就殺了這小白痴。」丁璫急道：「現下只剩三天了，卻到那裏找白萬劍去？你……你……你當真是不講道理。」丁不三笑道：「丁不三若講道理，也就不是丁不三了。你到江湖上打聽打聽，丁不三幾時講過道理了？」

到第九天上，丁不三嘴角邊總掛著一絲微笑，有時斜睨石破天，眼神極是古怪，帶著三分卑視，卻有七分殺氣。

丁璫知道爺爺定是要在第十天上殺了石郎，這時候別說石破天的武功仍與白萬劍天差地遠，就算當眞勝得了他，短短兩天之中，茫茫大江之上，卻又到那裏找這「氣寒西北」去？

這日午後，丁璫和石破天拆了一會擒拿手，臉頰暈紅，她打了個呵欠，說道：「八月天時，還這麼熱！」坐在石破天身邊，指著長江中並排而游的兩隻水鳥，說道：「天哥，你瞧這對夫妻水鳥在江中游來游去，何等逍遙快樂，倘若一箭把雄鳥射死了，雌鳥孤苦伶仃的，豈不可憐？」石破天道：「我以前在山裏打獵、射鳥的時候，倒也沒想到它是雌是雄，依你這麼說，我以後只揀雌鳥來射罷！」丁璫嘆了口氣，心道：「我這石郎畢竟痴痴呆呆。」又打個呵欠，斜身倚著石破天，將頭靠在他肩上，合上了眼。

石破天道：「叮叮噹噹，你倦了嗎？我扶你到船艙裏睡，好不好？」丁璫迷迷糊糊的道：「不，我就愛這麼睡。」石破天不便拂她之意，便任由她以自己左肩爲枕，只聽得她氣息悠長，越睡越沉，一頭秀髮擦在自己左頰之上，微感痲癢，卻也是說不出的舒服。

突然之間，一縷極細微的聲音鑽入了自己左耳，輕如蜂鳴，幾不可辨：「我跟你說話，你只聽著，不可點頭，更不可說話，臉上也不可露出半點驚奇的神氣。你最好閉上眼睛，假裝睡著，再發出一些鼾聲，以便遮掩我的話聲。」

石破天大感奇怪，還道她是在說夢話，斜眼看去，但見她長長的睫毛覆蓋雙眼，突然間左眼張開，向他眨了兩下，隨即又閉上了。石破天當即省悟：「原來她要跟我說說幾句秘密話兒，不讓爺爺聽見。」於是也打了個呵欠，說道：「好倦！」合上了眼睛。

丁璫心下暗喜：「天哥畢竟不是白痴，一點便透，要他裝睡，他便裝得眞像。」又低聲道：「爺爺說你武功低微，又是個白痴，不配做他孫女婿。十天期限，明天便到，他定要將你殺死。咱們又找不著白萬劍，就算找到了，你也打他不過。唯一的法子，只有咱夫妻倆脫身逃走，躲到深山之中，讓爺爺找你不到。」

石破天心道：「好端端地，爺爺怎麼會殺我，叮叮噹噹究竟是個小孩子，將爺爺的笑話也當了眞，不過她說咱兩個躲到深山之中，讓爺爺找不到，那倒好玩得很。」他一生之中，都是二人共處深山，自覺那是自然不過的生涯，這些日子來遇到的事無不令他茫然失措，實盼得能回歸深山，想到此後日常相伴的竟是這個美麗可愛的叮叮噹噹，不由得大是興奮。

丁璫又道：「咱兩個如上岸逃走，定給爺爺追到，無論如何逃不了。你記好了，今晚三更時分，我突然抱住爺爺，哭叫：『爺爺，你饒了石郎，別殺他，別殺他！』你便立刻搶進艙來，右手使『虎爪手』，抓住爺爺的背心正中，左手使『玉女拈針』拿住他後腰。記著，聽到我叫『別殺他』，你得趕快動手，是『虎爪手』和『玉女拈針』。爺爺給我抱住雙臂，一時不能分手抵擋，你內力很強，這麼一拿，爺爺便不能動了。」

石破天心道：「叮叮噹噹眞頑皮，叫我幫忙，開爺爺這麼個大玩笑，卻不知爺爺會不會生氣？也罷，她既愛鬧著玩，我順著她意思行事便了。想來倒有趣得緊。」

丁璫又低聲道：「這一抓一拿，可跟我二人生死攸關。你用左手摸一下我背心的『靈台穴』，那『虎爪手』該當抓在這裏。」石破天仍閉著眼睛，慢慢提起左手，在丁璫「靈台穴」上輕輕撫摸一下。丁璫道：「是啦，黑暗之中出手要快，認穴要準，我拚命抱住爺爺，只能挨得一霎時之間，只要他一驚覺，立時便能將我摔開，那時你萬難抓得到他了。你再輕輕碰我後腰的『懸樞穴』，且看對是不對。那『玉女拈針』這一招，只用大拇指和食指兩根手指，勁力要從指尖直透穴道。」

石破天左手緩緩移下，以兩根手指在她後腰「懸樞穴」上輕輕搔爬了一下，他這時自是絲毫沒使勁，不料丁璫是黃花閨女，分外怕癢，給他在後腰上這麼輕輕一搔，忍不住格的一聲笑了出來，笑喝：「你胡鬧！」石破天哈哈大笑。丁璫也伸手去他脅下呵癢。兩人嘻嘻哈哈，笑作一團，把裝睡之事全然置之腦後。

這日黃昏時分，老梢公將船泊在江邊的一個小市鎮旁，上岸去沽酒買菜。丁璫道：「天哥，咱們也上岸去走走。」石破天道：「甚好！」丁璫攜了他手，上岸閒行。

那小市鎮只不過八九十家人家，倒有十來家是魚行。兩人行到市梢，眼看身旁無人。石破天道：「爺爺在船艙中睡覺，咱們這麼拔足便走，豈不就逃走了？」他只盼儘早與丁璫躲入深山。丁璫搖頭道：「那有這麼容易，就是讓咱們逃出十里二十里，他一樣也能追上。」

忽聽得背後一人粗聲道：「不錯，你便是逃出一千里，一萬里，咱們一樣也能追上。」

石破天和丁璫回過頭來，只見兩名漢子從一棵大樹後轉了出來，向著二人獰笑。石破天識得這兩人便是雪山派中的呼延萬善和聞萬夫，不由得一怔，暗暗驚懼。

原來雪山派兩名弟子在長江中發現了石破天的蹤跡，上船動手，其一身受重傷。白萬劍得報，分遣衆師弟水陸兩路追尋。呼延萬善和聞萬夫這一撥乘馬溯江向西追來，竟在這小鎮上和石破天相遇。呼延萬善爲人持重，心想自己二人未必是這姓石小子的對手，正想依著白師兄的囑咐發射沖天火箭傳訊，不料聞萬夫忍耐不住，登時叫了出來。

丁璫也是一驚：「這二人是雪山派弟子，不知白萬劍是否便在左近？倘若那姓白的也趕了來，爺爺逼著石郎和他動手，那可糟了。」向二人橫了一眼，啐道：「我們自己說話，誰要你們插口？天哥，咱們回船去。」石破天也心存怯意，點了點頭，兩人轉身便走。

聞萬夫向來便瞧不起這師姪，心想：「王萬仞王師哥、張萬風張師弟兩人都折在這小子手下，也不知他二人怎麼搞的。這小子要是當眞武功高強，怎麼會一招之間便給白師哥擒了來？我今日將他擒了去，那可是大功一件，從此在本門中出人頭地。」當即喝道：「往那裏走？姓石的小子，乖乖跟我走罷！」口中叱喝，左手便向石破天肩頭抓來。

石破天側身避過，使出丁璫所教的擒拿手法，橫臂格開來招。聞萬夫一抓不中，飛腳便向石破天小腹上踢去。

這一腳如何拆解，石破天卻沒學過。他這半天中，心頭反來覆去的便是想著「虎爪手」和「玉女拈針」兩招，危急之際，所想起的也只這兩招。但聞萬夫和他相對而立，這兩招攻人後心的手法卻全然用不上，這時他也顧不得合式不合式，拔步便搶向對方身後。他內功深厚，轉側迅捷無比，這麼一奔，便已將聞萬夫那一足避過，同時右手「虎爪手」抓他「靈台穴」，左手「玉女拈針」拿他「懸樞穴」，內力到處，聞萬夫微一痙攣，便即萎倒。

呼延萬善正欲上前夾攻，突見石破天已拿住師弟要穴，情急之下不及抽劍，揮拳往石破天腰間擊來。他這一拳用上了十成勁力，波的一響，跟著喀喇一聲，右臂竟爾震斷。石破天卻只腰間略覺疼痛，鬆手放開聞萬夫時，只見他縮成了一團，毫不動彈，扳過他肩頭，見他雙目上挺，神情可怖。石破天吃了一驚，叫道：「啊喲，不好，叮叮噹噹，他……他……他怎麼忽然抽筋，莫非……莫非死了？」

丁璫格的一笑，道：「天哥，你這兩招使得甚好，只不過慌慌張張的，姿勢太也難看。你這麼一拿，他死是不會死的，殘廢卻免不了，雙手雙腳，總得治上一年半載罷。」

石破天伸手去扶聞萬夫，道：「眞……眞對不起，我……我不是有意傷你，那怎麼……怎麼辦？叮叮噹噹，得想法子給他治治。」丁璫伸手從聞萬夫身畔抽出長劍，道：「你要讓他不多受苦楚？那容易得緊，一劍殺了就是。」石破天忙道：「不行，不行！」

呼延萬善怒道：「你這兩個無恥小妖。雪山派弟子能殺不能辱。今日老子師兄弟折在你手裏，快快把我們兩個都殺了。多說這些氣人的話幹麼？」

石破天深恐丁璫眞的將聞萬夫殺了，忙奪下她手中長劍，在地下一插，說道：「叮噹噹，快……快回去罷。」拉著她衣袖，快步回船。

丁璫哂道：「聽人說長樂幫石幫主心狠手辣，殺人不眨眼，怎地忽然婆婆媽媽起來？剛才之事，可別跟爺爺說。」石破天道：「是，我不說。你說那個人，他……他當眞會手足殘廢？」丁璫道：「你拿了他兩處要穴，若還不能令他手足殘廢，咱們丁家這一十八路擒拿手法還有甚麼用處？」石破天道：「那怎麼你叫我待會也這麼去擒拿爺爺？」丁璫笑道：「傻哥哥，爺爺是何等樣人物，豈可和雪山派中這等膿包相比？你若僥倖能拿住爺爺這兩處要穴，又能使上內力，最多令他兩三個時辰難以行動，難道還叫他殘廢了？」

石破天心頭栗六，怔忡不安，只是想著聞萬夫適才的可怖模樣。

這一晚迷迷糊糊的半醒半睡，到得半夜，果然聽得丁璫在船艙中叫了起來：「爺爺，爺爺，你饒了石郎性命，別殺他，別殺他！」石破天急躍而起，搶到艙中，朦朧中只見丁璫抱住了丁不三的上身，不住的叫：「爺爺，別殺石郎！」

石破天伸出雙手，便要往丁不三後心抓去，陡然想起聞萬夫縮成一團的可怖神情，心道：「我這雙手抓將下去，倘若將爺爺也抓成這般模樣，那可太對不起他，我……我決計不可。」當即悄悄退出船艙，抱頭而睡。

丁璫眼見石破天搶進艙來，時刻配合得恰到好處，正欣喜間，不料他遲疑片刻，便即退出，功敗垂成，不由得又急又怒。

石破天回到後梢，心中兀自怦怦亂跳，過了一會，只聽得丁璫道：「啊喲，爺爺，我怎麼抱著你？我……我剛才做了個惡夢，夢見你將石郎打死了，我求你……求你饒他性命，你總不答允，謝天謝地，只不過是個夢。」

卻聽丁不三道：「你做夢也好，不做夢也好，天一亮便是咱們說好了的第十天。且瞧他這一日之中，能不能找到白萬劍來將他打敗了。」丁璫嘆了口氣，說道：「我知道石郎不是白痴！」丁不三道：「是啊，他良心好！良心好的人若非傻子，便是白痴，該死之極。唉，以『虎爪手』抓『靈台穴』，以『玉女拈針』拿『懸樞穴』，妙計啊妙計！就可惜白痴良心好，不忍下手。不忍下手，就是白痴，白痴就該死。」

這幾句話鑽入了艙內艙外丁璫和石破天耳裏，兩人同時大驚：「爺爺怎知道我們的計策？」石破天還不怎麼樣，丁璫卻不由得遍體都是冷汗，心想：「原來爺爺早已知曉，那麼暗中自必有備，天哥剛才沒下手，也不知是禍是福？」

石破天渾渾噩噩，卻絕不信次日丁不三眞會下手殺他，過不多時，便即睡著了。

天剛破曉，忽聽得岸上人聲喧嘩，紛紛叫嚷：「在這裏了！」「便是這艘船。」「別讓老妖怪走了！」石破天坐起身來，只見岸邊十多人手提燈籠火把，奔到船邊，當先四五人搶上船頭，大聲叱喝：「老妖怪在那裏？害人老妖往那裏逃？」

丁不三從船艙中鑽了出來，喝道：「甚麼東西在這裏大呼小叫？」

一條漢子喝道：「是他，是他！快潑！」他身後兩人手中拿著竹做的噴筒，對準丁不三，兩股血水向他急速射去。岸上衆人歡呼吆喝：「黑狗血洒中老妖怪，他就逃不了！」

可是這兩股狗血那裏能濺中丁不三半點？他騰身而起，心下大怒：「那裏來的妄人，當老夫是妖怪，用黑狗血噴我？」旁人不去惹他，他喜怒無常之時，舉手便能殺人，何況有人欺上頭來？他身子落下來時，雙腳齊飛，踢中兩名手持噴筒的漢子，跟著呼的一掌，將當先的大漢擊得直飛出去。這三人都不會甚麼武功，中了這江湖怪傑的拳腳，那裏還有性命？兩人當即死在船頭，當先的那大漢在半空中便狂噴鮮血。

丁不三又要舉腳向餘人掃去，忽聽得丁璫在身後冷冷的道：「爺爺，一日不過三！」丁不三一怔，盛怒之下，險些兒忘了自己當年立下的毒誓，這一腳離那船頭漢子已不過尺許，當即硬生生的收腳。

衆人嚇得魂飛魄散，叫道：「老妖怪厲害，快逃，快逃！」霎時之間逃了個乾乾淨淨，燈籠火把有的抛在江中，有的丟在岸上。三具屍首一在岸上，二在船頭，誰也顧不得了。

丁不三將船頭的屍首踢入江中，向梢公道：「快開船，再有人來，我可不能殺啦！」那梢公嚇得呆了，雙手不住發抖，幾乎無力拔篙。丁不三提起竹篙，將船撐離岸邊。狗血沒射到人，卻都射在艙裏，腥氣難聞。

丁不三冷冷的道：「阿璫，你搗這鬼爲了甚麼？」丁璫笑道：「爺爺，你說過的話算不算數？」丁不三道：「我幾時說過話不算數了？」丁璫道：「好，你說十天一滿，若是石郎沒將那姓白的打敗，便要殺他。今日是第十天，可是你已經殺了三個人啦！」

丁不三一凜，怒道：「小丫頭，詭計多端，原來爺爺上了你的惡當。」

丁璫極是得意，笑吟吟的道：「丁家三老爺素來說話算數，你說在第十天上定要殺了這小子，可是『一日不過三』，你已殺了三個人，這第四個人，便不能殺了。你既在第十天上殺他不得，以後也就不能再殺了。我瞧你的孫女婿兒也不是眞的甚麼白痴，等他身子慢慢復原，武功自會大進，包不丟了你的臉面便是。」

丁不三伸足在船頭用力一蹬，喀的一聲，船頭木板登時給他踹了一個洞，怒道：「不成，不成！丁不三折在你小丫頭手下，便已丟了臉。」丁璫笑道：「我是你的孫女兒，大家是一家人，有甚麼丟不丟臉的？這件事我又不會說出去。」丁不三怒道：「我輸了便心中不痛快，你說不說有甚麼相干？」丁璫道：「那就算是你贏好了。」丁不三道：「輸便輸，贏便贏。我又不是你那不成器的四爺爺，他小時候跟我打架，輸了反而自吹是贏了。」

石破天聽著他祖孫二人對話，這才恍然大悟，原來那些人是丁璫故意引了來給她爺爺殺的，好讓他連殺三人之後，限於「一日不過三」的規定，便不能再殺他，眼看丁不三於一瞬間連殺三人的兇狠神態，那麼要殺死自己的話，只怕也不是開玩笑了；見丁璫笑嘻嘻的走到後梢，便道：「叮叮噹噹，你爲了救我性命，卻無緣無故的害死了三人，那不是……不是太也殘忍了麼？」丁璫臉一沉，說道：「是你害的，怎麼反而怪起我來了？」石破天惘然道：「是……是我害的？」丁璫道：「怎麼不是？昨晚你事到臨頭，不敢動手。否則咱二人早已逃得遠遠的到了深山之中，又何至累那三人無辜送命？」

石破天心想這話倒也不錯，一時說不出話來。

忽聽得丁不三哈哈大笑，說道：「有了，有了！姓石的白痴，爺爺要挖出你眼珠子，斬了你的雙手，教你死是死不了，卻成爲一個廢人。我只須不取你性命，那就不算破了『一日不過三』的規矩。」丁璫和石破天面面相覷，神色大變。

丁不三越想越得意，不住口的道：「妙計，妙計！小白痴，我不殺死你，卻將你弄成人不像人，鬼不像鬼。阿璫哪，那總可以的罷？」丁璫一時無辭可辯，只得道：「這第十天又沒過，說不定待會就遇到白萬劍，石郎又出手將他打敗了呢？」丁不三呵呵而笑，道：「不錯，不錯，咱們須得公平交易，童叟無欺。爺爺等到今晚三更再動手便了。」

丁璫愁腸百結，再也想不出別的法子來令石破天脫此危難。偏偏石破天似仍不知大禍臨頭，反來問她：「你爲甚麼皺起了眉頭，有甚麼心事？」丁璫嗔道：「你沒聽爺爺說麼？他要挖了你眼珠子，斬了你雙手。」石破天笑道：「爺爺說笑話嚇人呢，你也當眞！他挖了我眼睛、斬了我雙手去，又有甚麼用？我又沒得罪他。」

丁璫由嗔轉怒，心道：「這人行事婆婆媽媽，腦筋胡裏胡塗，我一輩子跟著他確也沒趣得緊，爺爺要殺他，讓他死了便是。」但想到爺爺待會將他挖去雙目、斬去雙手，自己如果回心轉意，又要起他來，我叮叮噹噹嫁了這麼一個沒眼沒手的丈夫，更加無味之極。

眼見太陽漸漸西沉，丁璫面向船尾，見自己和石破天的影子雙雙浮在江面之上，就像是游泳一般，隨舟逐波而西。丁璫側過身來，見石破天背脊向著自己，她雙手伸出，便向他背心要穴拿去。她右手使「虎爪手」抓住石破天背心「靈台穴」，左手以「玉女拈針」拿他「懸樞穴」。石破天絕無防備，兩處要穴給她拿住後，立時全身酸軟，動彈不得。

丁璫卻受到他內力震盪，身子向後反彈，險些墮入江中，伸手抓住船篷，罵道：「爺爺要挖你雙眼，斬你雙手，你這種廢人留在世上，就算不丟爺爺的臉，我叮叮噹噹也沒臉見人了。也不用爺爺動手，我自己先挖出你眼珠子。」在後梢取過一條長長的帆索，將石破天雙手雙腳都縛住了，又將帆索從肩至腳，一圈又一圈的緊緊綑綁，少說也纏了八九十圈，直如一隻大粽子相似。

本來如此這般的被擒拿了穴道，一個對時中難以開口說話，但石破天內力深厚，四肢雖不能動，卻張口說道：「叮叮噹噹，你跟我鬧著玩嗎？」他話是這般說，但見著丁璫兇狠的神氣，也已知道大事不妙，眼神中流露出乞憐之色。丁璫伸足在他腰間狠狠踢了一腳，罵道：「哼，我跟你鬧著玩？死在臨頭，還在發你清秋大夢，這般的傻蛋，我將你千刀萬剮，也是不冤。」颼的一聲，拔出了柳葉刀來，在石破天臉頰上來回擦了兩下，作磨刀之狀。

石破天大駭，說道：「叮叮噹噹，我今後總聽你話就是。你殺了我，我……我……可活不轉來啦！」丁璫恨恨的道：「誰要你活轉來了？我有心救你性命，你偏不照我吩咐。那是你自尋死路，又怪得誰來？我此刻不殺你，爺爺也會害你。哼，是我老公，要殺便由我自己動手，讓別人來殺我老公，我叮叮噹噹一世也不快活。」

石破天道：「你饒了我，我不再做你老公便是。」他說這幾句話，已是在極情哀求，只是自幼稟承母訓，不能向人求懇，這個「求」字卻始終不出口。

丁璫道：「天地也拜過了，怎能不做我老公？再囉唆，我一刀便砍下你的狗頭。」

石破天嚇得不敢再作聲。只聽得丁不三笑道：「很好，很好，妙得很！那才是丁不三的乖孫女兒。爽爽快快，一刀兩斷便是！」

那老梢公見丁璫舉刀要殺人，嚇得全身發抖，舵也掌得歪了。船身斜裏橫過去，恰好迎面一艘小船順著江水激流衝將過來，眼見兩船便要相撞。對面小船上的梢公大叫：「扳梢，扳梢！」

丁璫提起刀來，落日餘暉映在刀鋒之上，只照得石破天雙目微瞇，猛見丁璫手臂往下急落，啪的一聲響，這一刀卻砍得偏了，砍在他頭旁數寸處的船板上。丁璫隨即撒手放刀，雙手抓起石破天的身子，雙臂運勁向外一拋，將他向著擦舟而過的小船船艙摔去。

丁不三見孫女突施詭計，怒喝：「你……你幹甚麼？」飛身從艙中撲出，伸手去抓石破天時，終究慢了一步。江流湍急，兩船瞬息間已相距十餘丈，丁不三輕功再高，卻也沒法縱跳過去。他反手重重打了丁璫一個耳光，大叫：「回舵，回舵，快追！」

但長江之中風勁水急，豈能片刻之間便能回舵？何況那小船輕舟疾行，越駛越遠，再也追不上了。

丁不四危急中靈機一動，雙掌倏地上舉，掌力向天上送去，石破天便也雙掌呼的一聲，向上拍出。兩人四掌對著天空，你瞧瞧我，我瞧瞧你。

九　大粽子

石破天耳畔呼呼風響，身子在空中轉了半個圈，落下時臉孔朝下俯伏，衝入一個所在，但覺著身處甚爲柔軟，倒也不感疼痛，只黑沉沉的目不見物，但聽得耳畔有人驚呼。他身不能動，也不敢開口說話，鼻中聞到一陣幽香，似是回到了長樂幫總舵中自己床上。

微一定神，果然覺到是躺在被褥之上，口鼻埋在一個枕頭之中，枕畔卻另有一個人頭，長髮披枕，竟是個女子。石破天大吃一驚，「啊」的一聲，叫了出來。

只聽得一個女子的聲音說道：「甚麼人？你……你怎麼……」石破天道：「我……我……」不知如何回答才是。那女子道：「你怎麼鑽到我們船裏？我一刀將你殺了！」石破天大叫：「不，不是我自己鑽進來的，是人家摔我進來的。」那女子急道：「你……

……你……你快出去，怎麼爬在我被……被窩裏？」

石破天一凝神間，果覺自己胸前有褥，背上有被，臉上有枕，而被褥之間更頗為溫暖，才知丁璫這麼一擲，恰巧將他摔入這艘小船的艙門，穿入船艙中一個被窩；更糟的是，從那女子的話中聽來，似乎這被窩竟是她的。他若非手足被綁，早已急躍而起，逃了出去，偏生身上穴道未解，連一根手指也抬不起來，只得說道：「我動不得，勞你的駕，將我搬了出去，推出去也好，踢出去也好。」

只聽得腳後一個蒼老的婦人聲音道：「這混蛋說甚麼胡話？快將他一刀殺了。」那女子道：「奶奶，如殺了他，我被窩中都是鮮血，那……那怎麼辦？」語氣甚為焦急。那老婦怒道：「是甚麼鬼東西？喂，你這混蛋，快爬出來。」

石破天急道：「我真動不得啊，你們瞧，我給人抓了靈台穴，又拿了懸樞穴，全身又給綁得結結實實，要移動半分也動不了。這位姑娘還是太太，你快起來罷，咱們睡在一個被窩裏，可……可實在不大妙。」

那女子啐道：「甚麼太太的？我是姑娘，我也動不了。奶奶，你……你快想個法子，這人當真是給人綁著的。」石破天道：「老太太，你做做好事，勞你駕，把我拉出去。我……我得罪了這位姑娘……唉……這個……真說不過去。」

那老婦怒道：「小混蛋，倒來說風涼話。」那姑娘道：「奶奶，咱們叫後梢的船家來把他提出去，好不好？」那老婦道：「不成，不成！這般亂七八糟的模樣，怎能讓旁人見到？偏生你我又動彈不得，這……這……」

石破天心道：「莫非這位老太太和那姑娘也給人綁住了？」那老婦不住口的怒罵：「小混蛋，臭混蛋，你怎麼別的船不去，偏偏撞到我們這裏來？阿綉，快把他殺了，被窩中有血，有甚麼打緊？這人早晚總是要殺的。」那姑娘道：「我沒力氣殺人。」那老婦道：「用刀子慢慢的鋸斷他喉管，這小混蛋就活不了。」

石破天大叫：「鋸不得，鋸不得！我的血髒得很，把這香噴噴的被窩弄得一塌胡塗，而且……而且……被窩裏有個死屍，過一會定要變成殭屍，也不大妙。」只聽得嚶的一聲，那姑娘顯是聽到「被窩裏有個死屍要變殭屍」這話很害怕，石破天心中一喜，聽那姑娘道：「奶奶，我拔刀子也沒力氣。」石破天道：「你沒力氣拔刀子，那再好沒有了。我此刻動不得，你如將我殺了，我就變成殭屍，躺在你身旁，那有多可怕。我活著不能動，變成殭屍，就能動了，我兩隻冷冰冰的殭屍手握住你喉嚨……」

那姑娘給他說得更加怕了，忙道：「我不殺你，我不殺你！」過了一會兒，又道：「奶奶，怎生想個法子，叫他出去？」那老婦道：「我在想哪，你別多說話。」

這時已然入夜，船艙中漆黑一團。石破天和那姑娘雖同蓋一被，幸好擲進來時偏在一旁，沒碰到她身子，黑暗中只聽得那姑娘氣息急促，顯然十分惶急。過了良久，那老婦仍沒想出甚麼法子來。

突然之間，遠處傳來兩下尖銳的嘯聲，靜夜中淒厲刺耳。跟著飄來一陣大笑之聲，聲音蒼老豪邁。那人邊笑邊呼：「小翠，我已等了你一日一晚，怎麼這會兒才到？」

那姑娘急道：「奶奶，他……他追過來了，那怎麼是好？」那老婦哼了一聲，說道：「你別作聲，我正凝聚眞氣，只要足上經脈稍通，能有片刻動彈，我便往江心中一跳，免得受這老妖之辱。」那姑娘急道：「奶奶，奶奶，那使不得。」那老婦怒道：「我叫你別來打擾我。奶奶投江之時，你跟不跟我去？」那姑娘微一遲疑，說道：「我……我跟著奶奶一塊兒死。」那老婦道：「好！」說了這個「好」後，便不作聲了。

石破天兩度嘗過這「走火」的滋味，心想：「原來老太太和小姑娘都練內功走火，動彈不得，偏生敵人在這當頭趕到，當眞爲難之極。」

只聽下游那蒼老的聲音又叫道：「你愛比劍也好，鬥拳也好，丁老四定然奉陪到底。小翠，你怎不回答我？」這時話聲又近了數十丈。過不多時，只聽得半空中嗆啷啷鐵鍊響動，跟著嘭的一聲巨響，一件重物落上了船頭，顯是迎面而來的船上有人擲來鐵錨鐵鍊。後梢的船家大叫：「喂，喂，幹甚麼？幹甚麼？」

石破天只覺坐船向右急劇傾側，不由自主的也向右滾去，那姑娘向他滾過來，靠在他身上。石破天道：「這個……這個……你……」要想叫她別靠在自己身上，但隨即想起她跟自己一樣，也動彈不得，話到口邊，又縮了回去。

跟著覺得船頭一沉，有人躍到了船上，傾側的船身又回復平穩。那老人站在船頭說道：「小翠，我來啦，咱們是不是就動手？」

後梢的船家叫道：「你這麼攪，兩艘船都要給你弄翻了。」那老人怒道：「狗賊，快給我閉上了鳥嘴！」提起鐵錨擲出。兩艘船便即分開，同時順著江水疾流而下。船家見他如此神力，將一隻兩百來斤重的鐵錨擲來擲去，有如無物，嚇得撟舌不下，再也不敢作聲了。

那老人笑道：「小翠，我在船頭等你。你伏在艙裏想施暗算，我可不上你當。」

石破天心頭一寬，心想他一時不進艙來，便可多挨得片刻，但隨即想起，多挨片刻，未必是好，那老婦若能凝聚眞氣，便要挾了這小姑娘投江自盡，這時那姑娘的耳朵正挨在他口邊，便低聲道：「姑娘，你叫你奶奶別跳到江裏。」

那姑娘道：「她……她不肯的，一定要跳江。」一時悲傷不禁，流下淚來，眼淚既奪眶而出，便再也忍耐不住，抽抽噎噎的哭了起來，淚水滾滾，沾濕了石破天的臉頰。她哽咽道：「對……對不住！我的眼淚流到了你臉上。」這姑娘竟十分斯文有禮。

石破天輕嘆一聲，說道：「姑娘不用客氣，一些眼淚水，又算得了甚麼？」那姑娘泣道：「我不願意死。可是船頭那人很兇，奶奶說寧可死了，也不能落在他手裏。我……

……我的眼淚，眞對不住，你可別見怪……」只聽得船板格的一聲響，船艙彼端一個人影坐了起來。

石破天本來口目向下，埋在枕上，但滾動之下，已側在一旁，見到這人坐起，心中怦怦亂跳，顫聲說道：「姑……姑娘，你奶奶坐起來啦。」那姑娘「啊」的一聲，她臉孔對著石破天，已瞧不見艙中情景。過了一會，只聽石破天叫道：「老太太，你別抓她，她不願意陪你投江自盡，救人哪，救人哪！」

船頭上那老人聽到船艙中有個青年男子的聲音，奇道：「甚麼人大呼小叫？」石破天道：「你快進來救人。老太太要投江自盡了。」

那老人大驚，一掌將船篷掀起了半邊，右手探出，已抓住了那老婦手臂。那老婦凝聚了半天的眞氣立時渙散，應聲而倒。那老人一搭她脈搏，驚道：「小翠，你是練功走了火嗎？幹麼不早說，卻在強撑？」那老婦氣喘喘的道：「放開手，別管我，快滾出去！」那老人道：「你經脈逆轉，甚爲凶險，若不早救，只怕……只怕要成爲殘廢。我來助你一臂之力。」那老婦怒道：「你再碰一下我身子，我縱不能動，也要咬斷舌頭，立時自盡。」

那老人忙縮回手掌，說道：「你的手太陰肺經、手少陰心經、手少陽三焦經全都亂了，這個……這個……」那老婦道：「你一心一意只想勝過我。我練功走火，豈不再好也沒有了？正好如了你心願。否則的話，你怎麼勝得了我。」那老人道：「咱們不談這個。阿綉，你怎麼了？快勸勸你奶奶。你……你……咦！你怎麼跟個大男人睡在一起，他是你的情郎，還是你的小女婿兒？」

阿綉和石破天齊聲道：「不，不是的，我們都動不了啦。」

那老人大爲奇怪，伸手將石破天一拉。石破天給帆索綁得直挺挺地，腰不能曲，手不能彎，給他這麼一拉，便如一根木材般從被窩中豎了起來。那老人出其不意，倒嚇了一大跳，向後急避，待得看清，不禁哈哈大笑，道：「阿綉，端陽節早過，你卻在被窩中藏了一隻大粽子。」

阿綉急道：「不是的，他是外邊飛進來的，不……不是我藏的。」

那老人笑道：「你怎麼也不能動，也變成了一隻大粽子麼？」

那老婦厲聲道：「你敢伸一根指頭碰到阿綉，我跟你拚命。」

那老人嘆了口氣，道：「好，我不碰她。」轉頭向梢公道：「船家，轉舵掉頭，扯起帆來，我叫你停時便停船。」那梢公不敢違拗，應道：「是！」慢慢轉舵。

那老婦怒道：「幹甚麼？」那老人道：「接你到碧螺山去好好調養。你這次走火，非同小可。」那老婦道：「我死也不上碧螺山。我又沒輸給你，幹麼迫我到你狗窩去？」

那老人道：「咱們約好了在長江比武，我輸了到你家磕頭，你輸了便到我家裏，不過不必磕頭。是你自己練功走火也好，是你鬥不過我也好，總而言之，這一次你非上碧螺山走一遭不可。我幾十年來的心願，這番總算得償，妙極，妙極！」那老婦怒發如狂，叫道：「不去，不去，不……」越叫越淒厲，陡然間一口氣轉不過來，竟暈了過去。

那老人笑吟吟的道：「你不去也得去，今日還由得你嗎？」

石破天忍不住插口道：「她既不願去，你怎能勉強人家？」

那老人大怒，喝道：「要你放甚麼狗屁？」反掌便往他臉上打去。

這一掌眼見便要打得他頭暈眼花、牙齒跌落，突然之間，見到石破天臉上一個漆黑的小小掌印，那老人一怔之下，登時收掌，笑道：「啊哈，大粽子，我道是誰將你綁成這等模樣，原來是我那乖乖姪孫女。你臉上這一掌，是給我姪孫女打的，是不是？」

石破天不明所以，問道：「你姪孫女？」那老人道：「你還不知老夫是誰？我是丁不四，丁不三是我哥哥，他年紀比我大，武功卻不及我……我的姪孫女……」石破天看他相貌確和丁不三有幾分相似，服飾也差不多，只腰間纏著一條黃光燦然的金帶，便道：「啊，是了，叮叮噹噹是你姪孫女。不錯，這一掌正是叮叮噹噹打的，我也是給她綁的。」

丁不四捧腹大笑，道：「我原說天下除了阿瑺這小丫頭，再沒第二個人這麼頑皮淘氣。很好，很好，很好！她為甚麼綁你？」石破天道：「她爺爺要殺我，說我武功太差，是個白痴。」丁不四更加大樂，笑得彎下腰來，道：「老三要殺的人，老四既然撞上了，那就……那就……」石破天驚道：「你也要殺？」

丁不四道：「丁不四的心意，天下有誰猜得中？你以為我要殺你，我就偏偏不殺。」站起身來，左手抓住石破天後領提將起來，右手併掌如刀，在他身上自上而下急劃而落，本來重重纏繞的數十重帆索立時紛紛斷絕，當真是利刃也未必有如此鋒銳。

石破天讚道：「老爺子，你這手功夫厲害得很，那叫甚麼名堂？」

丁不四聽石破天一讚，登時心花怒放，道：「這一手功夫自然了不起，普天下能有如此功力的，除了丁不四外，再沒第二個了。這手功夫嗎？叫做……」

這時那老婦已醒，聽到丁不四自吹自擂，當即冷笑道：「哼，耗子上天平，自稱自讚！這一手『快刀斬亂麻』，不論那個學過幾手三腳貓把式的莊稼漢子，又有誰不會使的？」丁不四道：「呸！呸！學過幾手三腳貓把式的人，就會使我這手『快刀斬亂麻』？你倒使給我瞧瞧！」那老婦道：「你明知我練功走火，沒了力氣，來說這種風涼言語。大粽子，我跟你說，你到隨便那一處市鎮上，見到有人練把式賣膏藥，騙人騙財，只須給他一文兩文，他就會練這手『快刀斬亂麻』給你瞧，包管跟這老騙子練得一模一樣，沒半點分別，說不定還比他強些。這是普天下所有騙人的混蛋個個都會練的法門，只消手指間夾一片快刀，又有甚麼希罕了！」

其實丁不四這一手乃眞功夫，並非騙術，聽那老婦說得刻薄，不由得怒發如狂，順手便向她肩頭抓落。

石破天叫道：「不可動粗！」斜身反手，向他右腕上切去，正是丁璫所教一十八路擒拿手中的一招「白鶴手」。他給丁璫拿中穴道後為時已久，在內力撞擊之下，穴道漸解，待得身上帆索斷絕，血行順暢，立時行動自如。

丁不四「咦」的一聲，反手勾他小臂。石破天於這一十八路擒拿手練得已甚純熟，當即變招，左掌拍出，右手取對方雙目。丁不四喝道：「好！這是老三的擒拿手。」伸臂上前，壓他手肘。石破天雙臂圈轉，兩拳反擊他太陽穴。丁不四兩條手臂自下穿上，向外一分，快如電閃般向石破天手臂上震去。只道這一震之下，石破天雙臂立斷，不料四臂相撞，石破天穩立不動，丁不四卻感上身一陣酸痲，喀喇一聲，足下所踏的一塊船板從中折斷，船身也向左右猛烈搖晃兩下。他急忙後退一步，以免陷入斷板，嘴裏又「咦」的一聲。

他前一聲「咦」，只驚異石破天居然會使他丁家的一十八路擒拿手，但當雙臂與石破天較勁，震得他退出一步，那一聲「咦」乃大大吃驚，只覺這年輕人內力充盈厚實，直如無窮無盡，自己適才雖未出全力，但對方渾若無事，自己卻踏斷了船板，可說已輸了一招。此人這等厲害，怎能為丁璫所擒？臉上又怎會給她打中一掌？一時心中疑團叢生。

那老婦驚詫之情絲毫不亞於丁不四，哈哈大笑，說道：「連……連……連一個渾小子也……也……也……」一時氣息不暢，說不下去了。丁不四怒道：「我代你說了罷，『連一個渾小子也鬥不過，還逞甚麼英雄好漢？』是不是？這句話你說不出口，只怕把你憋也憋死了。」那老婦滿臉笑容，連連點頭。

丁不四側頭向石破天道：「大粽子，你……你師父是誰？」石破天搔了搔頭，心想自己雖跟謝煙客和丁璫學過武功，卻沒拜過師父，說道：「我沒師父！」丁不四怒道：「胡說八道，那麼你這一十八路擒拿手，又是那裏偷學得來的？」石破天道：「我不是偷學得來的，叮叮噹噹教了我十天。她不是我師父，是我……是我……」要想說「是我老婆」總覺有些不妥，便不說了。丁不四更加惱怒，罵道：「你奶奶的，這武功是阿璫教你的？胡說八道。」

那老婦這時已順過氣來，冷冷的道：「江湖上人人都說，『丁氏雙雄，一是英雄，一是狗熊！』這句話當眞不錯。今日老婆子親眼目睹，果然是江湖傳言，千眞萬確。」

丁不四氣得哇哇大叫，道：「幾時有這句話了？定是你揑造出來的。你說，誰是英雄，誰是狗熊？我的武功比老三強，武林中誰人不知，那個不曉？」

那老婦不敢急促說話，一個字一個字的緩緩說道：「丁璫是丁老三的孫女兒。丁老三教了他兒子，他兒子教他的女兒丁璫，丁璫又教這個渾小子。這渾小子只學了十天，就勝過了丁老四，你教天下人去評……評……評……」連說了三個「評」字，一口氣又轉不過來了。

丁不四聽著她慢條斯理、一板一眼的說話，早已十分不耐，這時忍不住搶著說道：「我來代你說：『你教天下人評評這道理看，到底誰是英雄，誰是狗熊？自然丁老三是英雄，丁老四是狗熊！』」越說聲音越響，到後來聲如雷震，滿江皆聞。

那老婦笑瞇瞇的點了點頭，道：「你……你自己知道就好。」這幾個字說得氣若遊絲，但聽在丁不四耳中，卻令他憤懣難當，大聲叫道：「誰說這大粽子勝過丁老四了？來，來，來，咱們再比過！我不在……不在……」

他本想說「不在三招之內就將你打下江去，那就如何如何」，但話到口邊，心想此人武功非同小可，「三招之內」只怕拾奪他不下，要想說「十招之內」，仍覺沒有把握，說「二十招」罷，還是怕這句話說得太滿，若說「一百招之內」，卻已沒了英雄氣概，自己一個成名人物，要花到一百招才能將姪孫女兒的徒弟打敗，那又有甚麼了不起？他略一遲疑，那老婦已道：「你不在十萬招之內將他打敗，你就拜他……拜他……拜他……咳……咳……」

丁不四怒吼：「『你就拜他為師！』你要說這句話，是不是？」「拜他為師」這四個字一出口，身子已縱在半空，掌影翻飛，向石破天頭頂及胸口同時拍落。

石破天雖學過一十八路擒拿手法，但只能拆解丁璫的一十八路擒拿手，學時既非活學，用時也不能活用，眼見丁不四猶似千手萬掌般拍將下來，那裏能夠抵禦？只得雙掌上伸，護住頭頂，便在這時，後頸大椎穴上感到一陣極沉重的壓力，已然中掌。

那大椎穴乃人手足三陽督脈之會，最是要害，但也正因是人手足三陽督脈之會，諸處經脈中內力同時生出反擊的勁道。丁不四只感全身劇震，向旁反彈了開去，看石破天時，卻渾若無事。這一招石破天固然遭他擊中，但丁不四反而向外彈出，不能說分了輸贏。

那老婦卻陰陽怪氣的道：「丁不四，人家故意讓你擊中，你卻給彈了開去，當眞沒用之極，只交手一招，你便輸了。」丁不四怒道：「我怎麼輸了？胡說八道！」那老婦道：「就算你沒輸，那麼你讓他在你大椎穴上拍一掌瞧瞧。要是你不死，反能將他彈開幾步，那麼你們就算打成平手。」丁不四心想：「這小子內力雄厚之極，我大椎穴若給他擊上一掌，那是不死也得重傷。」說道：「好端端地，我爲甚麼要給他打？你的大椎穴倒給我打一掌看。」那老婦道：「早知丁狗熊沒種，就只會一門取巧撿便宜的功夫，倘若跟人家一掌還一掌、一拳還一拳的文比，誰也不得躲閃擋架，你就不敢。」

丁不四給她說中了心事，訕訕的道：「這等蠻打，是不會武功的粗魯漢子所爲，咱們武學名家，怎麼能玩這等笨法子？」他自知這番話強詞奪理，經不起駁，在那老婦笑聲中，向石破天道：「再來，再來，咱們再比過。」

石破天道：「我只學過叮叮噹噹教的那些擒拿手，別的武功都不會，你剛才那樣手掌亂晃的功夫，我不會招架。老爺子，就算你贏了，咱們不比啦。」

那「就算你贏了」這五個字，聽在丁不四耳中極不受用，他大聲說道：「贏就是贏，輸就是輸，那有甚麼算不算的？我讓你先動手，你過來打我啊。」石破天搖頭道：「我就是不會。」丁不四聽那老婦不住冷笑，心頭火起，罵道：「他媽的，你不會，我來教你。你瞧仔細了，你這樣出掌打我，我就這麼架開，跟著反手這麼打你，你就斜身這麼閃過，跟著左手拳頭打我這裏。」

石破天學招倒很快，依樣出手，丁不四回手反擊。兩人只拆得四招，丁不四呼的一拳打到，石破天不知如何還手，雙手下垂，說道：「下面的我不會了。」

丁不四又好氣，又好笑，道：「你奶奶的，都是我教你的，那還比甚麼武？」石破天道：「我原說不用比啦，算你贏就是了。」丁不四道：「不成，我若不是眞正勝了你，小翠一輩子都笑話我，丁大英雄給她說成是丁大狗熊，我這張臉往那裏擱去？你記著，我這麼打來，你不用招架，最好搶上一步，伸指反來戳我小腹，這一招很陰毒，我這拳就不能打實了，就只得避讓，這叫做以攻爲守，攻敵之所必救。」

他口中教招，手上比劃。石破天用心記憶，學會後兩人便從頭打起，打到丁不四所教的武功用盡之時，便即停了，只得一個往下再教，一個繼續又學。丁不四這些拳法掌法變化本來甚爲繁複，但他跟石破天對打，卻只以曾經教過的爲限。

丁不四心想這般鬥將下去，如何勝得了他？唯一機緣只是這渾小子將所學的招數忘了，拆解稍有錯誤，便立中自己毒手。但偏偏石破天記心甚好，丁不四只教過一遍，他便牢牢記住。兩人直拆了數十招，他招式中仍無破綻。

那老婦不時發出幾下冷笑之聲，又令丁不四不敢以凡庸的招數相授，只要攻守之際有一招不夠凌厲精妙，那老婦便出言相譏。她走火之後雖行動不得，眼光仍十分厲害，就算是一招高明武功，她也要故意詆毀幾句，何況是不算十分出色精奧的招式。

丁不四打醒了精神，傳授石破天拳掌，這股全力以赴的兢兢業業之意，竟絲毫不亞於當年數度和那老婦眞刀眞槍的拚鬥。又教數十招，天色將明，丁不四漸感焦躁，突然拳法一變，使出一招先前教過的「渴馬奔泉」，連拳帶人，猛地撲將過去。

石破天叫道：「次序不對了！」丁不四收招站定，說道：「有甚麼次序不次序的？只要是教過你的便行。」石破天倒也沒忘他曾教過用「粉蝶翻飛」來拆解，當即依式縱身閃開。丁不四心想：「我只須將你逼下江去，就算是贏了。小翠再要說嘴，也已無用。」一踏上一步，一招「橫掃千軍」，雙臂猛掃過去。石破天仍依式使招「和風細雨」，避開了對方狂暴的攻勢，但這步一退，左足已踏上了船舷。

丁不四大喜，喝道：「下去罷！」一招「鐘鼓齊鳴」，雙拳環擊，攻他左右太陽穴。依照丁不四所授的功夫，石破天該當退後一步，再以「春雲乍展」化開來掌，可是此刻身後已無退路，一步後退，便踏入了江中，情急之下不暇多想，生平學得最熟的只丁璫所教的那兩招，也不理會用得上用不上，一閃身，已穿到了丁不四背後，右手以「虎爪手」抓住他「靈台穴」，左手以「玉女拈針」拿住他「懸樞穴」，雙手一拿實，強勁內力陡然發出。

丁不四大叫一聲，坐倒艙板。

其實石破天內力再強，憑他只學幾天的擒拿手法，又如何能拿得住丁不四這等武學大高手？只因丁不四有了先入爲主的成見，認定石破天必以「春雲乍展」來解自己這招「鐘鼓齊鳴」，而要使「春雲乍展」，非退後一步而摔入江中不可。他若和另一個高手比武，自會設想對方能有種種拆解之法，拆解之後跟著便有諸般厲害後著，自必四面八方都防到了，決不能讓對手閃到自己後心而拿住了要穴。但他跟石破天對拳大半夜，拆解百餘招，對方招招都一板一眼，全然依準自己所授的法門而發，心下對他既沒半分提防之意，又全沒想到這渾小子居然會突然變招，所使的招數卻又純熟無比，出手如風，待要擋避，已然不及，竟著了他的道兒。偏生石破天的內力厲害，勁透要穴，以丁不四修爲之高，竟也抵擋不住。

這一下變故之生，丁不四和石破天固吃驚不小，那老婦也錯愕無已，「哈哈，哈哈」狂笑兩下，暈厥了過去，雙目翻白，神情可怖。

石破天驚呼：「老太太，你……你怎麼啦？」

阿綉身在艙裏，瞧不見船頭上情景，聽石破天叫得惶急，忙問：「這位大哥，我奶奶怎麼了？」石破天道：「啊喲……她……暈過去啦，這一次……這一次模樣不對，只怕……只怕……難以醒轉。」阿綉驚道：「你說我奶奶……已經……已經死了？」石破天伸手去探了探那老婦鼻息，道：「氣倒還有，只不過模樣兒……那個……那個很不對。」阿綉急道：「到底怎麼不對？」石破天道：「她神色像是死了一般，我扶起你來瞧瞧。」

阿綉不願受他扶抱，但實在關心祖母，躊躇道：「好！那就勞你這位大哥的大駕。」石破天一生之中，從未聽人說話如此斯文有禮，長樂幫中諸人跟他說話之時儘管恭謹，卻是敬畏多過了友善，連小丫頭侍劍也總是掩不住臉上惶恐的神色。丁璫跟他說話有時十分親熱，卻也十分無禮。只這個姑娘的說話，聽在耳中當眞是說不出的慰貼舒服，於是輕輕扶她坐起，將一條薄被裹在她身上，然後將她抱到船頭。

阿綉見到祖母暈去不醒的情狀，「啊」的一聲呼叫，說道：「這位大哥，可不可以請你在奶奶『靈台穴』上，用手掌運一些內力過去？這是不情之請，可眞不好意思。」

石破天聽她說話柔和，垂眼向她瞧去。這時朝陽初升，只見她一張瓜子臉，下巴微圓，卻沒丁璫那麼尖，但清麗文秀，一雙明亮清澈的大眼睛也正在瞧著他。兩人目光相接，阿綉登時羞得滿臉通紅，她沒法轉頭避開，便即閉上了眼睛。石破天衝口而出：「姑娘，原來你也這麼好看。」阿綉臉上更加紅了，兩人相距這麼近，生怕說話時將口氣噴到他臉上，小嘴緊緊閉住。

石破天一呆，道：「對不起！」輕輕將她放上艙板，靠在船艙門邊，再伸掌按住那老婦的「靈台穴」，也不知如何運送內力，便照丁璫所教以「虎爪手」抓人「靈台穴」的法子，發勁吐出。

那老婦「啊」的一聲，醒了過來，罵道：「渾小子，你幹甚麼？」石破天道：「這位姑娘叫我給你運送內力，你……你果然醒過來啦。」那老婦罵道：「你封了我穴道啦，運送內力，是這麼幹的？」石破天訕訕的道：「對不起，對不起。我實在不會，請你教一教。」

適才他這麼一使勁，只震得那老婦五臟六腑幾欲翻轉，「靈台穴」更遭封閉，好在她練功走火，穴道早已自塞，這時封上加封，也不相干。她初醒時十分惱怒，但已知他內力渾厚無比，心想：「這傻小子天賦異稟，莫非無意中食了靈芝仙草，還是甚麼通靈異物的內丹，以致內力雖強，卻不會運使。我練功走火，或能憑他之力，得能打通被封的經脈？」便道：「好，我來教你。你將內息存於丹田，感到有一股熱烘烘的暖氣了，是不是？你心中想著，讓那暖氣通到手少陽三焦經的經脈上。」

這些經脈穴道的名稱，當年謝煙客在摩天崖上都曾教過，石破天依言而爲，毫不費力的便將內力集到了掌心，他所修習的「羅漢伏魔功」乃少林派第一精妙內功，並兼陰陽剛柔之用，只向來不知用法，等如有人家有寶庫，金銀堆積如山，卻覓不到那枚開庫的鑰匙，此刻經那老婦略加指撥，依法而爲，體內本來蓄積的內力便排山倒海般湧出。

那老婦叫道：「慢些，慢……」一言未畢，已「哇」的一聲，吐出大口黑血。

石破天吃了一驚，叫道：「啊喲！怎麼了？不對麼？」阿綉道：「這位大哥，我奶奶請你緩緩運力，不可太急了。」那老婦罵道：「傻瓜，你想要我的命嗎？你將內力運一點兒過來，等我吸得幾口氣，再送一點兒過來。」

石破天道：「是，是！對不起，眞正對不起！」正要依法施爲，突見丁不四一躍而起，叫道：「他奶奶的，咱們再比過，剛才不算。」那老婦道：「老不要臉，爲甚麼不算？明明是你輸了。剛才他只須在你身上補上一刀一劍，又或在你天靈蓋上拍擊一掌，你還有命麼？」

丁不四自知理虧，不再和那老婦鬥口，呼的一掌，便向石破天拍來，喝道：「這招拆法我教過你，不算不講理罷？」石破天忙即站起，依他所授招式，揮掌擋開。丁不四跟著又出一掌，喝道：「這一招我也教過你的，總不能說我要無賴欺侮小輩了罷？」他所出的每一招，果然都是曾教過石破天的，顯得自己言而有信，是個君子。

他越打越快，十餘招後，已來不及說話，只不住叱喝：「教過你的，教過的，教過！教過！教……教……教……」如此迅速出招，石破天雖天資聰穎，總沒法只學過一遍，便將諸般繁複的掌法盡數記住活用，對方拳腳一快，登時便無法應付，眼見數招之間，便會傷於丁不四掌底，正自手忙腳亂，忽聽得那老婦叫道：「且慢，我有話說。」

丁不四住手不攻，問道：「小翠，你要說甚麼？」那老婦向石破天道：「少年，我身子不舒服，你再來送一些內力給我。」丁不四點頭道：「那很好。你走火後經脈窒滯，你既不願我相助，叫他出點力氣倒好。這少年武功不行，內力挺強！」

那老婦哼了一聲，冷冷的道：「是啊，他武功是你教的，內力卻不是你教的，他武功不行，內力挺強。」丁不四怒道：「他武功怎麼能算是我教的，我只教了他半天，只須他跟我學得三年五載，哼，小一輩人物之中，沒一個能是他敵手。」那老婦道：「就算學得跟你一模一樣，又有甚麼用？他不學你的武功，便能將你打敗，學得了你的武功，只怕反而打你不過了。越學越差，你說是學你的好，還是不學的好？」丁不四登時語塞，呆了一呆，說道：「他那兩招虎爪手和玉女拈針，還不是我丁家的功夫？」

那老婦道：「這是丁不三的孫女所教，可不是你教的。少年，你過來，別去理他。」

石破天道：「是！」坐到那老婦身側，伸手又去按住她靈台穴，運功助她打通經脈，這一次將內力極慢極慢的送去，惟恐又激得她吐血。

那老婦緩緩伸臂，將衣袖遮在臉上，令丁不四見不到自己在開口說話，又聽不到話聲，低聲道：「待會他再和你廝打，你手掌之上須帶內勁。就像這樣把內勁運到拳掌之中。只要見到他伸掌拍來，你就用他一模一樣的招式，跟他手心相抵，把內勁傳到他身上。這老兒想把你逼下江中淹死，你記好了，見到他使甚麼招，你也就使甚麼招。只有用這法子，方能保得……保得咱們三人活命。」她和石破天只相處幾個時辰，便已瞧出他心地良善，若要他爲他自己而跟丁不四爲難，多半他會生退讓之心，不一定能遵照囑咐，但說「方能保得咱三人活命」，那是將他祖孫二人的性命也包括在內了，料想他便能全力以赴。

石破天輕輕「嗯」的一聲答應。那老婦又道：「你暫且不用給我送內力。待會你和那老兒雙掌相抵，送出內力時可不能慢慢的來，須得急吐而出，越強越好。」石破天道：「他會不會吐血？可別傷了他。」那老婦道：「不會的。你良心倒好。我練功走火，半點內力也沒有了，你的內力猛然湧到，我沒法抗拒，這才吐血。這老兒的內力強得很，剛才你抓住他背心穴道，他並沒吐血，是不是？你若不出全力，反而會給他震得吐血。你如受傷，那便沒人來保護我祖孫二人，一個老太婆，一個小姑娘，躺在這裏動彈不得，只有任人宰割欺凌。」

石破天聽到這裏，心頭熱血上湧，只覺此刻立時爲這老婆婆和姑娘死了也毫不皺眉，其實她二人是何等樣人，是善是惡，他卻一無所知。

那老婦將遮在臉上的衣袖緩緩拿開，說道：「多謝你啦。丁老四死不認輸，你就跟他過過招。唉，老婆子活了這一把年紀，天下的眞好漢、大英雄也見過不少，想不到臨到歸天之際，眼前見到的卻是一隻老狗熊，當眞夠冤。」丁不四怒道：「你說老狗熊，他兩個都不老，但總不是說自己，是罵我嗎？」那老婦微微一笑，說道：「一個人若有三分自知之明，也許還不算壞得到了家。丁老四，你要殺他，還不容易？只管使些從來沒教過他的招數出來，包管他招架不了。」

丁不四怒道：「丁老四豈是這等無恥之徒？你瞧仔細了，招招都是我教過他的。」那老婦原是要激他說這句話，嘆了口氣，不再作聲。

丁不四「哼」的一聲，大聲道：「大粽子，這招『逆水行舟』要打過來啦！那是我教過你的，可別忘了。」說著雙膝微曲，身子便矮了下去，左掌自下而上的揮出。

石破天聽他說「逆水行舟」，心下已有預備，也是雙膝微曲，左掌自下而上的揮出。

丁不四喝道：「錯了！不是這樣拆法。」一句話沒說完，眼見石破天左掌即將和自己左掌相碰，心下一凜：「這小子內力甚強，只怕猶在我之上。若跟他比拚內力，那可沒甚麼味道。」當即收回左掌，右掌推了出去，那一招叫作「奇峯突起」。石破天心中記著那老婦的話，跟著也使一招「奇峯突起」，掌中已帶了三分內勁。丁不四陡覺對方掌力陡強，手掌未到，掌風已撲面而來，心下微感驚訝，立即變招。

石破天凝視丁不四的招式，見他如何出掌，便跟著依樣葫蘆，這麼一來，不須記憶如何拆解，只依樣學樣，心思全用以凝聚內力，果然掌底生風，打出的掌力越來越強。

丁不四卻有了極大顧忌，處處要防到對手手掌和自己手掌相碰，生怕一黏上手之後，硬碰硬的比拚內力，好幾次捉到石破天的破綻，總是眼見他照式施爲，便不得不收掌變招。他自成名以來，江湖上的名家高手會過不知多少，卻從未遇到過這樣的對手，不論自己出甚麼招式，對方總是照抄。倘若對方是個成名人物，如此打法跡近無賴，當下便可立斥其非，但偏偏石破天是個徒具內力、不會武功之人，講明只用自己所授的招式來跟自己對打，這般學了個十足十，原爲名正言順。他心下焦躁，不住咒罵，卻始終奈何這小子不得。

這般拆了五六十招，石破天漸漸摸到運使內力的法門，不必每一招均須先行動念聚力，每一拳、每一掌打將出去，勁力愈來愈大，船頭上呼呼風響，便如疾風大至一般。

丁不四不敢絲毫怠忽，惟有全力相抗，心道：「這小子到底是甚麼邪門？莫非他有意裝傻藏奸，其實卻是個身負絕頂武功的高手？」再拆數招，覺得要避開對方來掌越來越難，幸好石破天一味模仿自己的招數，倒也不必費心去提防他出其不意的攻擊。

又鬥數招，丁不四雙掌轉了幾個弧形，斜斜拍出，這一招叫做「左右逢源」，掌力擊左還是擊右，要看當時情景而定，心頭暗喜：「臭小子，這一次你可不能照抄了罷？你怎知我掌力從那一個方向襲來？」果然石破天見這一招難以仿效，問道：「你是攻左還是攻右？」丁不四一聲狂笑，喝道：「你倒猜猜看！」兩隻手掌不住顫動。石破天心下驚惶，只得提起雙掌，同時向丁不四掌上按去，他不知對方掌力來自何方，惟有左右同時運勁。

丁不四見他雙掌一齊按到，不由得大驚，暗想傻小子把這招虛中套實、實中套虛的巧招使得笨拙無比，「左右逢源」變成了「亦左亦右」，雙掌齊重，不但令此招妙處全失，且違反了武學的精義。但這麼一來，自己非和他比拚內力不可，霎時間額頭冒汗，危急中靈機一動，雙掌倏地上舉，掌力向天上送去。這一招叫做「天王托塔」，原是對付敵人飛身而起、凌空下擊而用。石破天此時並非自空下搏，這招本來全然用不上。但石破天每一招都學對方而施，眼見丁不四忽出這招「天王托塔」，不明其中道理，便也雙掌上舉，呼的一聲，向上拍出。

兩人四掌對著天空，你瞧瞧我，我瞧瞧你。

丁不四忍俊不禁，哈哈大笑。石破天見對方敵意盡去，跟著縱聲而笑。阿綉斜倚在艙門木柱上，見此情景，也不由得嫣然微笑。

那老婦卻道：「不要臉，不要臉！打不過人家，便出這等鬼主意來騙小孩子！」

丁不四在電光石火的一瞬之間，竟想出這古怪法子來避免和石破天以內力相拚，躲過了危難，於自己的機警靈變甚爲得意，雖聽那老婦出言譏刺，便也不放在心上，只嘻嘻一笑，說道：「我跟這小子無怨無仇，何必以內力取他性命！」

那老婦正要再出言譏刺，突然船身顛簸了幾下，向下游直衝，原來此處江面陡狹，水流忽變湍急。丁不四又哈哈大笑，叫道：「小翠，到碧螺島啦，你們祖孫兩位，連同大粽子一起，都請上去盤桓盤桓。」那老婦臉色立變，顫聲道：「不去，我寧死也不踏上你的鬼島一步。」丁不四道：「上去住幾天打甚麼緊？你是我家貴客，在我家裏好好養傷，好飲好食，名貴藥物齊全，舒服得很。」那老婦怒道：「舒服個屁！」惶急之下，竟口出粗言。

江水滔滔，波濤洶湧，浪花不絕的打上船來。石破天順著丁不四的目光望去，只見右前方江中現出一個山峯，一片青翠，上尖下圓，果然形如一螺，心想這便是碧螺島了。

丁不四向梢公道：「靠到那邊島上。」那梢公道：「是！」丁不四俯身提起鐵錨，站在船頭，只待駛近，便將鐵錨抛上島去。

石破天道：「老爺子，這位老太太既然不願到你家裏去，你又何必……」一句話沒說完，突然那老婦一躍而起，握住阿綉的手臂，踴身入江。

丁不四大叫：「不可！」反手來抓，卻那裏來得及？只聽得撲通一聲，江水飛濺，兩人已沒入水中。

石破天大驚，抓起一塊船板，也向江中跳了下去，他躍下時雙足在船舷上力撐，身子直飛出去，是以雖比那老婦投江遲了片刻，入水之處卻就在她二人身側。他不會游水，江浪一打，口中咕咕入水，他一心救人，右手抱住船板，左手亂抓，正好抓住了那老婦頭髮，當下再不放手，三人順著江水直衝下去。

江水衝了一陣，石破天已頭暈眼花，知覺漸失，口中仍不住的喝水，突然間身子一震，腰間疼痛，重重的撞上一塊巖石。石破天大喜，伸足凝力踏住，忙將那老婦拉近，幸喜她雙臂仍緊緊抱著孫女兒，只死活難知。

石破天見巖石離岸不遠，江水在腳邊洶湧而過，捲起無數浪花，幸好石邊江水不深，舉目可以見底，忙將她兩人一起抱起，一腳高一腳低，拖泥帶水，向陸地上走去。只走出十餘丈便已到了乾地，忽聽那老婦罵道：「無禮小子，你剛才怎敢抓我頭髮？」

石破天一怔，忙道：「是，是！眞對不起。」那老婦道：「你怎……哇！」她這麼一聲「哇」，隨著吐了許多江水出來。阿綉道：「奶奶，若不是這位大哥相救，咱二人又不識水性，此刻……此刻……」說到這裏，也嘔出了不少江水。那老婦道：「如此說來，這小子於咱們倒有救命之恩了。也罷，抓我頭髮的無禮之舉，不跟他計較便是。」

阿綉微笑道：「救人之際，那是無可奈何。這位大哥，可當眞……當眞多謝了。」她爲石破天抱在懷中，四隻眼睛相距不過尺許，她說話之時，轉動目光，不和石破天相對，但她祖孫二人嘔出江水，終究淋淋漓漓的濺了石破天一身。好在他全身早已濕透，再濕些也不相干，但阿綉脹紅了臉，甚爲不好意思。

那老婦道：「好啦，你可放我們下來了，這裏是紫煙島，離那老怪居住之處不遠，須得防他過來囉唣。」石破天道：「是，是！」正要將她二人放下，忽聽得樹叢之後有人說道：「這小子多半沒死，咱們非找到他不可。」石破天吃了一驚，低聲道：「丁不四追來啦。」抱著二人，便在樹叢中一縮，一動也不敢動。只聽得腳踏枯草之聲，有二人從身側走過，一個是老人，另一個卻是少女。

石破天這一下卻比見到丁不四追來更加怕得厲害，向二人背影瞧去，果然一個是丁璫，一個卻是丁不三。他顫聲道：「不好，是……是丁三爺爺。」

那老婦奇道：「你爲甚麼怕成這個樣子？丁不三的孫女兒不是傳了你武功麼？」石

破天道：「爺爺要殺我，叮叮噹噹又怪我不聽話，將我綁成一隻大粽子，投入江中。幸好你們的船從旁經過，否則……否則……」那老婦笑道：「否則你早成了江中老烏龜、老甲魚的點心啦。」石破天道：「是，是！」想起昨日讓丁璫以帆索全身纏繞的情景，兀自心有餘悸，道：「婆婆，他們還在找我。這一次若給他們捉到，我……我可糟了！」

那老婦怒道：「我如不是練功走火，區區丁不三何足道哉！你去叫他來，瞧他敢不敢動你一根毫毛。」阿綉勸道：「奶奶，此刻你老人家功力未復，暫且避一避丁氏兄弟的鋒頭，等你身子大好了，再去找他們的晦氣不遲。」

那老婦氣忿忿的道：「這一次你奶奶也眞倒足了大霉，說來說去，都是那小畜生、老不死這兩個鬼傢伙不好。」阿綉柔聲道：「奶奶，過去的事情，又提它幹麼？咱二人同時走火，須得平心靜氣的休養，那才能好得快。你心中不快，便於身子有損。」那老婦怒道：「身子有損就有損，怕甚麼了？今日喝了這許多江水，史小翠一世英名，那是半點也不賸了。」越說越大聲。

石破天生怕給丁不三聽到了，勸道：「婆婆，你平平氣。我……我再運些內力給你。」也不等她答應，便伸掌按上她靈台穴，將內力緩緩送去。內力既到，那老婦史婆婆只得凝神運息，將石破天這股內力引入自己各處閉塞了的經脈穴道，一個穴道跟著一個穴道的衝開，口中再也不能出聲。石破天只求她不驚動丁不三，掌上內力源源不絕的送出。

史婆婆心下暗自驚訝：「這小子內力如此精強，卻何以不會半點武功？」她念頭只這麼一轉，胸口便氣血翻湧，當下不敢多想，直至足少陽經脈打通，才長長舒了口氣，站起身來，笑道：「辛苦你了。」

石破天和阿綉同感驚喜，齊聲道：「你能行動了？」

史婆婆道：「通了足上一脈，還有好多經脈未通呢！」

石破天道：「我又不累，咱們便把其餘經脈都打通了。」

史婆婆眉頭一皺，說道：「小子胡說八道，我是和阿綉同練『無妄神功』以致走火，豈是尋常的瘋癱？今日打通一處經脈，已經謝天謝地了，就算達摩祖師、張三丰眞人復生，也未必能在一日之中打通我全身塞住了的經脈。」石破天訕訕的道：「是，是！我不懂這中間的道理，請你指教。」史婆婆道：「左右閒著無事，你就幫助阿綉打通足少陽經脈。」

石破天道：「是，是！」將阿綉扶起，讓她左肩靠在一根樹幹之上，然後伸掌按她靈台穴，以那老婦所教的法門，緩緩將內力送去。阿綉內功修爲比之祖母淺得多了，石破天直花了四倍時間，才將她足少陽經脈打通。

阿綉掙扎著站起，細聲細語的道：「多謝你啦。奶奶，咱們也不知這位大哥高姓大名，不知如何稱呼，多有失禮。」她這句話是向祖母說的，其實是在問石破天的姓名，只是對著這青年男子十分靦覥，不敢正面和他說話。

史婆婆道：「喂，大粽子，我孫女兒問你叫甚麼名字呢？」

石破天道：「我……我……也不知道，我媽媽叫我……叫我那個……」他想說「狗雜種」，但此時已知這三字十分不雅，無法在這溫文端莊的姑娘面前出口，又道：「他們卻又把我認錯是另外一個人，其實我不是那個人。到底我是誰，我……我實在說不上來……」

史婆婆聽得老大不耐煩，喝道：「你不肯說就不說好了，偏有這麼囉哩囉唆的一大套鬼話。」阿綉道：「奶奶，人家不願說，總是有甚麼難言之隱，咱們也不用問了。叫不叫名字沒甚麼分別，咱們心裏記著人家的恩德好處，也就是了。」

石破天忙即分辯：「不，不，我不是不肯說，實在說出來太難聽了。」史婆婆道：「甚麼難聽好聽？還有難聽過大粽子的麼？你不說，我就叫你大粽子了。」石破天心道：「大粽子比狗雜種好聽得多了。」笑道：「叫大粽子很好，那也沒甚麼難聽。」

阿綉見石破天性子隨和，祖母言語無禮，他居然一點也不生氣，更加過意不去，忙道：「奶奶，你別取笑。這位大哥可別見怪。」

石破天嘻嘻一笑，道：「沒甚麼。謝天謝地，只盼丁三爺爺和叮叮噹噹找不到我就好了。你們在這裏歇一會，我去瞧瞧有甚麼吃的沒有。」史婆婆道：「這紫煙島上柿子甚多，這時正當紅熟，你去採些來。島上魚蟹也肥，不妨去捉些。」

石破天答應了，閃身在樹木之後躡手躡腳，一步步的走去，生怕給丁氏祖孫見到，只走出數十丈，果見山邊十餘株柿樹，樹上點點殷紅，都是熟透了的圓柿。

他走到樹下，抓住樹幹用力搖晃，柿子早已熟透，登時紛紛跌落。他張開衣衫兜接住，奔回樹叢，給史婆婆和阿綉吃。她二人雙足已能行走，手上經脈未通，史婆婆勉強能提起手臂，阿綉的雙臂卻仍癱瘓不靈。石破天剝去柿皮，先餵史婆婆吃一枚，又餵阿綉吃一枚。

阿綉見他將剝了皮的柿子送到自己口邊，滿臉羞得就如紅柿子一般，又不能拒卻，只得在他手中吃了。石破天欲待再餵，阿綉道：「這位大哥，你自己還沒吃，你先吃飽了，再……再……」

史婆婆道：「這邊向西南行出一里多些，有個石洞，咱們待天黑後，到那邊安身，好讓這對不三不四的鬼兄弟找咱們不到。」

石破天大喜，道：「好極了！」他對丁不四倒不如何忌憚，但丁不三祖孫二人一意要取他性命，委實害怕之極，聽史婆婆說有地方可以躲藏，心下大慰，吃了幾枚柿子。眼巴巴的好容易等到天色昏暗，當下右手扶著史婆婆，左手扶了阿綉，三人向西南方行去。這紫煙島顯是史婆婆舊遊之所，熟悉地勢，只行了一里多路，右首便全是山壁。史婆婆指點著轉了兩個彎，從一排矮樹間穿了過去，赫然現出一個山洞的洞口。

史婆婆道：「大粽子，今晚你睡在外面守著，可不許進來。」石破天道：「是，是！」又道：「可惜咱們不敢生火，烤乾浸濕的衣服。」

史婆婆冷冷的道：「這叫做虎落平陽被犬欺。日後終要讓這對不三不四的鬼兄弟身受十倍報應。」

阿綉拿起那把爛柴刀，緩緩使個架式，跟著橫刀向前推出，隨即刀鋒向左掠去，拖過刀來，又向右斜斫。

十　太陽出來了

次晨醒來，三人吃了幾枚柿子，石破天又爲她祖孫分別打通了一處經脈，於是兩人雙手也能動彈了。

史婆婆道：「大粽子，這島上的小湖裏有螃蟹，你去捉些來，螃蟹雖還沒肥，總勝過天天吃柿子。」石破天微感躊躇，輕聲道：「捉蟹倒不難，就是沒法子煮，又不能生吃。」

史婆婆道：「好好一個年輕力壯的大男人，對丁不三這老鬼如此害怕，成甚麼樣子？」石破天搖頭道：「別說丁三爺爺，連叮叮噹噹也比我厲害得多。如給他們捉到了，再將我綁成一隻大粽子丟在江裏，那可糟了。」

阿綉勸道：「奶奶，這位大哥說得是，咱們暫且忍耐，等奶奶的經脈都打通了，恢復功力，那時又怕他們甚麼丁不三、丁不四。」史婆婆道：「哼，你說得倒也稀鬆平常，回復功力，談何容易？咱二人經脈全通，少說也得十天，要回復功力，多則一年，少則八月。難道今後一年咱們天天吃柿子？過不了十天，柿子都爛光啦。」

石破天道：「那倒不用發愁，我去多摘些柿子，晒成柿餅，咱三人吃他一年半載，也餓不死。」這些日子來他多遇困苦，迭遭凶險，但覺世情煩紛，甚麼事都難以明白，不如在這石洞旁安穩渡日，遠爲平安喜樂，何況又有阿綉這可愛之極的姑娘相伴。

史婆婆罵道：「你肯做縮頭烏龜，我卻不肯。再說，丁不四那廝一兩日之內定會尋上島來，你想做縮頭烏龜也做不成。大粽子，你到底怎麼攪的？怎地空有一身深厚內功，卻又沒練過武藝？」石破天歉然道：「我就是沒跟人好好學過。只叮叮噹噹教過我一十八手擒拿法，我自然鬥他們不過。丁不四老爺爺教我的這些武功，又是每一招他都知道的。」

阿綉忽然插口道：「奶奶，你爲甚麼不指點這位大哥幾招？他學了你的功夫，如將丁不四打敗了，豈不比你老人家自己出手取勝還要光采？」

史婆婆不答，雙眼盯住了石破天，目不轉睛的瞧著他。

突然之間，她目光中流露出十分兇悍憎惡的神色，雙手發顫，便似要撲將上去，一口將他咬死一般。石破天害怕起來，不由自主的倒退了一步，道：「老太太，你……你……」史婆婆厲聲道：「阿綉，你再瞧瞧他，像是不像？」

阿綉一雙大眼睛在石破天臉上轉了一轉，眼色卻甚柔和，說道：「奶奶，相貌是有些像的，然而……然而決計不是。只要他……他有這位大哥一成的忠誠厚道，是位仁善君子……他也就決計不會……不會……」

史婆婆眼色中的兇光慢慢消失，哼了一聲，道：「雖不是他，可是相貌這麼像，我也決計不教。」

石破天登時恍然：「是了，她又疑心我是那個石破天了。這個石幫主得罪的人眞多，天下竟有這許多人恨他。日後若能遇上，我得好好勸他一勸。」只聽史婆婆道：「你是不是也姓石？」石破天搖頭道：「不是！人家都說我是長樂幫的甚麼石幫主，其實我一點也不是，半點也不是。唉，說來說去，誰也不信。」說著長長嘆了口氣，十分煩惱。

阿綉低聲道：「我相信你不是。」

石破天大喜，叫道：「你當眞相信我不是他？那……那好極了。只有你一個人，才不相信。」阿綉道：「你是好人，他……他是壞人。你們兩個全然不同。」

石破天情不自禁的拉著她手，連聲道：「多謝你！多謝你！多謝你！」這些日子來人人都當他是石幫主，令他無從辯白，這時便如一個滿腹含冤的犯人忽然得到昭雪，對這位明鏡高懸的青天大老爺自是感激涕零，說得幾句「多謝你」，忍不住流下淚來，滴滴眼淚，都落在阿繡的纖纖素手之上。阿繡羞紅了臉，卻不忍將手從他掌中抽回。

史婆婆冷冷的道：「是便是，不是便不是。一個大男人，哭哭啼啼的，像甚麼樣子。」

石破天道：「是！」伸手要擦眼淚，猛地驚覺自己將阿繡的手抓著，忙道：「對不起，對不起！」放開她手掌，道：「我……我……我不是……我再去摘些柿子。」不敢再向阿繡多看，向外直奔。

史婆婆見到他如此狼狽，絕非作僞，不禁也感好笑，嘆了口氣，道：「果然不是。那姓石的小畜生若有大粽子一成的厚道老實，也不會……唉！」

過不多時，忽聽得洞外樹叢嗍的一聲響，石破天急奔回來，臉色慘白，驚惶無已，顫聲道：「糟糕……這可糟啦。」史婆婆道：「怎麼？丁不三見到你了？」

石破天道：「不，不是！雪山派的人到了島上，危險之極……」

史婆婆和阿繡臉色齊變，兩人對瞧了一眼。史婆婆問道：「是誰？」石破天道：「那個白萬劍白師傅，率領了十幾個師弟。他們……他們定是來找我的，要捉我到甚麼凌霄城去處死。」史婆婆向阿繡又瞧了一眼，問石破天道：「他們見到你沒有？」石破天道：「幸虧沒見到，不過我見到白師傅和丁……丁……不四爺爺在說話。」史婆婆眉頭一皺，問道：「丁不四？不是丁不三？」

石破天道：「丁不四。他說：『長江中沒浮屍，定是在這島上。』他們定要一路慢慢找來，我這……這可……可糟了。」只急得滿頭大汗。

阿綉安慰他道：「那位白師傅把你也認錯了，是不是？你既不是那個壞人，總說得明白的，那也不用躭心。」石破天急道：「說不明白的。」

史婆婆道：「說不明白，那就打啊！天下給人冤枉的，又不止你一人！」石破天道：「那位白師傅是雪山派裏的高手，劍法好得不得了，我……我怎打他得過？」史婆婆冷笑道：「雪山派劍法便怎麼了？我瞧那也稀鬆平常！」

石破天搖頭道：「不對，不對！這個白師傅的劍術，眞是說不出的厲害了得。他手中長劍這麼一抖，就能在柱子上或是人身上留下六個劍痕，你信不信？」伸足拉起褲腳，將自己大腿上的六朵劍痕給她們瞧，至於此舉十分不雅，他是山鄉粗鄙之人，卻也不懂。

史婆婆哼的一聲，道：「我有甚麼不信？」隨即氣忿忿的道：「雪山派的武功又有甚麼了不起，在我史小翠眼中不值一文。白自在這老鬼在凌霄城中自大爲王，不知天高地厚，只道他雪山派的劍法天下第一。哼，我金烏派的刀法，偏偏就是他雪山派的剋星。大粽子，你知道金烏派是甚麼意思？」石破天道：「不……不知道。」

史婆婆道：「金烏就是太陽，太陽出來，雪就怎麼啦？」石破天道：「雪就融了。」史婆婆哈哈一笑，道：「對啦！太陽一出來，雪就融成了水，金烏派武功是雪山派的剋星對頭，就是這道理。他們雪山派弟子遇上了我金烏派，只有磕頭求饒的份兒。」

雪山派劍法的神妙，石破天是親眼目睹過的，史婆婆將她金烏派的功夫說得如此厲害，他不免有些將信將疑。他心下既不信服，臉上登時便流露出來。

史婆婆道：「你不信嗎？」石破天道：「我在土地廟中給那位白師傅擒住，見到他們師兄弟過招，心中也記得了一些，我覺得……我覺得雪山派的劍法實在……實在……」史婆婆怒問：「實在怎麼樣？」石破天道：「實在是好！」史婆婆道：「你只見到人家師兄弟過招，一晚之間又學得到甚麼？怎知是好是壞？你演給我瞧瞧。」

石破天道：「我學到的劍法，可沒白師傅那麼厲害。」

史婆婆哈哈大笑，阿綉也不禁嫣然。史婆婆道：「白萬劍這小子天資聰穎，用功又勤，從小至今練了二十幾年劍，沒一天間斷。你只瞧了一晚，就想有他那麼厲害，可不笑歪了人嘴巴？」阿綉道：「奶奶，這位大哥原是說沒白師傅那麼厲害。」史婆婆向她瞪了一眼，轉頭向石破天道：「好罷，你快試著演演，讓我瞧瞧到底有多『厲害』！」

石破天知她是在譏諷自己，當下紅著臉，拾起地下一根樹枝，折去了枝葉，當作長劍，照著呼延萬善、聞萬夫他們所使的招數，一「劍」刺了出去。

史婆婆「哈」的一聲，說道：「第一招便不對！」石破天臉色更紅了，垂下手來。史婆婆道：「練下去，練下去，我要瞧瞧你『厲害』的雪山劍法。」

石破天羞慚無地，正想擲下樹枝，一轉眼間，見阿綉神色殷切，目光中流露出鼓勵之色，絕無譏諷含意，當即反手又刺一劍。他使出招數之後，深恐記錯，更貽史婆婆之譏，當下心無旁騖，一劍劍的使將下去。

七八招一出，他記著那晚土地廟中石夫人和他拆解的劍招，越使越純熟，風聲漸響。史婆婆和阿綉本來臉上都帶笑意，雖一個意存譏嘲，一個溫文微笑，均覺石破天的劍招似是而非，破綻百出，委實不成模樣，可是越看臉上笑意越少，輕視之心漸去，驚佩之色漸濃。待得石破天將那顛三倒四、七零八落的七十二路雪山劍法使完（其實只使了六十三路，其餘九路記不起了），史婆婆和阿綉又對望一眼，均想此人於雪山派劍法學得甚不周全，顯然未經傳授，但挾以深厚內力，招數上的威力實已非同尋常。

石破天見二人不語，訕訕的擲下樹枝，道：「眞令兩位笑掉了牙齒，我人太蠢，隔了十多天，便記不全啦。」

史婆婆道：「你說是在土地廟中看雪山派弟子練劍，這才偷學到的？」石破天紅了臉道：「我知偷學人家武功，甚是不該。帶我到高山上的那位老伯伯說，不得准許而拿了人家東西，便是小賊。我偷學了雪山派的劍法，只怕也是小賊了。只不過當時覺得這樣使劍實在很好，不知不覺中便記了一些。」

史婆婆喜道：「你只一晚功夫，便學到這般模樣，那已是絕頂聰明的資質。我那金烏刀法，你也學得會的。這樣罷，你就拜我爲師好了……」

阿綉插口道：「奶奶，那不好。」史婆婆奇道：「爲甚麼不好？」阿綉滿臉紅暈，道：「那……那我豈不是要叫他師叔，平空矮了一輩？」史婆婆臉色一沉，道：「師叔就師叔，又有甚麼了不起啦？丁不四尋到這兒，定要再逼我上碧螺島去，咱二人豈不是又得再投江尋死？只有快快把大粽子教會了武功，才能抵擋，眼下事勢緊迫，那還顧得到甚麼輩份大小？大粽子，我史婆婆今日要開宗立派，收你做我金烏派的首徒，你拜不拜師？」

石破天性子隨和，本來史婆婆要他拜師，他就拜師，但聽阿綉說不願叫他師叔，不由得有些躊躇。史婆婆道：「你快跪下磕頭，就成了我金烏派的嫡系傳人啦。我是金烏派創派祖師，你是第二代的大弟子。」

阿綉突然想起一事，微微一笑，說道：「奶奶，恭喜你開宗立派。這位大哥，你就拜奶奶爲師好啦。我不是金烏派弟子，咱們是兩派的，大家不相統屬，不用叫你做師叔。」

史婆婆急於要開派收徒，也不去跟阿綉多說，只道：「快跪下，磕八個頭。」

石破天見阿綉已無異議，當下歡歡喜喜的向史婆婆跪下，磕了八個頭。這八個頭磕得咚咚有聲，著實不輕。

史婆婆眉花眼笑，甚是歡喜，說道：「罷了！乖徒兒，你我既是一家，這情份就不同了。我金烏派今日開宗立派，你可須用心學我功夫，日後金烏派在江湖上名聲如何，全要瞧你的啦。大粽子……」

阿綉抿嘴笑道：「金烏派的祖師奶奶，貴派首徒英雄了得，這個外號兒可不夠氣派。」

史婆婆道：「不錯，你到底叫甚麼名字？對著師父，可甚麼都不許隱瞞的了。」石破天道：「是！是！我媽叫我狗雜種。長樂幫中的人，卻說我是他們的幫主石破天，其實我不是的。只不過……只不過我不知道自己眞的姓甚麼，叫甚麼名字。」

史婆婆「嘿」的一聲，道：「甚麼狗雜種？胡說八道，你媽媽多半是個瘋子。這樣罷，你就跟我姓，姓史。咱們金烏派第二代弟子用甚麼字排行？嗯，雪山派弟子叫甚麼白萬劍、封萬里、耿萬鍾的，咱們可強他一萬倍。他們是『萬』字輩，咱們就是『億』字輩。那個姓白的叫白萬劍。我就給你取個名字，叫作史億刀。」

石破天一生之中從未有過眞正的姓名，叫他狗雜種也好、石破天也好、大粽子也好，都不怎麼放在心上。史婆婆給他取名史億刀，他本不知「億」乃「萬萬」之義，聽了也就隨口答應，渾不在意。

史婆婆卻興高采烈，精神大振，說道：「我這路金烏刀法，五六年前已想得周全，只是使這刀法，須有極強的內力，否則刀法的妙處運使不出來。這次長江中遇到了丁不四這老怪，他定要邀我上他碧螺島去。非惡鬥一場，不能叫他知難而退，當下我便和阿綉同練『無妄神功』，練成之後，我使金烏刀法，她使雪……她使……那個玉兔劍法，日月輪轉，別說丁不四區區一個旁門左道的老妖怪，便是為禍武林的甚麼『賞善罰惡』使者，只怕也要望風遠遁。至於雪山派中那些狂妄自大之輩，更加非甘拜下風不可。不料阿綉給我催得急了，一個不小心，內息走入了岔道，我忙救援，累得兩人一齊走火，動彈不得。」她既收石破天為徒，一切直言無忌，將走火的原因和經過都說了出來。

史婆婆又道：「幸好你天生內力渾厚，正是練我金烏刀法的好材料。刀法不同劍法，劍以輕靈翔動為高，刀以厚實狠辣為尚。這根樹枝太輕，你再去另找一根粗些的樹枝來。」

石破天應了，到樹林中去找樹枝，見一株斷樹之下丟著一柄滿是鐵鏽的柴刀。他俯身拾起，見刀柄已然腐朽，刀鋒上累累都是缺口，也不知是那一年遺在那裏的，拿著倒也沉沉的有些墜手，心想：「雖是柄鏽爛的柴刀，總也勝於樹枝。」於是將腐壞的刀柄拔了出來，另找一段樹枝，塞入柄中，興沖沖的回來。

史婆婆和阿綉見了這柄鏽爛柴刀，不禁失笑。阿綉笑道：「奶奶，貴派今日開山大典，用這把寶刀傳授開山大弟子的武功，未免……未免有欠冠冕。」

史婆婆道：「甚麼有欠冠冕？我金烏派他日望重武林，威震江湖，全是以這柄……這柄寶刀起家。哈哈！」她說到「寶刀」二字，自己也忍俊不禁。三人同時大笑。

史婆婆笑道：「好啦，你記住了，金烏刀法第一招，叫做『開門揖盜』。」拿起一根短樹枝，緩緩作了個姿勢，又道：「我手腳無力，出招不快，你卻須使得越快越好。」

石破天提起柴刀，依樣使招，甚是迅捷，出刀風聲凌厲。

史婆婆點頭道：「很好，使熟之後，還得再快些。這招『開門揖盜』，是用來剋制雪山劍法那招『蒼松迎客』的。他們假仁假義的迎客，咱們就直截了當的迎賊。好像是向對方作揖行禮，其實心中當他盜賊。第二招『梅雪逢夏』，是剋制他『梅雪爭春』那一招。雪山劍法又是梅花五瓣啦，又是雪花六出啦，咱們叫他們梅雪逢夏。一到夏天，他們的梅花、雪花還有甚麼威風？」

「梅雪爭春」這招劍法甚是繁複，石破天在長樂幫總舵中曾見白萬劍使過，劍光點點，大具威勢，他在土地廟中就沒學會。這招「梅雪逢夏」的刀法，是在霎息之間上三刀、下三刀、左三刀、右三刀，連砍三四一十二刀，不理對方劍招如何千變萬化，只以一股威猛迅狠的勁力，將對方繁複的劍招盡數消解，有如炎炎夏日照到點點雪花上一般。

那第三招叫「千鈞壓駝」，用以剋制雪山劍法的「雙駝西來」；第四招「大海沉沙」剋制「風沙莽莽」；第五招「赤日炎炎」剋制「月色昏黃」，以光勝暗；第七招「鮑魚之肆」剋制「暗香疏影」，以臭破香。每招刀法都有個稀奇古怪的名稱，無不和雪山劍法的招名針鋒相對，名稱雖怪，刀法卻當眞十分精奇。

石破天一字不識，這些刀法劍法的招名大都是書上成語，他既不懂，自然也記不住，但只用心記憶出刀的部位和手勢。史婆婆口講手比，緩緩而使，石破天學得不對，立加校正，比之在土地廟中偷學劍法，難易自然大不相同。

史婆婆授了十八招後，已感疲累，當下閉目休息，任由石破天自行練習。過得大半個時辰，史婆婆又傳了十八招。到得黃昏時分，已傳了七十二招。同時將他已忘了的九招雪山劍法也都教了。金烏刀法以剋制雪山劍法爲主，自也須得學會雪山劍法。

史婆婆道：「雪山派劍法有七十二招，我金烏派武功處處勝他一籌，卻有七十三招。咱們七十三招破他七十二招，最後一招，你瞧仔細了！」說著將那樹枝從上而下的直劈下來，又道：「你使這招之時，須得躍起半空，和身直劈！」當下又教他如何縱躍，如何運勁，如何封死對方逃遁退避的空隙。

石破天凝思半晌，依法施爲，縱身躍起，從半空中揮刀直劈下來，呼的一聲，刀鋒離地尚有數尺，地下已塵沙飛揚，敗草落葉爲刀風激得團團而舞，果然威力驚人。

石破天一劈之下，收勢而立，看史婆婆時，只見她臉色慘白，再轉頭去瞧阿綉，卻見她一對大眼中淚水盈盈，淒然欲泣，顯然十分傷心。石破天大奇，囁嚅道：「我這一招……使得不對嗎？」

史婆婆不語，過了片刻，擺擺手道：「對的。」呆了一陣，又道：「此招威力太大，千萬不可輕用，以免誤傷好人。」石破天道：「是，是！好人是決計傷不得的。」

這一晚他便是在睡夢之間，也是翻來覆去的在心中比劃著那七十三招刀法，竟將強敵在外搜索之事擱在一旁。幸好這紫煙島方圓雖不大，卻樹木叢生，徑曲洞多，白萬劍等一時沒找到左近。

次晨天剛黎明，他便起身練這刀法，直練到第七十三招，縱躍半空，一刀劈將下來，這一次威力更強，刀風撞到地上，砰的一聲，發出巨響。

只聽得阿綉在背後說道：「史……史大哥，你起身好早。」石破天轉過身來，見她斜倚在石洞口，一雙妙目正凝視著自己，忙道：「你也早。」

阿綉臉上微微一紅，道：「我想到那邊林中走走，舒舒筋骨，你陪我去，好不好？」石破天道：「好好，你全身經脈剛通，正該多活動活動。」兩人並肩向林中走去。

走出十餘丈，已入樹林深處，此時日光尚未照到，林中到處是輕煙薄霧，瞧出來朦朦朧朧地，樹上、草上，阿綉身上、臉上，似乎都蒙著一層輕紗。林中萬籟俱寂，只兩人踏在枯草之上，發出沙沙微聲。

突然之間，石破天聽得身旁發出幾下抽噎聲息，一轉頭，見阿綉正在哭泣，晶瑩的淚珠正從她臉頰上緩緩流下。石破天吃了一驚，忙問：「阿綉姑娘，你……你為甚麼哭？」

阿綉不答，走了幾步，伸手扶住一棵樹幹，哭得更加傷心了。

石破天道：「為甚麼啊？是婆婆罵你嗎？」阿綉搖搖頭。石破天又問：「你身子不舒服，是不是？」阿綉又搖搖頭。石破天連猜了七八樣原因，阿綉只是搖頭。霎時間叫他可沒了主意，過去他所遇到的女子如他母親、侍劍、丁璫、花萬紫等，都是性格爽朗之輩，石夫人閔柔雖為人溫和斯文，卻也端凝大方，從沒見過如同阿綉這般嬌羞忸怩的姑娘，實不知如何應付才好。阿綉越哭泣，他越心慌，只道：「到底為了甚麼事？你跟我說好不好？」阿綉抽抽噎噎的道：「都是……都是……你……你不好，你……你……還要問呢！」

石破天大吃一驚，心想：「我甚麼事做錯了？」他對這位溫柔靦覥的阿綉甚為敬重，她既說都是他不好，自然一定是他不好了，顫聲道：「阿……阿綉姑娘，請你跟我說，我是蠢人，自己做錯了事也不知道，當眞該死。」

阿綉淚眼盈盈的回過頭來，說道：「昨兒晚上我做了個夢，嚇人得很，你……你……你對我這麼兇！」說到這裏，眼淚又似珍珠斷線般流將下來。石破天奇道：「我對你很兇？」阿綉道：「是啊，我夢見你使金烏刀法第七十三招，從半空中一刀劈將下來，把我殺了。」石破天一怔，伸拳在自己胸口重重搥了兩下，罵道：「該死，該死！我在夢中嚇著了你。」

阿綉破涕爲笑，說道：「史大哥，那是我自己做夢，原怪不得你。」石破天見她白玉般的臉頰上兀自留著幾滴淚水，但笑靨生春，說不出的嬌美動人，不由得痴痴的看得呆了。阿綉面上一紅，身子微顫，那幾顆淚水便滾了下來，說道：「我做的夢，常常是很準的，因此我害怕將來總有一日，你眞的會使這一招將我殺了。」

石破天連連搖頭，道：「不會的，不會的，我說甚麼也不會殺你。別說我決不會殺你，就是你要殺我，我……我也不還手，不逃走。好像叮叮噹噹要殺我，我就想逃走。」阿綉問道：「叮叮噹噹就是丁不三的孫女兒，將你綁成大粽子的那個姑娘嗎？」石破天道：「是啊！」阿綉低聲道：「那麼你對我，是好過對叮叮噹噹了？」石破天道：「那當然啦！」

阿綉臉上一紅，又問：「倘若我要殺你，你爲甚麼不逃不還手？」石破天伸手搔了搔頭，傻笑道：「我覺得……我覺得不論你要我做甚麼事，我總會依順你，聽你的話。你眞要殺我，我倘若不給你殺，逃了開去，讓你殺不到，你就不快活了。我要你開心、快活，還是讓你殺了的好。」

阿綉怔怔的聽著，只覺他這幾句話誠摯無比，確是出於肺腑，不由得心中感激，眼眶兒又是紅了，道：「你……你爲甚麼對我這麼好？」

石破天道：「只要你快活，我就說不出的喜歡。阿綉姑娘，我……我眞想天天這樣瞧著你。」他說這幾句話時，只心中這麼想，嘴裏就說了出來。阿綉年紀雖和他差不多同年，於人情世故卻不知比他多懂了多少，一聽之下，就知他是在表示情意，要和自己終身廝守，結成眷屬，不禁滿臉含羞，連頭頸中也紅了，慢慢把頭低了下去。

良久良久，兩人誰也不說一句話。過了一會，阿綉仍低著頭，輕聲道：「我也知道你是好人，何況那也正巧，在那船中，咱們……咱們共……共一個枕頭，我……我寧可死了，也決不會去跟別一個人。」她意思是說，冥冥之中，老天似是早有安排，你全身被綁，卻偏偏鑽進我的被窩之中，同處了一夜，只是這句話畢竟羞於出口，說到「咱們共一個枕頭」這幾句時，已聲若蚊鳴，幾不可聞。

石破天還不明白她這番話已是天長地久的盟誓，但也知她言下對自己甚好，忍不住心花怒放，忽道：「倘若這島上只有你奶奶和我們三個人，那可有多好，咱們就永遠住在這裏，偏偏又有白萬劍師傅啦、丁不四爺爺啦，叫人提心吊膽的老是害怕。」

阿綉抬起頭來，道：「丁不四、白師傅他們，我倒不怕。我只怕你將來殺我。」石破天急道：「我寧可先殺自己，也決不會傷了你一根小指頭兒。」

阿綉提起左手，瞧著自己的手掌，這時日光從樹葉之間照進林中，映得她幾根手指透明如瑪瑙。石破天情不自禁的抓起她的手掌，放到嘴邊去吻了一吻。

阿綉「啊」的一聲，將手抽回，內息一岔，四肢突然乏力，倚在樹上，喘息不已。

石破天忙道：「阿綉姑娘，你別見怪。我……我……我不是想得罪你。下次我不敢了，眞正再也不敢了。」阿綉見他急得額上汗水也流出來了，將左手又放在他粗大的手掌之中，柔聲道：「你沒得罪我。下次……下次……也不用不敢。」石破天大喜，心中怦怦亂跳，只是將她柔嫩的小手這麼輕輕握著，卻再也不敢放到嘴邊去親吻了。

阿綉調勻了內息，說道：「我和奶奶雖蒙你打通了經脈，卻不知何年何月，才能回復功力。」石破天不懂這些走火、運功之事，也不會空言安慰，只道：「只盼丁不四爺爺找不到咱們，那麼你奶奶功力一時未復，也不打緊。」

阿綉嫣然道：「怎麼還是你奶奶、我奶奶的？她是你金烏派的開山大師祖，你連師父也不叫一聲？」石破天道：「是，是。叫慣了就不容易改口。阿綉姑娘……」阿綉道：「你怎麼仍然姑娘長，姑娘短的，對我這般生分客氣？」石破天道：「是，是。你教教我，我怎麼叫你才好？」

阿綉臉蛋兒又是一紅，心道：「你該叫我『綉妹』才是，那我就叫你一聲『大哥』。」可是終究臉嫩，這句話說不出口，道：「你就叫我『阿綉』好啦。我叫你甚麼？」石破天道：「你愛叫甚麼，就叫甚麼。」阿綉笑道：「我叫你大粽子，你生不生氣？」石破天笑道：「好得很，我怎麼會生氣？」

阿綉嬌聲叫道：「大粽子！」石破天應道：「嗯，阿綉。」阿綉也應了一聲。兩人相視而笑，心中喜樂，不可言喻。

石破天道：「你站著很累，咱們坐下來說話。」當下兩人並肩坐在大樹之下。阿綉長髮垂肩，陽光照在她烏黑的頭髮上發出點點閃光。她右首的頭髮拂到了石破天胸前，石破天拿在手裏，用手指輕輕梳理。

阿綉道：「大粽子哥哥，倘若我沒遇上你，奶奶和我都已在長江中淹死啦，那裏還有此刻的時光？」石破天道：「倘若沒你們這艘船剛好經過，我也早在長江中淹死啦。大家永遠像此刻這樣過日子，豈不快樂？爲甚麼又要學武功你打我、我打你的，害得人家傷心難過？我眞不懂。」阿綉道：「武功是一定要學的。世界上壞人多得很，你不去打人，別人卻會來打你。給人打了還不要緊，給人殺了可活不成啦。大粽子哥哥，我求你一件事，成不成？」

石破天道：「當然成！你吩咐甚麼，我就做甚麼。」

阿綉道：「我奶奶的金烏刀法，的確是很厲害的，你內力又強，練熟之後，武林中就很少有人是你對手了。不過我很躭心一件事，你忠厚老實，江湖上人心險詐，要是你結下的冤家多，那些壞人使鬼計來害你，你一定會吃大虧。因此我求你少結冤家。」

石破天點頭道：「你這是爲我好，我自然更加要聽你的話。」

阿綉臉上泛過一層薄薄的紅暈，說道：「以後你別淨說必定聽我的話。你說的話，我也一定依從。沒的叫人笑話於你，說你沒了男子漢大丈夫氣概。」頓了一頓，又道：「我瞧奶奶教你這門金烏刀法，招招都是兇狠毒辣的殺著，日後和人動手，傷人殺人必多，那時便想不結冤家，也不可得了。」

石破天惕然驚懼，道：「你說得對！不如我不學這套刀法，請你奶奶另教別的。」

阿綉搖頭道：「她金烏派的武功，就只這套刀法，別的沒有了。再說，不論甚麼武功，一定會傷人殺人的。不能傷人殺人，那就不是武功了。只要你和人家動手之時，處處手下留情，記著得饒人處且饒人，那就是了。」石破天道：「『得饒人處且饒人』，這句話很好！阿綉，你眞聰明，說得出這樣好的話。」阿綉微笑道：「我豈有這般聰明，想得出這樣的話來？那是有首詩的，叫甚麼『自出洞來無敵手，得饒人處且饒人』。」

石破天問道：「甚麼有首詩？」他連字也不識，自不知甚麼詩詞歌賦。

阿綉向他瞧了一眼，目光中露出詫異的神色，也不知他眞是不懂，還是隨口問問，當下也不答言，沉吟半晌，說道：「要能天下無敵手，那才可以想饒人便饒人。否則便是向人家討饒，往往也不可得。大粽……」突然間嫣然一笑，道：「我叫你『大哥』好不好？那是『大粽子哥哥』五個字的截頭留尾，叫起來簡便一點。」也不等石破天示意可否，接著道：「我要你饒人，但武林中人心險詐，你若心地好，不下殺手，說不定對方乘機反施暗算，那可害了你啦。大哥，我曾見人使過一招，倒也奧妙得很，我比劃給你瞧瞧。」

她說著從石破天身旁拿起那把爛柴刀，站起身來，緩緩使個架式，跟著橫刀向前推出，隨即刀鋒向左掠去，拖過刀來，又向右斜斫，然後運刀反砍，從自己眉心向下，在身前尺許處直砍而落。石破天見她衣帶飄飄，姿式美妙，萬料不到這樣一個嬌怯怯的少女，居然能使這般精奧的刀法，只看得心曠神怡，就沒記住她的刀招。

阿綉一收柴刀，退後兩步，抱刀而立，說道：「收刀之後，仍須鼓動內勁，護住前後左右，以防敵人突施偷襲。」卻見石破天呆呆的瞧著自己出神，顯是沒聽到自己說話，問道：「你怎麼啦？我這一招不好，是不是？」

石破天一怔，道：「這個……這個……」阿綉嗔道：「我知道啦，你是金烏派的開山大弟子，壓根兒就沒將我這些三腳貓的招式放在眼裏。」石破天慌了，忙道：「對不起，我……我瞧著你眞好看，只管瞧你，就忘了去記刀法。」阿綉臉現紅暈，問道：「你說我好看，挺愛瞧著我，是不是？」石破天道：「是啊！」阿綉道：「那你不能再去瞧那個叮叮噹噹了，她也挺好看嗎？」石破天道：「好看的，不過我瞧著你，就沒第三隻眼睛去瞧她了。阿綉姑娘，剛才的刀法，請你……你再使一遍。」

阿綉佯怒道：「不使啦！你又叫我『阿綉姑娘』！」石破天伸指在自己額頭上打個爆栗，說道：「該死，老是忘記。阿綉，阿綉！你再使一遍罷。」

阿綉微笑道：「好，再使一遍，我可沒氣力使第三遍啦。」當下提起刀來，又拉開架式，橫推左掠，斜右反斫，下砍抱刀，將這一招緩緩使了一遍。

這一次石破天打醒了精神，將她手勢、步法、刀式、方位，一一牢記。阿綉再度叮囑他收刀後鼓勁防敵，他也記在心中，於是接過柴刀，依式使招。

阿綉見他即時學會，心下甚喜，讚道：「大哥，你眞聰明，只須用心，一下子便學會了。這一招刀法叫做『旁敲側擊』，刀刃到那裏，內力便到那裏。」

石破天道：「這一招果然好得很，忽左忽右，忽上忽下，叫對方防不勝防。」阿綉道：「這招的妙處還是在饒人之用。一動上手比武，自然十分凶險，敗了的非死即傷。你比不過人家，自然無話可說，就算比人家厲害，要想不傷對方而自己全身而退，卻也十分不易。這一招『旁敲側擊』，卻能既不傷人，也不致爲人所傷。」

石破天見她肩頭倚在樹上，頗爲吃力，道：「你累啦，坐下來再說。」

阿綉曲膝慢慢跪下，坐在自己腳跟上，問道：「你有沒聽到我的話？」石破天道：「聽到的。這一招叫做旁敲……旁敲甚麼的。」這一次他倒不是沒用心聽，只因「旁敲側擊」四字是個文謅謅的成語，他不明其意，就說不上來。

阿綉道：「哼，你又分心啦，你轉過頭去，不許瞧著我。」這句話原是跟他說笑，那知石破天當眞轉過頭去，不再瞧她。

阿綉微微一笑，道：「這叫做『旁敲側擊』。大哥，武林人士大都甚爲好名。一個成名人物給你打傷了，倒也沒甚麼，但如敗在你手下，他往往比死還難過。因此比武較量之時，最好給人留有餘地。如果你已經勝了，不妨便使這一招，這般東砍西斫，旁人不免眼花撩亂，你到後來又退後兩步，再收回兵刃，就算旁邊有人瞧著，也不知誰勝誰敗。給敵人留了面子，就少結了冤家。要是你再說上一兩句場面話，比如說：『閣下劍法精妙，在下佩服得緊。今日難分勝敗，就此罷手，大家交個朋友如何？』這麼一來，對方知你故意容讓，卻又不傷他面子，多半便會跟你做朋友了。」

石破天聽得好生佩服，道：「阿綉，你小小年紀，怎麼懂得這許多事情？這個法子眞再好也沒有了。」阿綉笑道：「我話說完了，你回過頭來罷。」

石破天回過頭來，只見她臉頰生春，笑嘻嘻的瞧著自己，不由得心中一蕩：「她眞好看之至！」

阿綉道：「我又懂得甚麼了？都是見大人們這麼幹，又聽他們說得多了，才知道該當這樣。」石破天道：「我再練一遍，可別忘記了。」當下躍起身來，提起柴刀，將這招「旁敲側擊」連練了兩遍。

阿綉點頭道：「好得很，一點也沒忘記。」

石破天喜孜孜的坐到她身旁。阿綉忽然嘆了口氣，說道：「大哥，我教你這招『旁敲側擊』，可別跟奶奶說。」石破天道：「是啊，我不說。我知道你奶奶會不高興。」阿綉道：「你怎知奶奶會不高興？」石破天道：「你不是金烏派的。我這金烏派弟子去學別派武功，她自然不喜歡了。」阿綉嘻嘻一笑，說道：「金烏派，嘿，金烏派！奶奶倒像是小孩兒一般。」

石破天道：「我說你奶奶確是有點小孩兒脾氣。丁不四老爺子請她到碧螺島去玩，去一趟也就是了，又何必帶著你一起投江？最多是碧螺島不好玩。那也沒甚麼打緊。我瞧丁不四老爺子對你奶奶倒也挺好的，你奶奶不斷罵他，他也不生氣。倒是你奶奶對他很兇。」

阿綉微笑道：「你在師父背後說她壞話，我去告你，小心她抽你的筋，剝你的皮。」石破天雖見她這般笑著說，心中卻也有些著慌，忙道：「下次我不說了。」

阿綉見他神情惶恐，不禁心中歉然，覺得欺侮他這老實人很不該，又想到自己引導他學這招「旁敲側擊」，雖說於他無害，終究頗存私心，便柔聲道：「大哥，你答允我以後跟人動手，既不隨便殺人傷人，又不傷人顏面，我……我實在好生感激。我無可報答，先在這裏多謝你了。」隨即俯身向他拜了下去。

石破天一驚，忙道：「你怎……怎麼拜我？」忙也跪倒，磕頭還禮。

忽聽得遠處一個女子聲音怒喝：「呔！不要臉，你又在跟人拜天地了！」正是丁璫的聲音。石破天一驚非同小可，「啊喲」一聲，躍起身來，叫道：「叮叮噹噹！」果見丁璫從樹林彼端縱身奔來，丁不三跟在她後面。

石破天一見二人，嚇得魂飛天外，彎腰將阿綉抱在臂中，拔足便奔。丁不三身法好快，幾個起落，已搶到石破天面前，攔住去路。石破天又是一聲：「啊喲！」斜刺裏逃去。他輕身功夫本就不如丁不三遠甚，何況臂中又抱了一人？片刻間又讓丁不三迎面攔住。

這時丁璫也已追到身後，石破天見到她手中柳葉刀閃閃發光，更加心驚。只聽得丁璫怒喝：「把小賤人放下來，讓我一刀將她砍了便罷，否則咱倆永世沒完沒了。」石破天道：「不行，不行，萬萬不行！她是我心肝寶貝！寧可我給你殺了！」丁璫唰的一刀，便向阿綉頭上砍去。石破天大驚，雙足一蹬，向旁縱躍。他深恐丁璫砍死了阿綉，不知不覺間力與神會，勁由意生，一股雄渾的內力起自足底，呼的一聲，身子向上躍起，竟高過了樹巔。

一躍之勁，竟致如斯，丁不三、丁璫固然大吃一驚，石破天在半空中也大叫：「啊喲！」心想這一落下來，跌得筋折腿斷倒罷了，阿綉如爲丁璫殺死，那可如何是好？見雙足落向一根松樹的樹幹，心慌意亂的使勁一撐，只盼逃得遠些，卻聽喀喇一聲，樹幹折斷，身子向前彈了數丈，身旁風聲呼呼，身子飛得極快。

只聽懷中的阿綉說道：「落下去時用力輕些，彈得更……」她一言未畢，石破天雙足又落向一棵松樹，當即依言微微彎膝，收小了勁力一撐，那樹幹一沉，並未折斷，反彈上來，卻將他彈得更遠更高。丁璫的喝罵之聲仍可聽到，卻也漸漸遠了。

阿綉紅著臉問道：「大哥，你說我是你的甚麼？」石破天道：「對不起，我說你是我的心肝寶貝！」阿綉道：「不用對不起，我很開心啊。你說寧可你給她殺了，卻萬萬不能殺我，這話是眞的嗎？」石破天道：「眞的，眞的！你是我的心肝寶貝！」阿綉紅著臉道：「好，那我也當你是我的心肝寶貝。」石破天俯下頭去，在她小嘴上輕輕一吻，二人都喜悅不禁。石破天本就抱著她飛在空中，這時更如飛在雲端一般。

石破天在松樹枝幹上一起一落，甚覺有趣。阿綉在他懷中，不住出言指點他運勁使力之法。他本來內力有餘，一得輕功的訣竅，在樹枝上縱躍自如，便似猿猴松鼠一般，輕巧自在，喜樂無窮，說道：「這法子眞好，這麼一來，他們便追不上咱們了。」

眼見樹林將到盡頭，忽聽得叱喝之聲，又見日光一閃一閃，顯是從兵刃上反照出來，有人正在打鬥。石破天道：「不好，那邊有人，不能過去了！」左足在樹幹上一點，輕輕落下，依著阿綉所說的法子，提一口氣，足尖向下，手中雖抱著人，卻著地極輕。

他躲在一株大松樹後，悄悄探頭出去張望，不由得嚇了一跳。只見林隙的一片大空地中兩人鬥得正緊，一個是手持長劍的白萬劍，另一個是雙手空空的丁不四。十餘名雪山派弟子手中各挺長劍，疏疏落落的站在四周凝神觀鬥，爲白萬劍作聲援之勢。丁不四手中雖沒兵刃，但擒、拿、劈、打、點、戳、勾、抓，兩隻手掌便如是一對厲害兵器一般，遇到白萬劍長劍刺削而來，他往往猱身而上，硬打搶攻。

石破天只看得數招，便即全神貫注，渾忘了懷中還抱著一人。他既學過雪山劍法，而丁不四所用的招數，一小半是曾經教過他的，沒教過的卻也理路相通，有脈絡可尋。那些招式在長江船上比試之時，似乎平平無奇，但這時在長劍擊刺之間搶攻，鋒銳凌厲，其勢不下於刀劍。兩大高手比武，鬥得緊湊異常，所使武功他又大部分學過，自瞧得興高采烈。

但見丁不四招招搶攻，雙掌如刀如劍、如槍如戟，逼得白萬劍守勢多而攻著少，但白萬劍打得極是沉著，樸實無華，偶然間鋒芒一現，又即收斂，看來丁不四若想取勝，可著實不易，鬥得久了，只怕白萬劍還會佔到上風。

連石破天都看出了這點，丁不四和白萬劍自早就心中有數。原來丁不四自負與白萬劍之父威德先生白自在同輩，聲稱不肯以大壓小，只以空手接他長劍。但一動上手，丁不四立即暗暗叫苦不迭，對方出招之迅，變化之精，內力之厚，法度之謹，在在均是第一流高手風範，即令白自在當年縱橫江湖的全盛之時，劍法之高，只怕也不過如是。

丁不四打醒十二分精神，施展小巧騰挪功夫，在他劍鋒中縱躍來去，有時迫不得已，只得行險僥倖，以兩敗俱傷的狠著，逼退白萬劍凌厲劍招。遇上這等情形，白萬劍總退讓一步，不跟他硬拚，似乎是智珠在握，心有必勝成算一般。以二人眞功夫而論，畢竟還是丁不四高出一籌，但他輸在過於托大，不肯用兵刃和對方動手，明明一條金光燦然的九節軟鞭圍在腰間，既已說過不用，便殺了他頭，也不肯抖將出來。

再拆二十餘招，白萬劍道：「丁四叔，你使九節鞭罷，單憑空手，你打我不過的。」

丁不四怒道：「放屁，我怎會打你不過？你試試這招！」左手劃個圈子，右手拳從圈子中直擊出去。這一招來得甚怪。白萬劍不明拆法，便退了一步。丁不四哈哈大笑，右足在地下一蹬，身子向左彈出，便似腳底下裝了彈簧，突然飛起，雙腳在半空中急速踢出。白萬劍又退一步，揮劍護住面門。

丁不四條左條右，忽前忽後，只將石破天看得眼花繚亂。猛聽得嗤的一聲響，丁不四右腿褲管上中了一劍，雖沒傷到皮肉，卻將他褲子劃了一條長長破口。白萬劍收劍退回，說道：「承讓，承讓！」

高手比武，這一招原可說勝敗已分。但丁不四老羞成怒，喝道：「誰來讓你了？這一招你一時運氣好，算得甚麼？」一招「逆水行舟」，向白萬劍又攻了過去。白萬劍只得挺劍接住。剛才這一劍劃破對方褲腳，說是運氣好，確也不錯，其時白萬劍挺劍刺去，丁不四剛好揮足踢出，倒似是將自己褲管送到劍鋒上去給他劃破一般。但這麼一來，丁不四一股凌厲的氣燄不免稍煞，出招時就慎重得多，越打越處下風。

雪山派眾弟子瞧著十分得意，就有人出聲稱讚：「你瞧白師哥這一招『月色昏黃』，使得若有若無，朦朦朧朧，當眞是得了雪山劍法的神髓。丁四老爺子手忙腳亂，若不是白師哥劍下留情，他身上已然掛彩了。」

猛聽得一聲「放屁！」同時從兩處響出。一處出自丁不四之口，那是應有之義，毫不希奇，另一處卻來自東北角上。

眾人目光不約而同的轉了過去。這些人中，倒以石破天嚇得最爲厲害。只見兩人並肩站在林邊，一是丁不三，另一個是丁璫。

丁不四叫道：「老三，你走開些！我跟人家過招，你站在這裏幹甚麼？」他雖正全神貫注和白萬劍動手，但究竟兄弟之親，丁不三只說了「放屁」兩字，他便知道是兄長到了，何況他兄弟倆自幼到老，相互間說得最多的便是這「放屁」兩字。

丁不三笑道：「我要瞧瞧你近來武功長進了些沒有。」

丁不四大急，情知眼前情勢，自己已無法取勝，這個自幼便跟他爭強鬥勝、互不相下的兄長偏偏在這時現身，眞正不巧之極，他大聲叫道：「你在旁邊來搞亂我心神。我既分心和你說話，怎麼還有心思跟人家廝打？」

丁不三笑道：「你不用和我說話，專心打架好了。」轉頭向丁璫道：「你四爺爺老是自稱武功了得，天下無敵，倒似比你親爺爺還強些一般。現下你睁大了眼，可要瞧仔細了，瞧你四爺爺單憑一雙肉掌，要將人家打得撤劍認輸，跪地求饒。哈哈，哈哈！」笑聲怪作，人人耳鼓中嗡嗡作響，都十分的不舒服。

丁不四邊鬥邊喝：「老三，你笑甚麼鬼？」丁不三笑道：「我笑你啊！」丁不四怒道：「笑我甚麼？我有甚麼好笑？」丁不三道：「我笑你一生要強好勝，遇到危難之際，總還得靠哥哥來提你一把。」丁不四怒道：「這姓白的是我後輩，若不是瞧在他父母臉上，早就一掌將他斃了。我有甚麼危難？誰要你來提一把，你還是去提一把酒壺、提一把尿壺的好！要不，就提一隻馬桶！哎喲！好小子，你乘人之危……」

他空手和白萬劍對打，本已落於下風，這麼分心和丁不三說話，門戶中便即現出空隙。白萬劍乘勢直上，在他左肩上劃了一劍，登時鮮血淋漓。

丁不三、丁不四兩兄弟自幼吵鬥不休，互爭雄長，做哥哥的不似哥哥，做兄弟的不似兄弟，但這時丁不三眼見兄弟受傷，卻也不禁關心，怒道：「好小子，你膽敢傷我丁老三的兄弟！」身形微矮，突然呼的一聲彈將出去，伸手直抓白萬劍後心。

白萬劍前後受攻，心神不亂，長劍向丁不四先刺一劍，將他逼開一步，隨即迴劍向丁不三斜削過去。

丁不四叫道：「老三退開！誰要你來幫我？」丁不三道：「誰幫你了？丁老三最惱人打架不公平。我先弄掉他的劍，再在他身上弄些血出來，你們再公公平平的打一架。」

雪山派羣弟子見師兄受二人夾擊，何況這丁不三乃殺害同門的大仇人，他一上前動手，衆人發一聲喊，紛紛攻上。

丁不三喝道：「狗崽子，活得不耐煩了，通統給我滾回去！」卻見劍光閃閃，幾柄長劍同時向他刺來。丁不三一一避過，大聲叫道：「再不滾開，老子可要殺人了。」

白萬劍知道這些師弟決不是他對手，他說要殺人，那是眞的殺人，忙叫道：「大家退回！」雪山羣弟子對這位師兄的號令不敢絲毫違拗，當即散開退後。

丁不三向著一名肥肥矮矮、名叫李萬山的雪山弟子道：「把你的劍給我！」李萬山怒道：「好！給你！」劍起中鋒，嗤的一聲，向他小腹直刺過去。丁不三左手疾探，從側抓住了他右腕，輕輕一扭，便將他手中長劍奪過，便如李萬山眞是乖乖的將長劍遞給他一般。這一扭之下，李萬山右腕已然脫臼，丁不三跟著飛腳將他踢了個觔斗。

其餘雪山弟子挺劍欲上前相助，丁不三已手持長劍，劍尖刺地，繞著白萬劍和丁不四二人奔了一圈，在地下畫了個徑長丈許的圓圈，站定身子，向雪山羣弟子冷冷說道：「那一個踏進這圈子一步，便算踏進鬼門關了！」

白萬劍打得雖然鎭定，心中卻已十分焦急，情知這不三、不四兩兄弟殺人不眨眼，此刻二人聯手，自己已無論如何討不了好去，比之當日土地廟中獨鬥石淸夫婦，情勢更凶險得多，丁氏兄弟可不似石淸夫婦那麼講究武林道義，只怕雪山派十七弟子，今日要盡數畢命於紫煙島上。迫著劍走險勢，要搶著將丁不四先斃於劍底，雪山派十七人生死存亡，全看是否能先行殺了丁不四而定。

但丁不四脅下雖中一劍，傷非要害，盡能支撐得住，白萬劍這一躁急求勝，劍招雖狠，「穩、準」二字便不如先前了。丁不四雙掌翻飛，在長劍中穿來插去，仍然矯捷狠辣之極，創口中的鮮血卻也不住飛濺出來。

丁不三挺劍向前，叫道：「老四，你先退下，把劍傷裹好了，再打不遲。」丁不四大聲道：「甚麼劍傷？我身上有甚麼劍傷？諒這小子的一把爛劍，又怎傷得了我？」丁不三道：「咦！怎麼你身上有傷口、又有鮮血？」丁不四道：「我高興起來，自己在身上搔搔癢，弄了點血出來，有甚麼希奇？」

丁不三哈哈大笑，挺劍向白萬劍刺去，大聲說道：「姓白的，你聽仔細了，現下是我跟你單打獨鬥，丁老四也在跟你單打獨鬥，可不是咱們兩兄弟聯手夾攻於你。老四叫我不可出手，我不聽他的。我叫老四退下，他也不聽我的。我瞧著你不順眼，要教訓教訓你。他討厭你老子，要打你幾個耳光。咱們各人打各人的，別讓人說丁氏雙雄以二打一，傳到江湖上可不大好聽。」口中囉唕，手下絲毫沒閒著，出招悍辣之極。

白萬劍以一敵二，心想：「原來你跟我單打獨鬥，丁老四也跟我單打獨鬥，不是兩人夾攻。」他生性端嚴，不喜和人作口舌之爭，心裏又瞧不起丁氏兄弟的無賴；而在這兩名高手的夾擊之下，也委實不能分心答話，只全神貫注的嚴密防守，尋瑕反擊，一句話也不說。

鬥到分際，丁不三的長劍和他長劍一交，白萬劍只覺手臂劇震，對方的內力猛攻而至，忙運內力外盪，迴劍橫削，便在此時，右腿上給丁不四左掌作刀，重重的斫了一掌，當即向後退出兩步，腳步踉蹌，險些摔倒。

雪山派一名弟子叫道：「休得傷我師哥！」挺劍來助，左腳剛踏進丁不三所畫的圓圈，眼前白光一閃，長劍貫胸而過，已遭丁不三一劍刺死。兩名雪山弟子又驚又怒，雙雙進襲。丁不三大喝一聲，躍起半空，長劍從空中劈將下來，同時左掌擊落。劍鋒落處，將一名雪山派弟子從右肩劈至左腰，以斜切藕勢削成兩截，左手這掌擊在另一名雪山弟子的天靈蓋上。那人悶哼一聲，委頓在地，頭顱扭過來向著背心，頸骨折斷，自也不活了。

他頃刻間連殺三人，石破天在樹後見著，不由得心驚膽戰，臉如土色。

丁不三餘威不歇，長劍如疾風驟雨般向白萬劍攻去，猛聽得喀喀兩響，雙劍同時折斷。兩人同時以半截斷劍向對方擲出，同時低頭矮身，兩截斷劍同時向兩人頭頂掠去，相去均不到半尺。兩人一般行動，一般快速，又一般的生死懸於一線。

白萬劍右腿受傷，步履不便，再失去了兵刃，登時變成了只有挨打，難以還手的地步。兩名雪山弟子明知踏進圈子不免有死無生，但總不能眼睜睜的瞧著師兄爲這兩個兇人聯手害死，當即挺劍衝進。

丁不三叫道：「老四，你來打發，我今天已殺了三人。」

丁不四笑道：「哈，你也有求我出手的時候。」竟不轉身，左足向後彈出，便似騾馬以後腿踢人一般，啪啪兩聲，分別踢中兩人胸口。兩名雪山弟子飛出數丈，摔跌在地，哼也沒哼一聲。兩人胸口中腿，立即斃命。

丁氏兄弟兇性大發，足掌齊施，各以狠毒手法向白萬劍攻擊。白萬劍跛著一足，沉著應付，一步步退出圈子，突然一聲低哼，右肩又中了丁不四一掌，右臂幾乎提不起來。

眼見白萬劍命在頃刻，石破天只瞧得熱血沸騰，叫道：「你們不能殺白師傅！」隨手將阿綉往地下一放，拔出插在腰帶中那把爛鏽柴刀，大呼：「不能再殺人了！」

阿綉突然給他放落，「啊」的一聲叫了出來。石破天百忙中回頭，說道：「對不起！」幾個起落，已踏入圈中。

丁不四仍頭也不回，反腳踢出。石破天右足一點，輕飄飄的從他頭頂躍過，落在他面前，使的正是阿綉適才所教的輕身功夫。丁不四一腳踢空，眼前卻多了一人，一怔之下，叫道：「大粽子，原來是你！」

石破天道：「是，是我。爺爺、四爺爺，你們已經……已殺了五人，應該住手啦。」斜眼向丁不三瞧去，心中怦怦亂跳，眼見他殺死的那三名雪山派弟子屍橫就地，連自己足上也濺滿了鮮血，更怕得厲害。

丁不三道：「小白痴，那日給你在船上逃得性命，卻原來躲在這裏。此刻你又出來幹甚麼？」石破天道：「我來勸兩位老爺子少結冤家，既然勝了，得饒人處且饒人，又何必趕盡殺絕？」

丁不三和丁不四相對哈哈大笑。丁不四道：「老三，這小子不知從那裏聽了幾句狗屁不通的言語，居然來相勸老爺爺。」

石破天提起柴刀，將地下一柄長劍挑起，向白萬劍擲去，說道：「白師傅，你們雪山派的，一定要用劍。」白萬劍轉眼便要喪於丁氏兄弟手下，萬不料這小寃家石中玉反會出來相助，心下滿不是滋味。他擲過來這柄長劍，是遭丁不三劈死的那師弟遺下來的，當下接過長劍，凝立不動，一劍在手，精神陡振。

丁不三罵道：「這姓白的要捉你去殺了，當日若不是我相救，你還有命麼？」石破天點頭道：「正是。爺爺，我是很感激你的。所以嘛，我也勸白師傅得饒人處且饒人。」

丁不四生怕石破天說出在小船上打敗了自己之事，急於要將他一掌斃了，喝道：「胡說八道些甚麼？」呼的一掌向他直擊過去，這一次並無史婆婆在旁，再沒顧忌，這招「黑雲滿天」卻是從未教過他的。

白萬劍不願石中玉就此給他如此凌厲的一招擊斃，挺劍使招「老枝橫斜」，從側刺去。石破天柴刀一落，使出一招「長者折枝」，去砍丁不四的手掌。說也奇怪，這一劍一刀的招數本來相剋，但合併使用，居然生出極大威力，霎時之間，將丁不四籠罩在刀劍之下。

丁不三大叫：「小心！」但刀光劍勢，凌厲無儔，他雖欲插手相助，可是一雙空手實不敢伸入這刀劍織成的光網之中。

丁不四也大吃一驚，危急中就地一個打滾，逃出圈子之外，挺起身來時，只見對方的一刀一劍之旁飛舞著無數白絲，一摸下頦，一排鬍子竟已給割去了一截。

丁不四自然又驚又怒，丁不三駭然失色，白萬劍大出意外，只石破天還不知自己適才這一招內力雄渾，刀法精妙，已令當世三大高手大爲震動。

丁不三道：「好，咱們也用兵刃了。」從地下拾起一把長劍，叫道：「老四，還逞個屁能？用鞭子！」劍尖一抖，向石破天刺了過去。

石破天究無應變之能，眼見劍到，便即慌亂，不知該使那一招才好。白萬劍使招「雙駝西來」從旁相助，這一劍提醒了石破天，當即使出「千鈞壓駝」，以刀背從空中壓將下來，柴刀雖鈍，但加上沉重內力，丁不三登感劍招窒滯，幸好丁不四已抖出腰間金龍九節鞭，搶著來救，丁不三乘機閃開。

白萬劍使一招「風沙莽莽」，石破天便跟著使「大海沉沙」。一刀一劍配合得天衣無縫，上似有狂風黃沙之重壓，下如有怒海洪濤之洶湧。丁不三、丁不四齊聲大呼。

石破天內力強勁之極，所學武功也十分精妙，只是少了習練，更無臨敵應變的經歷，眼見敵招之來，不知該出那一招去應付才是。他所學的金烏刀法，除了最後一招之外，每一招都是針對雪山劍法而施，史婆婆傳授之時，總也是和每招雪山劍法合併指點。此刻他心中慌亂，無暇細思，但見白萬劍使甚麼招數，他便跟著使出那一招相應的招數，是以白萬劍使「老枝橫斜」，他便使「長者折枝」，白萬劍使「雙駝西來」，他便使「千鈞壓駝」。那知這金烏刀法雖說是雪山劍法的剋星，但正因爲相剋，一到聯手並使之時，竟將雙方招數中的空隙盡數彌合，變成了威力無窮的一套武功。

白萬劍驚詫之極，數招之下，便知石破天這套刀法和自己的劍招聯成一氣之後，直是無堅不摧，這小子內力更似有一股有質無形的力道，不斷的漸漸擴展。

丁不三、丁不四自然也早就瞧了出來，只兩人不肯認輸，還盼石破天這路古怪刀法招數有限，兩兄弟打起精神，苦苦撐持。白萬劍也怕石破天不過是「程咬金三斧頭」，時刻一長，又讓丁氏兄弟佔了先機，眼下情勢，須當速戰速決，當即使一招「暗香疏影」，長劍顫動，劍光若有若無，那是雪山劍法中最精微的一招，往往傷人於不知不覺之間。石破天柴刀橫削，也是連連抖動，這一招「鮑魚之肆」，內力從四面八方湧出。

只聽得「啊、啊」兩聲，丁不四肩頭中刀，丁不三臂上中劍。兩人倏然轉身，躍出圈外。丁不三反手抓住丁璫，迅速之極的隱入了東邊林中。丁不四卻在西首山後逸去，只聽山背後傳來他的大聲呼叫：「白萬劍，老子瞧在你老娘面上，今日饒你一命，下次可決不輕饒了……」聲音漸漸遠去。

但見滿地是血，衰草上躺著五具屍首，雪山派羣弟子你看看我，我看看你，又驚又悲，又是滿腹疑團。

白萬劍側目瞧著石破天，一時之間痛恨、悲傷、慚愧、慶幸、惶惑、詫異、佩服，百感交集，而感激之意卻也著實不少，若不是這小子出手，雪山派十餘人自必盡數畢命於紫煙島上，回想適才丁氏兄弟出手之狠辣，兀自心有餘悸。他長長舒了口氣，問道：「你這路刀法是誰教你的？」

石破天道：「是史婆婆教的，共有七十三路，比你們的雪山劍法多一路，招招是雪山劍法的剋星。」白萬劍哼的一聲，說道：「招招是雪山劍法的剋星？口氣未免太大。誰是史婆婆？」石破天道：「史婆婆是我金烏派的開山祖師，她是我師父，我是金烏派的第二代大弟子。」白萬劍不禁大怒，冷冷的道：「你不認師門，那也罷了，卻又另投甚麼金烏派門下。金烏派，金烏派？沒聽見過，武林中沒這個字號。」

石破天還不知他已動怒，繼續解釋：「我師父說道，金烏就是太陽，太陽一出，雪就融了。因此雪山派弟子遇到我金烏派，只有……只有……」下面本來是「磕頭求饒的份兒」，但他只不過不通人情世故，畢竟不是傻子，話到口邊，想起這句話不能在雪山派弟子面前說出來，當即住口。

白萬劍臉色鐵青，厲聲道：「我雪山弟子遇上你金烏派的，那便如何？只有甚麼？」石破天搖頭道：「這句話你聽了要不高興的，我也以為師父這話不對。」白萬劍道：「只有大敗虧輸，望風而逃，是不是？」石破天道：「我師父的話，意思也就差不多。

白師傅你別生氣，我師父恐怕也是說著玩的，當不得眞。」

白萬劍右腿、右肩都給丁不四手掌斬中，這時候更覺疼痛難當，然石破天的言語句句辱及本門，卻如何忍得，長劍一舉，叫道：「好！我來領教領教金烏派的高招，且看如何招招是雪山劍法的剋星！」但這一舉劍，肩頭登時劇痛，臉上變色，長劍險些脫手。

一名雪山弟子包萬葉上前兩步，挺劍說道：「姓石的小子，你當然不認我這師叔了，我來接你高招！」白萬劍咬牙忍痛，說道：「包師弟，你……你……」他本要說「你不行」，但學武之人，臉面最是要緊，隨即改口道：「我來接他好了！」劍交左手，說道：「姓石的小子，上罷！」石破天搖頭道：「你肩頭、腿上都受了傷，咱們不用比了，而且，而且，我一定打你不過的。」

白萬劍道：「你有膽子侮辱雪山派，卻沒膽子跟我比劍！」長劍挺出，一招「梅雪爭春」，劍光點點，向石破天頭頂罩了下來，他雖左手使劍，不如右手靈便，但淩厲之意，絲毫不減。石破天見劍光當頭而落，只得舉起柴刀，還了一招「梅雪逢夏」，攻瑕抵隙，果然正是這招「梅雪爭春」的剋星。

白萬劍心中一凜，不等這招「梅雪爭春」使老，急變「胡馬越嶺」，石破天依著來一招「漢將當關」。白萬劍眼見對方這一招守得嚴密異常，不但將自己去招全部封住，而且顯然還含有厲害後著，當即換成一招「明月羌笛」，石破天跟著變爲「赤日金鼓」。

白萬劍又是一驚，眼見他柴刀直攻而進，正對準了自己這招最軟弱之處，忙又變招。

幸好石破天不懂這其間的奧妙，眼見對方變招，跟著便即變化。其實適才已佔敵機先，不管白萬劍變招也好，不變招也好，乘勢直進，立時便可迫他急退三步。此時他腿上不便，這三步難以疾退，不免便要撤劍認輸。但說到當眞拆招鬥劍，石破天可差得遠了，他只是眼見白萬劍使出甚麼劍招，便照式應以金烏刀法中配好了的一招，較之日前與丁不四在舟中鬥拳，其依樣葫蘆之處，實無多大分別。他招數既不會稍有變更，自不免錯過了這大好機會。

白萬劍心中暗叫：「慚愧！」旁觀的雪山派弟子中，倒也有半數瞧了出來，也是暗道：「僥倖，僥倖！」

數招一過，白萬劍又遇凶險。不管他劍招如何巧妙繁複，石破天以拙應巧，一柄爛柴刀總是在每一招中都佔了上風。白萬劍越鬥越驚，心想：「這小子倒也不是胡吹，他的甚麼金烏刀法，果然是我雪山劍法的剋星。那個史婆婆莫非是我爹爹的大仇人？她如此處心積慮的創了這套刀法出來，顯是要打得我雪山派一敗塗地。」

拆到三十餘招時，石破天柴刀斫落，劈向白萬劍左肩。白萬劍本可飛腿踢他手腕，以解此招，但他右腳一提，傷處突然奇痛徹骨，右膝竟爾不由自主的跪倒，急忙右掌按地。石破天這刀砍下，他已無法抗禦，眼見便要將他左臂齊肩斫落。雪山羣弟子大聲驚呼。不料石破天提起柴刀，說道：「這一下不算。」

白萬劍左腳使勁，奮力躍起，心中如閃電般轉過了無數念頭：「這小子早就可以勝我，何以每一招都使不足？倒似他沒好好學過雪山劍法似的。此刻他明明已經勝我了，何以又故意讓我？石中玉這小子向來陰狠，他只消一刀殺了我，其餘衆師弟那一個是他對手？他忽發善心，那是甚麼緣故？難道……難道……他當眞不是石中玉？」

一轉到這個念頭，左手長劍輕送，一招「朝天勢」向前刺出。雪山諸弟子都是「咦」的一聲。這「朝天勢」不屬雪山劍法七十二招，是每個弟子初入門時鍛鍊筋骨、打熬氣力的十二式基本功夫之一，招式尋常，簡便易記，雖於練功大有好處，卻不能用以臨敵。衆人見他突然使出這一招來，都吃了一驚，只道白師哥傷重，已無力使劍。

不料石破天也是一呆，這一招「朝天勢」他從未見過，史婆婆也沒教過破法，不知如何拆解才是。可是在「氣寒西北」的長劍之前，又有誰能呆上一呆？石破天只這麼稍一遲疑，白萬劍長劍猶似電閃，中宮直進，劍尖已指住了他心口，喝道：「怎麼樣？」

石破天道：「你這一招是甚麼劍法？我沒見過。」

白萬劍見他此刻生死繫於一線，居然還問及劍法，倒也佩服他的膽氣，說道：「你當眞沒學過？」石破天搖了搖頭。白萬劍道：「我此時取你性命，易如反掌，只是適才我受丁氏兄弟圍攻，閣下有解圍大德，咱們一命換一命，誰也不虧負誰。從今而後，你可不許再說金烏刀法是雪山劍法剋星的話。」

石破天點頭道：「我原說打你不過。你叫我不可再說，我聽你的話就是，以後不說了。白師傅，我想明白了，剛才你這一招劍法，好像也可破解。」陡然間胸口一縮，凹入數寸，手中柴刀橫掠，啪的一聲，刀劍相交，內力到處，白萬劍手中長劍斷爲兩截。

白萬劍臉色大變，左足一挑，地下的一柄長劍又躍入他手中，唰唰唰三劍，都是本派練功的入門招式，快速無倫。石破天只瞧得眼花繚亂，手忙足亂之際，突然間手腕中劍，柴刀再也抓揑不住，噹的一聲，掉在地下。便在那時，對方長劍又已指住了他心口。

白萬劍手腕輕抖，石破天叫聲「哎喲」，低頭看時，只見自己胸口已整整齊齊的給刺了六點，鮮血從衣衫中滲將出來，但著劍不深，並不如何疼痛。

雪山羣弟子齊聲喝采：「好一招『雪花六出』！」

白萬劍道：「相煩閣下回去告知令師，雪山派多有得罪。」他見石破天不會雪山派這幾路最粗淺的入門功夫，顯非作僞，該當從未在雪山派中學過武功，而神情舉止、性情脾氣，和石中玉更是大異，一個仁厚謙和，一個狡詐陰狠，截然相反；又想：「他於我有救命之恩，適才一刀又沒斫我肩膀，明著是手下留情。此人自然不是石中玉。就算當眞是他，今日也總不能殺他、拿他。他雖曾對花師妹言語輕薄，但今日雪山弟子的性命，總都是他救的。這一招『雪花六出』，不過懲戒他金烏派口出大言，在他身上留個記認。」

他拋下長劍，抱起一名師弟的屍身，既傷同門之誼，又愧自身無能，致令這五個師弟死於丁氏兄弟之手，忍不住熱淚長流，其餘雪山弟子將另外四具屍身也抱了起來。白萬劍恨恨的道：「不三、不四兩個老賊別死得太早。」向衆師弟道：「咱們走！」一夥人快步走入樹林，有人回頭望石破天一眼，眼光中也充滿了大惑不解之意。

石破天已聽到二人先前說話，便道：「這裏野豬肉甚多，便十個人也吃不完，兩位儘管大吃便了。」那胖子笑道：「如此我們便不客氣了。」

十一　毒酒和義兄

石破天見地下血跡殷然，歪歪斜斜的躺著幾柄斷劍，幾隻烏鴉啊啊啊的叫著從頭頂飛過，忙拾起柴刀，叫道：「阿綉，阿綉，阿綉！」奔到大樹之後，阿綉卻已不在。

石破天心道：「她先回去了？」心中掛念，忙快步跑回山洞，叫道：「阿綉，阿綉！」非但阿綉不在，連史婆婆也不在了。他驚惶起來，見地下用焦炭橫七豎八的畫了幾十個圖形，他不知寫的是字，更不知是甚麼意思，料想史婆婆和阿綉都已走了。原來史婆婆和阿綉留字告別，約他去雪山凌霄城相會，言詞甚爲親厚，卻沒料到他竟一字不識。

初時只覺好生寂寞，但他從小孤單慣了的，只過得大半個時辰，便已泰然。這時胸口劍傷已然不再流血，心道：「大家都走了，我也走了罷，還是去尋媽媽和阿黃去。」

這時不再有人沒來由的向他糾纏，心中倒有一陣輕鬆快慰之感，只是想到史婆婆和阿綉，卻又頗爲戀戀不捨，將柴刀插在腰間，走到江邊。

但見波濤洶湧，岸旁更沒一艘船隻，於是沿岸尋去。那紫煙島並不甚大，他快步而行，只一個多時辰，已環行小島一周，不見有船隻的蹤影，舉目向江中望去，連帆影也沒見到一片。他還盼史婆婆和阿綉去而復回，又到山洞中去探視，卻那裏再見二人的蹤跡？好生悵惘，只得又去摘些柿子充饑。到得天黑，便在洞中睡了。

睡到中夜，忽聽得江邊豁啦一聲大響，似是撕裂了一幅大布一般，縱起身來，循聲奔到江邊，稀淡星光下見有一艘大船靠在岸旁，不住的晃動。他生怕是丁不三或是丁不四的坐船，不敢貿然上前，縮身躲在樹後，只聽得又豁啦一下巨響，原來船上張的風帆纏在一起，給強風吹動，撕了開來，但船上竟沒人理會。

眼見那船搖搖晃晃的又要離島而去，他發足奔近，叫道：「船上有人麼？」不聞應聲。一個箭步躍上船頭，向艙內望去，黑沉沉地甚麼也看不見。

走進艙去，腳下一絆，碰到一人，有人躺在艙板之上。石破天忙道：「對不起！」伸手要扶他起來，那知觸手冰冷，竟是一具死屍。他大吃一驚，「啊」的一聲，叫了出來，左手揮出，又碰到一人的手臂，冷冰冰的，也早死了。

他心中怦怦亂跳，摸索著走向後艙，腳下踏到的是死屍，伸手出去碰到的也是死屍。他大聲驚叫：「船……船中有人嗎？」驚惶過甚，只聽得自己聲音也全變了。跌跌撞撞的來到後梢，星光下只見甲板上橫七豎八的躺著十來人，個個僵伏，顯然也都是死屍。

這時江上秋風甚勁，幾張破帆在風中獵獵作響，疾風吹過船上的破竹管，其聲噓噓，似是鬼嘯。石破天雖孤寂慣了，素來大膽，但靜夜之中，滿船都是死屍，竟沒一個活人，耳聽得異聲雜作，便似死屍都已活轉，要撲上來扼他咽喉。他記起侯監集上那殭屍要剖開他肚子找燒餅的情景，登時滿身寒毛直豎，便欲躍上岸去。但一足踏上船舷，只叫得一聲苦，那船離岸已遠，正順著江水飄下。原來這艘大船順流飄到紫煙島來，在島旁江底狹峽的岩石上擱住了，團團轉了幾個圈子，又順流沿江飄下。

這一晚他不敢在船艙、後梢停留，躍上船篷，抱住桅桿，坐待天明。

次晨太陽出來，四下裏一片明亮，這才怖意大減，躍下後梢，只見艙裏艙外少說也有五六十具屍首，當真觸目驚心，但每具死屍身上均無血跡，也無刀劍創傷，不知因何而死。

繞到船首，只見艙門正中釘著兩塊閃閃發光的白銅牌子，約有巴掌大小，一塊牌上刻有一張笑臉，和藹慈祥，另一牌上刻的卻是一張猙獰的煞神兇臉。兩塊銅牌上均有小孔，各有一根鐵釘穿過，釘在艙門頂上，顯得十分詭異。他向兩塊銅牌上注視片刻，見牌上人臉似乎活的一般，不敢多看，轉過臉去，見衆屍有的手握兵刃，有的腰插刀劍，顯然都是武林中人。再細看時，見每人肩頭衣衫上都用白絲線繡著一條生翅膀的小魚。他猜想船上這一羣人都是同夥，只不知如何猝遇強敵，盡數畢命。

那船順著滔滔江水，向下游流去，到得晌午，迎面兩艘船並排著溯江而上。來船梢公見到那船斜斜淌下，大叫：「扳梢，扳梢！」可是那船無人把舵，江中急渦一旋，轉得那船打橫衝了過去，砰的一聲巨響，撞在兩艘來船之上。只聽得人聲喧嘩，夾著不少粗語穢罵。石破天心下驚惶，尋思：「撞壞了來船，他們勢必跟我爲難，追究起來，定要怪我害死了船上這許多人，那便如何是好？」情急之下，忙縮入艙中，揭開艙板，躲入艙底。

這時三艘船已糾纏在一起，過不多時，便聽得有人躍上船來，驚呼之聲，響成一片。有人尖聲大叫：「是飛魚幫的人！怎……怎麼都死了。」又有人叫道：「連幫主……幫主成大洋也死在這裏。」突然間船頭有人叫道：「是……是賞善……罰惡令……令……令……」這人聲音並不甚響，但語聲顫抖，充滿著恐懼。他一言未畢，船中人聲登歇，霎時間一片寂靜。石破天在艙底雖見不到各人神色，但衆人驚懼已達極點，卻可想而知。

過了良久，才有人道：「算來原該是賞善罰惡令復出的時候了，料想是賞善罰惡兩使出巡。這飛魚幫嘛，過往劣跡太多……唉！」長長嘆了口氣，不再往下說。另一人問道：「胡大哥，聽說這賞善罰惡令，乃是召人前往……前往俠客島，到了島上再加處份，並不是當場殺害的。」先說話的那人道：「若乖乖的聽命前去，原是如此。然而去也是死，不去也是死，早死遲死，也沒甚麼分別。成大洋成幫主定是不肯奉令，率衆抗拒，以致……以致落得這下場。」一個嗓音尖細的人道：「那兩位賞善罰惡使者，當眞如此神通廣大，武林中誰也抵敵不過？」那胡大哥反問：「你說呢？」那人默然，過了一會，低低的道：「賞善罰惡使者重入江湖，各幫各派都難逃大劫。唉！」

石破天突然想到：「這船上的死屍都是甚麼飛魚幫的，又有一個幫主。啊喲不好，這兩個甚麼賞善罰惡使者，會不會去找我們長樂幫？」

他想到此事，不由得心急如焚，尋思：「該當儘快趕回總舵，告知貝先生他們，也好先有防備。」他給人誤認爲長樂幫石幫主，引來了不少麻煩，且數度危及性命，但長樂幫中上下人等個個對他恭謹有禮，雖有個展飛起心殺害，卻也顯然是認錯了人，這時聽到「各幫各派都難逃大劫」，對幫中各人的安危不由得大爲關切，更加凝神傾聽艙中各人談論。

只聽得一人說道：「胡大哥，你說此事會不會牽連到咱們。那兩個使者，會不會找上咱們鐵叉會？」那胡大哥道：「賞善罰惡二使既已出巡，江湖上任何幫會門派都難逍遙……這個逍遙事外，且看大夥兒的運氣如何了。」他沉吟半晌，又道：「這樣罷，你悄悄傳下號令，派人即刻去稟報總舵主知曉。兩艘船上的兄弟們，都集到這兒來。這船上的東西，甚麼都不要動，咱們駛到紅柳港外的小漁村中去。善惡二使既已來過此船，將飛魚幫中的首腦人物都誅殺了，第二次決計不會再來。」

那人喜道：「對，對，胡大哥此計大妙。善惡二使再見到此船，定然以為這是飛魚幫的死屍船，說甚麼也不會上來。我這便去傳令。」

過不多時，又有許多人擁上船來。石破天伏在艙底，聽著各人低聲紛紛議論，語音中都充滿了惶恐之情，便如大禍臨頭一般。

有人道：「咱們鐵叉會又沒得罪俠客島，賞善罰惡二使未必便找到咱們頭上來。」另有一人道：「難道飛魚幫就膽敢得罪俠客島了？我看江湖上的這十年一劫，恐怕這一次……這一次……」

又有人道：「老李，要是總舵主奉令而去，那便如何？」那老李哼了一聲，道：「自然是有去無回。過去三十年中奉令而去俠客島的那些幫主、總舵主、掌門人，又有那一個回來過了？總舵主向來待大夥兒不薄，咱們難道貪生怕死，讓他老人家孤身去涉險送命？」

又有人道：「是啊，那也只有避上一避。咱們幸虧發覺得早，看來陰差陽錯，老天爺保佑，教咱們鐵叉會得以逃過這一劫。紅柳港外那小漁村何等隱蔽，大夥兒去躲在那裏，善惡二使耳目再靈，也難發見。」那胡大哥道：「當年總舵主經營這個小漁村，正是爲了今日之用。這本是個避難的世外……那個世外桃源。」

一個嗓子粗亮的聲音突然說道：「咱們鐵叉會橫行長江邊上，天不怕，地不怕，連皇帝老兒都不賣他帳，可是一聽到他媽的俠客島甚麼賞善罰惡使者，大夥兒便嚇得夾起尾巴，躲到紅柳港漁村中去做縮頭烏龜，那算甚麼話？就算這次躲過了，日後他媽的有人問起來，大夥兒這張臉往那裏擱去？不如跟他們拚上一拚，他媽的也未必都送了老命。」他說了這番心雄膽壯的話，船艙中卻誰也沒接口。

過了半晌，那胡大哥道：「不錯，咱們吃這一口江湖飯，幹的本來就是刀頭上舐血的勾當，他媽的，你幾時見癩頭黿王老六怕過誰來……」

「啊，啊——」突然那粗嗓子的人長聲慘呼。霎時之間，船艙中鴉雀無聲。

嗒的一聲輕響，石破天忽覺得有水滴落到手背之上，抬手到鼻邊一聞，腥氣直沖，果然是血。鮮血還是一滴一滴的落下來。他知道衆人就在頭頂，不敢稍有移動出聲，只得任由鮮血不絕的落在身上。

只聽那胡大哥厲聲道：「你怪我不該殺了癩頭黿嗎？」一人顫聲道：「沒有，不……

……不是！王老六說話果然莽撞，也難怪胡大哥生氣。不過……不過他對本會……這個……這個，倒一向是挺忠心的。」胡大哥道：「那麼你是不服我的處置了？」那人忙道：「不，不是……」一言未畢，又是一聲慘叫，顯然又讓那姓胡的殺了。但聽得血水又一滴一滴的從船板縫中掉入艙底，幸好這一次那人不在石破天頭頂，血水沒落在他身上。

那胡大哥連殺兩人，隨即說道：「不是我心狠手辣，不顧同道義氣，實因這件事牽連到本會數百名兄弟的性命，只要漏了半點風聲出去，大夥兒人人都跟這裏飛魚幫的朋友們一模一樣。癩頭黿王老六自逞英雄好漢，大叫大嚷的，他自己性命不要，那好得很啊，卻難道要總舵主和大夥兒都陪他一塊兒送命？」眾人都道：「是，是！」

那胡大哥道：「不想死的，就在艙裏猷著。小宋，你去把舵，身上蓋一塊破帆，可別讓人瞧見了。」

石破天伏在艙底，耳聽得船旁水聲汩汩，艙中各人卻誰也沒再說話。他更加不敢發出半點聲息，心中只是想：「那俠客島是甚麼地方？島上派出來的賞善罰惡使者，為甚麼又這樣兇狠，將滿船人眾殺得乾乾淨淨？難怪鐵叉會這干人要怕得這麼厲害。」

過了良久，他矇矇矓矓的大有倦意，只想合眼睡覺，但想睡夢中如打鼾甚麼的發出聲響，給上面的人發覺了，勢必性命難保，只得睜大了眼睛，說甚麼也不敢合上。又過一會，忽聽得噹啷啷鐵鍊聲響，船身不再晃動，料來已拋錨停泊。

只聽那胡大哥道：「大家進屋之後，誰也不許出來，靜候總舵主駕到，聽他老人家號令。」各人低聲答應，放輕了腳步上岸，片刻之間，盡行離船。

石破天又等了半天，船中更無絲毫聲息，料想衆人均已離去，這才揭開艙板，探頭向外張望，不見有人，於是躡手躡足的從艙底上來，見艙中仍躺滿了死屍，當下撿起一柄單刀，換去了腰裏的爛柴刀，伸手到死屍袋裏摸了幾塊碎銀子，以便到前邊買飯吃，心想死屍不能給人銀子，拿他的銀子，不算是小賊。走到後梢，輕輕跳上岸，彎了腰沿著河灘疾走，俯身江邊，喝了幾大口水，再胡亂洗去臉上及衣上血跡，直奔出一里有餘，方從河灘走到岸上道路。

他想此時未脫險境，離得越遠越好，當下發足快跑，幸好這漁村果然隱僻之極，左近十餘里內竟沒一家人家，始終沒遇到一個行人。他心下暗暗慶幸。卻不知附近本來有些零碎農戶，都給鐵叉會暗中放毒害死了。有人遷居而來，過不多時也必中毒而死。四周鄉民只道紅柳港厲鬼爲患，易染瘟疫，七八年來，人人避道而行，因而成爲鐵叉會極隱秘的巢穴。

又走數里，離那漁村已遠，他實在餓得狠了，走入樹林之中想找些野味。說也湊巧，行不數步，忽喇聲響，長草中鑽出一頭大野豬，低頭向他急衝過來。他身子略側，右手拔出單刀，順勢一招金烏刀法中的「長者折枝」，唰的一聲，將野豬一個大頭砍了下來。那野豬極是兇猛，頭雖落地，仍向前衝出十餘步，這才倒地而死。

他心下甚喜：「以前我沒學過金烏刀法之時，見了野豬只有拚命逃走，那敢去殺牠？」在山邊覓到一塊黑色燧石，用刀背打出火星，生了個火。將野豬的四條腿割了下來，到溪邊洗去血跡，回到火旁，將單刀在火中燒紅，炙去豬腿上的豬毛，將豬腿串在一根樹枝之上，便燒烤起來。過不多時，濃香四溢。

正燒炙之間，忽聽得十餘丈外有人說道：「好香，好香，當真令人食指大動矣！」另一人道：「那邊有人燒烤野味，不妨過去情商，讓些來吃吃，有何不可？」先前那人道：「正是！」兩個人說著緩步走來。

但見一人身材魁梧，圓臉大耳，穿一襲古銅色綢袍，笑嘻嘻地和藹可親；另一個身形也是甚高，但甚爲瘦削，身穿天藍色長衫，身闊還不及先前那人一半，留一撇鼠尾鬚，臉色卻頗爲陰沉。那胖子哈哈一笑，說道：「小兄弟，你這個……」

石破天已聽到二人先前說話，便道：「我這裏野豬肉甚多，便十個人也吃不完，兩位儘管大吃便了。」

那胖子笑道：「如此我們便不客氣了。」兩人便即圍坐在火堆之旁，火光下見石破天服飾華貴，但衣衫污穢，滿是縐紋，更有不少沒洗去的血跡，兩人臉上閃過一絲訝異的神色，隨即四隻眼都注視於火堆上的豬腿，不再理他。野豬腿上的油脂大滴大滴落入火中，混著松柴的清香，雖未入口，已料到滋味佳美。

那瘦子從腰間取下了一個藍色葫蘆，拔開塞子，喝了一口，說道：「好酒！」那胖子也從腰間取下一個朱紅色葫蘆，搖晃了幾下，拔開塞子喝了一口，說道：「好酒！」

石破天跟隨謝煙客時常和他一起喝酒，此刻聞到酒香，也想喝個痛快，見這二人各喝各的，並無邀請自己喝上一兩口之意，他生平決不向人求懇索討，只有乾咽饞涎。再過得一會，四條豬腿俱已烤熟，他說道：「熟了，請吃吧！」

一胖一瘦二人同時伸手，各搶了一條肥大豬腿，送到口邊，張嘴正要咬去，石破天笑道：「這兩條野豬腿雖大，卻都是後腿，滋味不及前腿的美。」那胖子笑道：「你這娃娃良心倒好。」換了一條前腿，吃了起來。那瘦子已在後腿上咬了一口，略一遲疑，便不再換。兩人吃了一會，又各喝一口酒，讚道：「好酒！」塞上木塞，將葫蘆掛回腰間。

石破天心想：「這二人恁地小氣，只喝兩口酒便不再喝，難道那酒當眞名貴之極嗎？」便向那胖子道：「大爺，你這葫蘆中的酒，滋味很好嗎？我倒也想喝幾口。」他這話雖非求人，但討酒之意已再也明白不過。

那胖子搖頭道：「不行，不行，這不是酒，喝不得的。我們吃了你的野豬腿，少停自有禮物相贈。」石破天笑道：「你騙人，你剛才明明說『好酒』，我又聞到酒香。」轉頭向瘦子道：「這位大爺，你葫蘆中的總是酒罷？」

那瘦子雙眼翻白，道：「這是毒藥，你有膽子便喝罷。」說著解下葫蘆，放在地下。石破天笑道：「若是毒藥，怎地又毒不死你？」拿起葫蘆拔開塞子，撲鼻便聞到一陣酒香。

那胖子臉色微變，說道：「好端端地，誰來騙你？快放下了！」伸出五指抓他右腕，要奪下他手中葫蘆，那知手指剛碰他手腕，登時感到一股大力一震，將他手指彈了開去。

那胖子吃了一驚，「咦」的一聲，道：「原來如此，我們倒失眼了。那你請喝罷！」石破天端起葫蘆，骨嘟嘟的喝了一大口，心想這瘦子愛惜此酒，不敢多喝，便塞上了木塞，說道：「多謝！」霎時之間，一股冰冷的寒氣直從丹田中升了上來。這股寒氣猶如一條冰線，頃刻間好似全身都要凍僵了，他全身劇震幾下，牙關格格相撞，實是寒冷難當，忙運起內力相抗，那條冰線才漸漸融化。一經消融，登時四肢百骸說不出的舒適受用，非但不再感到有絲毫寒冷，反而暖洋洋地飄飄欲仙，大聲讚道：「好酒！」忍不住拿起葫蘆，拔開木塞，又喝了一口，待得內力將冰線融去，醺醺之意更加濃了，嘆道：「當眞是我從來沒喝過的美酒，可惜這酒太也貴重，否則我眞要喝他個乾淨。」

胖瘦二人臉上都現出十分詫異的神情。那胖子道：「小兄弟若眞量大，便將一葫蘆酒都喝光了，卻也不妨。」石破天喜道：「當眞？這位大爺就算捨得，我也不好意思。」那瘦子冷冷的道：「那位大爺紅葫蘆裏的毒酒滋味更好，你要不要試試？」

石破天眼望胖子，大有一試美酒之意。那胖子嘆道：「小小年紀，一身內功，如此無端端送命，可惜啊，可惜。」一面說，一面解下那朱漆葫蘆來，放在地下。

石破天心想：「這兩人都愛說笑，若說眞是毒酒，怎麼他們自己又喝？」拿過那朱紅葫蘆來，一拔開塞子，撲鼻奇香，兩口喝將下去，這一次卻是有如一團烈火立時在小腹中燒將起來。他「啊」的一聲大叫，跳起身來，催動內力，才把這團烈火撲熄，叫道：「好厲害的酒。」說也奇怪，肚腹中熱氣一消，全身便舒暢無比。

那胖子道：「你內力如此強勁，便把這兩葫蘆酒一齊喝乾了，卻又如何？」

石破天笑道：「只我一個人喝，可不敢當。咱三人今日相會，結成了朋友，大家喝一口酒，吃一塊肉，豈不有趣？大爺，你請。」說著將葫蘆遞將過去。

那胖子笑道：「小兄弟既要伸量於我，那只有捨命陪君子了！」接過葫蘆喝了一口，將葫蘆遞給石破天，道：「你再喝罷！」石破天喝了一口，將葫蘆遞給瘦子，道：「這位大爺請喝！」

那瘦子臉色一變，說道：「我喝我自己的。」拿起藍漆葫蘆來喝了一口，遞給石破天。

石破天接過，喝了一大口，只覺喝一口烈酒後再喝一口冰酒，冷熱交替，滋味更佳。他見胖瘦二人四目瞪著自己，登時會意，歉然笑道：「對不起，這口喝得太大了。」

那瘦子冷冷的道：「你要逞好漢，越大口越好。」

石破天笑道：「倘若喝不盡興，咱們同到那邊市鎮去，我這裏有銀子，買他一大罈來喝個痛快。只是這般好的美酒，那多半就買不到了。」說著在紅葫蘆中喝了一口，將葫蘆遞給胖子。

那胖子盤膝而坐，暗運功力，這才喝了一口。他見石破天若無其事的又是一大口喝將下去，越來越驚異。

胖瘦二人面面相覷，臉上都現出大爲驚異之色。他二人都是身負絕頂武功的高手，只二人所練武功，家數截然相反。胖子練的是陽剛一路，瘦子則是陰柔一路。兩人葫蘆中所盛，均是輔助內功的藥酒。朱紅葫蘆中是大燥大熱的烈性藥酒，以「烈火丹」投入烈酒而化成；藍色葫蘆中是大涼大寒的涼性藥酒，以「九九丸」混入酒中而成。那烈火丹與九九丸中各含有不少靈丹妙藥，九九丸內有九九八十一種毒草，烈火丹中毒物較少，卻有鶴頂紅、孔雀膽等劇毒，乃兩人累年採集製煉而成。藥性奇猛，常人只須舌尖上舐得數滴，便能致命。他二人內功既高，又服有鎮毒的藥物，才能連飲數口不致中毒。但若胖子誤飲寒酒，瘦子誤飲烈酒，當場便即斃命。二人眼見石破天如此飲法，仍行若無事，寧不駭然？

他二人雖見多識廣，於天下武學十知七八，卻萬萬想不到石破天身得奇緣，先練純陰內功，再練純陽內功，這一陰一陽兩門內功本來互相沖剋，勢須令得他走火而死，不料機緣巧合，反而相生相濟，竟令他功力大進，待得他練了從大悲老人處得來的「羅漢伏魔功」，更得丁不三的藥酒之助，將陰陽兩門內功合而為一，體內陰陽交泰，已能抵擋任何大燥大熱、或是大涼大寒的毒藥。

石破天喝了二人攜來的美酒，心下過意不去，又再燒烤野豬肉，將最好的燒肉布給他二人，不住勸二人飲酒。

那二人只道他是要以喝毒酒來比拚內力，不肯當場認輸，只得勉為其難，和他一口一口的對飲，偷偷將鎮制酒毒的藥丸塞入口中。二人目不轉睛的注視著石破天，見他確未另服化解藥物，如此神功，實屬罕見，眞不知從何處鑽出來這樣一位少年英雄？

那胖子見石破天喝了一口酒後，又將朱紅葫蘆遞將過來，伸手接住，說道：「小兄弟內力如此了得，在下好生佩服。請問小兄弟尊姓大名？」石破天皺起眉頭，說道：「這件事最教我頭痛，人家一見，不是硬指我姓石，便來問我姓名。其實我既不是姓石，又無名無姓，因此哪，你這句話我可眞的答不上來了。」那胖子心道：「這小子裝傻，不肯吐露姓名。」又問：「然則小兄弟尊師是那一位？是那一家那一派的門下？」

石破天道：「我師父姓史，是位老婆婆，你見到過她沒有？她老人家是金烏派的開山師祖，我是她的第二代大弟子。」

胖瘦二人均想：「胡說八道，天下門派我們無一不知。那裏有甚麼金烏派，甚麼史婆婆了？這小子信口搪塞。」

那胖子乘著說這番話，並不喝酒，便將葫蘆遞了回去，說道：「原來小兄弟是金烏派的開山大弟子，怪不得如此了得，請喝酒罷。」

石破天見到他沒有喝酒，心想：「他說話說得忘記了。」說道：「你還沒喝酒呢。」

那胖子臉上微微一紅，道：「是嗎？」自己想佔少喝一口的便宜，卻讓對方識破機關，心下微感惱怒，又不禁有些慚愧，那知道石破天卻純是一番好意，生怕他少喝了美酒吃虧。那胖子連著先前喝的兩口，一共已喝了八口藥酒，早已逾量，再喝下去，縱有藥物鎮制，也必有大害，當下提葫蘆就在口邊，仰脖子作個喝酒之勢，卻閉緊了牙齒，待放下葫蘆，藥酒又流回葫蘆之中。那胖子這番做作，如何逃得過那瘦子的眼去？他當眞依樣葫蘆，也這樣葫蘆就口，酒不入喉。

這樣你一口，我一口，每隻葫蘆中本來都裝滿了八成藥酒，十之七八都傾入了石破天的肚中。他酒量原不甚宏，仗著內力深厚，儘還支持得住，毒藥雖害他不死，卻不免有些酒力不勝，說話漸漸多了起來，甚麼阿綉，甚麼叮叮噹噹的，胖瘦二人聽了全不知所云。

那瘦子尋思：「這少年定是練就了奇功，專門對付我二人而來。他不動聲色，儘只胡言亂語，當眞陰毒之極。待會動手，只怕我二人要命送他手。」

那胖子心道：「今日我二人以二敵一，尙自不勝，此人內力如此了得，委實罕見罕聞。待我加重藥力，瞧他是否仍能抵擋？」便向那瘦子使了個眼色。

那瘦子會意，探手入懷，揑開一顆臘丸，將一枚「九九丸」藏在掌心，待石破天將藍漆葫蘆又遞過來時，假裝喝了一口，伸手拭去葫蘆口的唾沫，輕輕巧巧的將一枚九九丸投入其中，慢慢搖晃，讚道：「好酒啊，好酒！」當瘦子做手腳時，那胖子也已將懷中的一枚「烈火丹」取出，偷偷融入酒中。

石破天只道是遇上了兩個慷慨豪爽的朋友，只管自己飲酒吃肉，他閱歷旣淺，此刻酒意又濃，於二人投藥入酒全未察覺。

那瘦子道：「小兄弟，葫蘆中酒已不多，你酒量好，就一口喝乾了罷！」

石破天笑道：「好！你兩位這等豪爽，我也不客氣了。」拿起葫蘆來正要喝酒，忽然想起一事，說道：「在長江船上，我曾聽叮叮噹噹說過，男人和女人若情投意合，就結爲夫婦，男人和男人交情好，就結拜爲兄弟。難得兩位大爺瞧得起，咱們三人喝乾了這兩葫蘆酒之後，索性便結義爲兄弟，以後時時一同喝酒，兩位說可好？」胖瘦二人氣派儼然，結拜爲兄弟云云，石破天平時既不會心生此意，就算想到了，也不敢出口，此刻酒意有九分了，便順口說了出來。

那胖子聽他越說越親熱，自然句句都是反話，料得他頃刻之間便要發難動手，以他如此內力，勢必難以抗禦，只有以猛烈之極的藥物，先行將他內力摧破，雖此舉委實頗不光明正大，但看來這少年用心險惡，那也不得不以辣手對付，生怕他不喝藥酒，忙道：「甚好，甚好，那再好也沒有了。你先喝乾了這葫蘆的酒罷。」

石破天向那瘦子道：「這位大爺意下如何？」那瘦子道：「恭敬不如從命，小兄弟有此美意，咳，咳！我是求之不得。」

石破天酒意上湧，頭腦中迷迷糊糊地，仰起頭來，將藍漆葫蘆中的酒盡數喝乾，入口反不如先前的寒冷難當。

那胖子拍手道：「好酒量，好酒量！我這葫蘆裏也還剩得一兩口酒，小兄弟索性便也乾了，咱們這就結拜。」

石破天興致甚高，接過朱漆葫蘆，想也不想，一口氣便喝了下去。

兩人對望了一眼，均想：「我們製這藥酒，每一枚九九丸或烈火丹，都要對六葫蘆酒，一葫蘆酒得喝上一個月，每日依照師傳妙法運功，以內力緩緩化去，方能有益無害。這一枚九九丸再加一枚烈火丹，足足開得十二大葫蘆藥酒，我二人分別須得喝上半年。他將我們的一年之量於頃刻之間飲盡，倘若仍能抵受得住，天下決無此理。」

果然便聽石破天大聲叫道：「啊喲，不……不好了，肚子痛得厲害。」抱著肚子彎下腰去。胖瘦二人相視一笑。那胖子微笑道：「怎麼？肚子痛麼？想必野豬肉吃得太多了。」

石破天道：「不是，啊喲，不好了！」大叫一聲，突然間高躍丈許。

胖瘦二人同時站起，只道他臨死之時要奮力一擊，各人凝力待發，均想以他功力，來勢定然凌厲無匹，兩人須得同時出手抵擋。

不料石破天呼的一掌向一株大樹拍了過去，叫道：「哎唷，這……這可痛死我了！」他腹痛如絞，當下運起內力，要將肚中這團害人之物化去，那知這九九丸和烈火丹的毒性非同小可，這一發作出來，他只痛得立時便欲暈去，全身抽搐，手足痙攣。

他奇痛難忍之際，左手一拳又向那大樹擊去，擊了這一拳後，腹痛略減，當下右手又一掌拍出，只震得那株大樹枝葉亂舞。他擊過一拳一掌，腹內疼痛略覺和緩，但頃刻間肚中立時又如萬把鋼刀同時剜割一般。他口中哇哇大叫，手腳亂舞，自然而然將以前學過、見過的諸般武功施展出來。他學得本未到家，此時腹中如千萬把鋼刀亂絞，頭腦中一片混亂，那裏還去思索甚麼招數，不住手的亂打亂拍，雖然亂七八糟，不成規矩，但挾以深厚內力，威勢卻十分厲害。他越打越快，只覺每發出一拳一掌，腹中的疼痛便隨內力的行走而帶了一些出來。

胖瘦二人只瞧得面面相覷，一步一步的向後退開。他二人知道如石破天這等武學高手，身中劇毒，臨死之時散去全身功力，猶如發了瘋的猛虎一般，只要給他雙手抱住了，那就萬難得脫。但聽得他拳腳發出虎虎風聲，招式又如雪山劍法，又如丁家的拳掌功夫，又夾了些上清觀劍法中的零碎招數。但盡是似是而非，生平從所未見，心想此人莫非眞的是甚麼金烏派門徒。以他二人武功之高，石破天這些招數縱怪，可也沒放在眼裏，只是他拳腿上發出的勁風，卻令二人暗暗稱異。

但見他越打越快，勁風居然也越來越加凌厲，二人不約而同的又是對望了一眼，微微一笑，均想：「這小子內力雖強，武功卻不值一哂，就算九九丸和烈火丹毒他不死，此人也非我二人敵手。先前看了他內力了得，可將他的武功估得高了。」這麼一想，不由得都可惜自己那一壺藥酒和那一枚藥丸起來，早知如此，他若要動武，一出手便能殺了他，實不須耗費這等珍貴之極的藥物。

凝聚陰陽兩股相反的猛烈藥性，使之互相中和融化，原是石破天所練「羅漢伏魔功」最擅長的本事。倘若他只飲那胖子的熱性藥酒，或是只飲那瘦子的寒性藥酒，以如此劇毒，他內功雖了得，終究非送命不可。那知道胖瘦二人同時下手，兩股相反的毒藥又同樣猛烈，誤打誤撞，陰陽二毒反相互剋制。胖瘦二人萬想不到謝煙客先前曾以此法加諸這少年身上，意欲傷他性命，而他已習得了抵禦之法。

石破天使了一陣拳腳，肚中的劇毒藥物隨著內力漸漸逼到了手掌之上，腹內疼痛也隨之而減，直到劇毒盡數逼離肚腹，也就不再疼痛。他踉踉蹌蹌的走回火堆，笑道：「啊喲，剛才這一陣肚痛，我還怕是肚腸斷了，眞嚇得我要命。」

胖瘦二人心下駭異，均想：「此人內功之怪，當眞匪夷所思。」

那胖子道：「現今你肚子還痛不痛？」

石破天道：「不痛了！」伸手去火堆上取了一塊烤得已成焦炭的野豬肉，火光下見右掌心有一塊銅錢大小的紅斑，紅斑旁圍繞著無數藍色細點，「咦」的一聲，道：「這……這是甚麼？」再看左掌心時，也是如此。他自不知已將腹內劇毒逼到掌上，只是不會運使內力，未能將毒質逼出體外，以致盡數凝聚在掌心之中。

胖瘦二人自然明白其中原因，不禁又放了一層心，均想：「原來這小子連內力也還不大會運使，那更加不足畏了。他若不是天賦異稟，便是無意中服食了甚麼仙草靈芝，無怪內力如此強勁。」本來料定他心懷惡念，必要出手加害，那知他只是以拳掌拍擊大樹，雖腹痛大作之時，瞧過來的眼色中也仍無絲毫敵意，二人早已明白只是一場誤會，均覺以如此手段對付這傻小子，既感內疚於心，又不免大失武林高手身分。

石破天道：「剛才咱們說義結金蘭，卻不知那位年紀大些？又不知兩位尊姓大名。」胖瘦二人本來只道石破天服了毒藥後立時斃命，是以隨口答允和他結拜，萬沒想到居然毒他不死。這二人素來十分自負，言出必踐，自從武功大成之後，更從沒說過一句不算數的話，雖眞不願跟這傻小子結拜，卻更不願食言而肥。

那胖子咳嗽一聲，道：「我叫張三，年紀比這位李四兄弟大著點兒。小兄弟，你無名無姓，怎能跟我們結拜？」

石破天道：「我原來的名字不大好聽，我師父給我取過一個名兒，叫做史億刀。你們就叫我這個名字，那也不妨。」

那胖子笑道：「那麼咱們三人今日就結拜爲兄弟了。」他單膝一跪，朗聲說道：「張三和李四、史億刀結拜爲兄弟，此後有福共享，有難同當，若違此言，他日張三就如同這頭野豬一般，給人殺了烤來吃了，哈哈，哈哈！」這「張三」兩字當然是他假名。他口口聲聲只說張三，不提一個「我」字，自是毫沒半分誠意。

那瘦子跟著跪下，笑道：「李四和張三、史億刀二位今日結義爲兄弟，此後情同骨肉，禍福與共。李四和兩位不能同年同月同日生，但願同年同月同日死，若違此誓，教李四亂刀分屍，萬箭穿身。嘿嘿，嘿嘿。」冷笑連聲，也是一片虛假。

石破天旣不知「張三、李四」人人都可叫得，乃是泛稱，又渾沒覺察到二人神情中的虛僞，雙膝跪地，誠誠懇懇的說道：「我和張三、李四二位哥哥結爲兄弟，有好酒好肉，讓兩位哥哥先吃，有人要殺兩位哥哥，我先上去抵擋。好的讓兩位哥哥先享，壞的由我先來遭殃。我如說過了話不算數，老天爺罰我天天像剛才這樣肚痛。」

胖瘦二人聽他說得十分至誠，不由得微感內愧。

那胖子站起身來，說道：「三弟，我二人身有要事，咱們這就分手了。」

石破天道：「兩位哥哥卻要到那裏去？適才大哥言道，咱們結成兄弟之後，有難同當，有福共享。反正我也沒事，不如便隨兩位哥哥同去。」

那胖子張三哈哈一笑，說道：「咱們是去請客，那也沒甚麼好玩，你不必同去了。」說著揚長便行。

石破天乍結好友，一生之中，從來沒一個朋友，今日終於得到兩個結義哥哥，實不勝之喜，見他們即要離去，大感不捨，拔足跟隨在後，說道：「那麼我陪兩位哥哥多走一段路也是好的。這番別過，不知何日再能見兩位哥哥的面，再來一同喝酒吃肉。」

那瘦子李四陰沉著臉，不去睬他。張三卻有一句沒一句的撩他說笑，說道：「兄弟，你說你師父給你取名爲史億刀。那麼在你師父取名之前，你的眞名字叫作甚麼？咱們已結義金蘭，難道還有甚麼要瞞著兩個哥哥不成？」石破天尷尬一笑，說道：「倒不是瞞著哥哥，只是這名字人人都說太也難聽。我娘叫我狗雜種。」張三哈哈大笑，道：

「狗雜種，狗雜種，這名字果然古怪！」張三、李四二人起步似不甚快，但足底已暗暗使開輕功，兩旁樹木飛快的從身邊掠過。

石破天一怔之間，已落後了丈餘，忙飛步追了上去。三人兩個在前，一個在後，相距也只三步。張三、李四急欲擺脫這傻小子，但全力展開輕功，石破天仍緊跟在後。只聽石破天讚道：「兩位哥哥好功夫，毫不費力的便走得這麼快。我拚命奔跑，才勉強跟上。」

說到那行走的姿勢，三人功夫的高下確然相差極遠。張三、李四瀟洒而行，毫無急促之態。石破天卻邁開大步，雙臂狂擺，弓身疾衝，直如是逃命一般。但兩人聽得他雖在狂奔之際說話，仍吐氣舒暢，一如平時，不由得也佩服他內力之強。

石破天見二人沿著自己行過的來路，正走向鐵叉會衆隱匿的那個小漁村，越行越近，大聲道：「兩位哥哥，前面是險地，可去不得了。咱們改道而行罷，沒的送了性命。」

張三、李四同時停步，轉過身來。李四問道：「怎說前面是險地？」

石破天也即停步，說道：「前面是紅柳港外的一個漁村，有許多江湖漢子避在那裏，不願給旁人知道他們的蹤跡。他們如見到咱三人，說不定就會行兇殺人。」李四寒著臉又問：「你怎知道？」石破天將如何誤入死屍船、如何在艙底聽到鐵叉會諸人商議、如何隨船來到漁村之事簡略說了。

李四道：「他們躲在漁村之中，只是害怕賞善罰惡二使，這跟咱們並不相干，又怎會來殺咱們三個？」石破天搖手道：「不，不！這些人窮兇極惡，動不動就殺人。他們怕洩漏秘密，連自己人也殺。你瞧，我一身血跡，就是他們殺了兩個自己人，鮮血滴在我衣衫上，那時我躲在艙底下，一動也不敢動。」李四道：「你既害怕，別跟著我們就是！」石破天道：「兩位哥哥還是別去的爲是，這……這……可不是鬧著玩的。」

張三、李四轉過身來，逕自前行，心想：「這小子空有一些內力，武功既差，更加膽小如鼠。」那知只行出數丈，石破天又快步跟了上來。

張三道：「你怕鐵叉會殺人，又跟來幹甚麼？」石破天道：「咱們不是起過誓麼？有難同當，有福共享。兩位哥哥定要前去，我只有和你們同年同月同日死了。男子漢大丈夫，說過了的話不能不算數。」李四陰森森的道：「嘿嘿，鐵叉會的漢子幾十柄鐵叉一齊刺來，插在你的身上，將你插得好似一隻大刺蝟，你不害怕？」

石破天想起在船艙底聽到鐵叉會中被殺二人的慘呼之聲，此刻兀自不寒而慄，眼下這小漁村中少說也有一二百人匿居在內，兩位結義哥哥武功再高，三個人定是寡不敵衆。

李四見他臉上變色，冷笑道：「咱二人自願送死，也不希罕多一人陪伴。你乖乖回家去罷。咱們這次若是不死，十年之後，當再相見。」石破天搖手道：「兩位哥哥多一個幫手，也是好的。咱們人少打不過人多，危急之時，不妨逃命，那也不一定便死。」李四皺眉道：「打不過便逃，那算甚麼英雄好漢？你還是別跟咱們去丟人現眼了。」石破天道：「好，我不逃就是。」

張三、李四無法將他擺脫，相視苦笑，拔步便行，心下均想：「原來這傻小子倒也挺有義氣，銳身赴難，義無反顧，當眞了不起。遠勝於武林中無數成名的英雄豪傑。」雖覺石破天顚顚蠢蠢，莫名奇妙，但人品高尚，挺有義氣，不禁都大爲尊重欽佩。均覺跟這樣的人義結兄弟，倒也值得。

過不多時，三人到了小漁村中。

眾人聽那人話聲中氣充沛，都是一驚，一齊回過頭來，只見數丈外站著個漢子，其時東方漸明，瞧他臉容，似乎年紀甚輕。

十二　兩塊銅牌

石破天見那艘死屍船已影蹤不見，村中靜悄悄地竟無一人，走一步，心中便怦的一跳，臉色早已慘白，自言自語：「幸好他們都已躲了起來，瞧不見咱們。」

張三、李四端相地形，走到一座小茅舍前，張三伸手推開板門，逕自走到灶邊，四面看了一下，略一沉吟，抱起一口盛滿了水的大石缸，放在一旁，缸底露出一個大鐵環來。李四抓住鐵環，往上一提，忽喇一聲響，一塊鐵板應手而起，現出一個大洞。

張三當先躍下，李四跟著跳落。石破天只看得嘖嘖稱奇，料得必是鐵叉會中那干兇人的藏身之所，忙勸道：「兩位哥哥，這可下去不得……」話未說完，張三、李四早已不見，心想：「有難同當。」只得硬起頭皮，也跳了下去。

前面是條通道，石破天跟在二人身後惴惴而行，只走出數步，便聽得有人大喝：

「那一個？」勁風起處，兩柄明晃晃的鐵叉向張三刺來。張三雙手揮出，在鐵叉桿上一拍，內力震盪之下，那二人翻身倒地而死。

甬道牆上點著牛油巨燭，走出數丈，便即轉彎，每個轉角處必有兩名漢子把守。張三每次只一揮手間，便將手持鐵叉的漢子震死，出手既快且準，乾淨利落，決不使到第二招。

石破天張大了口合不攏來，心想：「張大哥使的是甚麼法術？倘若這竟是武功，那可比丁不三、丁不四爺爺、白師傅他們厲害得多了。」

他心神恍惚之間，只聽得人聲喧嘩，許多人從甬道中迎面衝來。張三、李四仍這麼緩步前進，對面衝來的衆人卻陡然站定，臉色都驚恐異常。

張三問道：「總舵主在這兒嗎？」

一名身材高大的壯漢抱拳道：「在下尤得勝，是小小鐵叉會的頭腦。兩位大駕降臨，失迎之至。請到廳上喝一杯酒。啊，還有一位貴客，請三位賞光。」

張三、李四點了點頭。石破天見周遭情景詭異之極，在這甬道之中，張三已一口氣殺了十二名鐵叉會的會衆，料想對方決不肯罷休，只想轉身逃命，然見張三、李四毫不在乎的邁步而前，勢不能獨自退出，只得跟隨在後，卻忍不住全身簌簌發抖。

鐵叉會總舵主尤得勝在前恭恭敬敬的領路，甬道旁排滿了鐵叉會會衆，都手執鐵叉，叉頭鋒銳，閃閃發光。張三、李四和石破天在兩排會衆之間經過，只轉了個彎，眼前突然大亮，竟到了一間大廳之中，牆上插著無數火把，照耀如同白晝，四周也站滿了手持鐵叉的會衆。石破天偶爾和這些人惡毒兇狠的目光相觸，急忙轉頭，不敢再看。

尤得勝肅請張三、李四上座。張李二人也不推讓，逕自坐了。張三笑指身旁的座位，道：「小兄弟，你就坐在這裏罷。」石破天就座後，尤得勝在主位相陪。

片刻間幾名身穿青袍、不帶兵刃的會衆捧上杯筷酒菜。張三、李四左手各是一抖，袍袖中同時飛出一物，啪的一聲，並排落在尤得勝面前，卻是兩塊銅牌，平平整整的嵌入桌子，恰與桌面相齊，便似是細工鑲嵌一般。每塊牌上均刻有一張人臉，一笑一怒，與飛魚幫死屍船艙門上所釘兩塊銅牌一模一樣。

尤得勝臉色立變，站起身來，嗆啷啷之聲大響，四周百餘名漢子一齊抖動鐵叉，叉上鐵環發出震耳之聲，各人踏上了一步。

石破天叫聲：「啊喲！」忙即站起，便欲奔逃，暗想：「在這地底下的廳堂之中，可不易脫身。」斜眼瞧張三、李四時，只見一個仍笑嘻嘻地，另一個陰陽怪氣，絲毫不動聲色，石破天不敢自行行動，無可奈何，只得又再坐下。

尤得勝慘然道：「既然如此，那還有甚麼話可說。」張三笑道：「尤總舵主，你是山西『伏虎門』的惟一傳人，雙短叉神功，當世只你一人會使。而且你別出心裁，對前人所傳叉法，更作了不少精妙變化，算得上並世無雙，令人佩服。我們是來邀請你到俠客島去喝碗臘八粥，別無他意，不用多疑。」尤得勝遲疑了片刻，伸手在桌上一拍，兩塊銅牌跳了起來，他伸手接住，放入懷中，說道：「姓尤的臘八準到。」張三右手大拇指一豎，說道：「多謝尤總舵主，令我哥兒倆不致空手而回。」

人叢中忽有一人大聲說道：「尤總舵主雖是咱們頭腦，但鐵叉會衆兄弟義同生死，可不能讓總舵主獨自爲衆兄弟送命。」石破天一聽聲音，便認出他是在船艙中連殺二人的那個胡大哥，知道此人兇悍異常，不由得一顆心又怦怦亂跳。

尤得勝苦笑道：「徒然多送性命，又有何益？我意已決，胡兄弟不必多言。」提起酒壺，去給張三斟酒，但右手忍不住發抖，在桌面上濺出了不少酒水。

張三笑道：「素聞尤總舵主英雄了得，殺人不眨眼，怎麼今天有點害怕了嗎？」端起酒杯放到嘴邊，突然間乒乓一聲，酒杯摔在地下，跌得粉碎，跟著身子歪斜，側在椅上。石破天驚道：「大哥，怎麼了？」側頭問李四道：「二哥，他……他……」一言未畢，見李四慢慢向桌底溜了下去。石破天更加驚惶，一時手足無措。

尤得勝初時還道張三、李四故意做作，但見張三臉上血紅，呼吸喘急，李四兩眼翻白，臉上隱隱現出紫黑之色，顯是身中劇毒之象。他心下大喜，卻不敢便有所行動，假意問道：「兩位怎麼了？」只見李四在桌底縮成一團，不住抽搐。

石破天驚惶無已，忙將李四扶起，問道：「二哥，你……你……身子不舒服麼？」他那知適才張三、李四和他鬥酒，飲的是劇毒藥酒，每個都飲了八九口之多。以他二人功力，若連飲三口，急運內力與抗，尚無大礙，這八九口不停的喝下，卻大大逾量了，當時勉強支持，又自喜近來功力大進，喝了這許多毒酒，居然並沒覺得腹痛。二人已都服了解藥，這解藥旨在令酒中毒質暫不發作，留待稍後以內力將藥酒融吸化解，增強內力，但這解藥惟有鎮毒之功，卻無解毒之效，否則如此珍貴難得的藥酒，若服解藥而消去藥性，豈不可惜？他二人雖知解藥的作用，但以往從未如此大份量服過，待得二人一陣急行，酒中劇毒竟在這時突然同時發作，實大出二人意料之外。

其時張三、李四腹中劇痛，全身痲木。兩人知情勢危急，忙引丹田眞氣，裹住肚中毒酒，盼望緩緩的任其一點一滴的化去，否則劇毒陡發，只怕心臟便會立時停跳。但遲不遲，早不早，偏在這時毒發，當眞命懸他人之手，就算抵擋得住肚中毒酒，卻也難逃鐵叉會的毒手。兩人均想：「我二人縱橫天下，今日卻死在這裏。」

鐵叉會的尤總舵主、那姓胡的及一干會衆見張三、李四二人突然間歪在椅上，滿頭大汗，臉上肌肉抽搐，神情痛苦，都大爲驚詫。各人震於二人的威名，雖見這是千載難逢的良機，一時卻也不敢有何異動。

石破天只問：「大哥、二哥，你們是喝醉了，還是忽然生病？」張三、李四均不置答，就這麼半臥半坐，急運內力與腹中毒質相抵，過不多時，頭頂都冒出了絲絲白氣。

尤得勝見到二人頭頂冒出白氣，已明就裏，低聲道：「胡兄弟，這二人不是走火入魔，便是惡疾突發，正在急運內力，大夥兒快上啊！」那姓胡的大喜，卻不敢逼近動手，提起一柄鐵叉，一運勁，呼的一聲向張三擲去。張三無力招架，只略略斜身，噗的一聲，鐵叉揷入他肩頭，鮮血四濺。石破天大驚，叫道：「你……你幹麼？竟敢傷我大哥？」

鐵叉會會衆見他年輕，又慌慌張張的手足無措，誰也沒將他放在心上。待見那姓胡的飛叉刺中張三，對方別說招架，連閃避也有所不能，無不精神大振，呼呼呼一陣聲響，三柄鐵叉同時向石破天飛擲而至。

石破天左臂橫格，震開兩柄鐵叉，右手伸出去接住第三柄鐵叉，閃身擋在張三、李四二人身前，混亂之中，又有五柄鐵叉擲將過來。石破天舉起手中鐵叉手忙腳亂的一一擊飛，兩柄鐵叉回震出去，擊破了一名會衆的腦袋，刺入了另一名會衆的肚腹。

尤得勝見地方狹窄，鐵叉施展不開，這麼混戰，反多傷自己兄弟，叫道：「大家且住，讓我先收拾了這小賊再說。」一彎腰，雙手向裏腿中摸去，再行站直時，手中各已多了一柄明晃晃的短柄小鋼叉。

鐵叉會會衆紛紛退後，靠牆而立，齊聲呼叫：「瞧總舵主收拾這賊小子。」地下密室之中，聲音傳不出去，聽來甚爲鬱悶。

尤得勝身子稍弓，迅速異常的欺到石破天身側，兩把小鋼叉一上一下，分向他臉頰和腰眼中揷去。石破天萬沒料到對方攻勢之來竟如此快法，「啊」的一聲呼叫，向前衝出一步，但腰間和右臂已同時中刃，噹的一聲，手中抓著的鐵叉落在地下。尤得勝見他武功不高，已放了一大半心，連聲吆喝，跟著又如旋風般撲到。

石破天右臂受傷甚輕，腰間受刺這一下卻著實疼痛，見他又惡狠狠的衝上，當下斜身閃開，反掌向他背心擊落，使的是丁不四所教一招。尤得勝最擅長的是小巧騰挪，近身肉搏，見石破天出招時姿式難看，但舉手投足之際風聲隱隱，內力厲害，心下也頗忌憚，施展平生所學，兩柄小鋼叉招招向石破天要害刺去。

張三和李四一面運氣裹住腹中毒質，一面瞧著石破天和尤總舵主相鬥，知道今日二人生死，全繫於石破天能否獲勝，眼見他錯過了無數良機，旣感可惜，又甚焦急，卻又不敢過於分神旁騖，以致岔了內息。

又鬥一陣，石破天右腿又給小鋼叉掃中，「啊喲」一聲，右掌急拍。尤得勝突然聞到一股濃冽甜香，頭腦暈眩，登時昏倒。石破天一呆，向後躍開。

那姓胡的搶將上去，見尤得勝臉上全是紫黑之色，顯是中了劇毒，探他鼻息，已然斃命。他驚怒交集，嘶聲叫道：「賊小……小子，你使毒害人，咱們跟他拚了！大夥兒上啊，總舵主給賊小子害死了。」鐵叉會會衆吶喊擁上，紛舉鐵叉向石破天亂刺亂戳。

石破天擋在張三、李四二人身前，不敢閃避，只怕自己稍一移身，兩位義兄便命喪於十餘柄鐵叉之下，情急之際，搶過一柄鐵叉，奮力折斷，使開金烏刀法，橫掃擋架。他雄渾之極的內力運到了叉上，當者披靡，霎時間十餘柄鐵叉都給他震飛脫手。一人站得最近，鐵叉脫手，隨即和身撲上，雙手成爪，向石破天臉上抓去。石破天見他勢頭來得兇悍，左手橫掠出去，啪的一聲，打在他的十根手指之上，只聽得喀喀數聲，腕骨連指折斷，那人跟著委頓在地，一動也不動了。

混戰之中，誰也無暇留意那人死活，七八人逼近石破天進攻，有的使叉，有的空手。石破天不敢後退一步，見有人撲近，便伸掌拍去。他發掌擊出，也不知是甚麼緣故，對方定然立即摔倒，其效如神。

這麼一連擊倒了六人，好幾人大叫：「這小子毒掌厲害，大夥兒小心些。」又有人叫道：「王三哥也給這小子毒掌擊死了，小……小……心……」這人話未說完，咕咚一聲，摔倒在地，一根鐵叉重重擊在自己臉上。這人並沒給石破天手掌擊中，居然也中毒而死。

鐵叉會會衆神色惶怖，一步步退後，但聽得嗆啷啷、砰嘭、喀喇、啊啊之聲不絕，一個個摔倒，有的轉身欲逃，但跑不了兩步，也即滾倒。

轉眼之間，大廳中百餘名壯漢橫七豎八的摔滿了一地，只剩下四個功力最高之人，伸手掩住口鼻，奪路外闖，但只奔到廳門口，四人便擠成一團，同時倒斃。

石破天見了這等情景，只嚇得目瞪口呆，比之那日在紫煙島上誤闖死屍船更加驚恐多了。在死屍船中所見的飛魚幫幫眾都已斃命，而此刻鐵叉會會眾卻一個個在自己眼前死去，不知是中邪著魔，還是爲惡鬼所迷。

他想起那些人說自己毒掌厲害，提起手掌來看時，只見雙掌之中都有一團殷紅如血的紅雲，紅雲之旁又有無數青藍色的條紋，顏色鮮艷之極。在和張三李四結拜之前，雙掌掌心中已有紅斑和藍點，但其時甚爲細小，不知在甚麼時候竟已變成這般模樣。再看了一陣，忍不住感到噁心，只覺得兩隻手掌心變得如同毒蛇之口、蜈蚣之背，鼻中又隱隱聞到一些似香非香、又帶腥臭的濃冽氣息。

他轉頭去看張三、李四時，見二人神色平和，頭頂白氣愈濃，張三的肩頭上兀自釘著那柄鐵叉。他想：「得給大哥拔出鐵叉。」抓住叉柄輕輕一拔，鐵叉應手而起，一股鮮血從張三肩頭創口中噴出。石破天忙即按住，撕下一角衣襟，爲他裹住了創口。

只聽得張三深深吸了口氣，低聲道：「你……聽……我……說……照……我……的……話……做……」一個字一個字說來，聲音既低，語調又極緩慢。他所中之毒本與李四不相上下，但肩頭創口中放了許多血出來，令他所受毒質的侵襲爲之一緩。

石破天忙點頭道：「是，是，請大哥吩咐。」張三說：「你……左……手……按……我……背……心……靈……台……穴……」接著吸一口氣，說一句話，費了好半天功夫，才教會石破天如何運用內力，助他催逼出體內所中的毒藥，待得說完，已滿頭大汗，臉色更紅得猶似要滴出血來。石破天不敢怠慢，當即依他囑咐，解開他上衣，左手按住他靈台穴，右手按住他膻中穴，左手以內息送入，右手運氣外吸，果然過不多時，便有一股炙熱之氣，細如遊絲，從右掌心中鑽了進去。

正自一掌送氣、一掌吸氣的全力運用之際，忽聽得腳步聲響，十餘人奔了進來，手中都持鐵叉。這些人奉命在外把守，過了良久，不聽得有何聲息，當下進來探視，萬料不到同夥首領和兄弟盡數屍橫就地，驚駭之下，見石破天和張三、李四坐在地下，顯然也受了重傷，各人發一聲喊，挺叉向三人刺來。石破天正待起身抵禦，不料這十餘人奔到離他身前丈餘之處，突然身子搖晃，一個個軟癱下來，一聲不出，就此死去。

石破天嚇得一顆心幾乎要從胸中跳將出來，顫聲道：「大……大哥，這屋裏有惡鬼。咱們還是快走……」張三搖了搖頭，這時他體內毒質已去了一小半，腹痛已不如先前劇烈，說道：「你就……用這法子……給……給二哥……也……這麼……搞搞……」

石破天道：「是，是。」依著張三所授之法，為李四吸毒，這時進入他手掌的卻是一絲絲的涼氣了。約莫過了一頓飯時分，李四體內毒質減輕，要他再給張三吸毒。

如此周而復始，石破天爲每人都吸了三次。二人體內雖餘毒未淨，但已全然無礙。他二人本就要以這些毒藥助長本身功力，只須慢慢加以融煉便是。

兩人環顧四周死屍，想起適才情景之險，忍不住心有餘悸，心想石破天適才爲二人解毒，手掌中又吸了不少毒質進去，只怕有礙，須得設法爲他解毒，卻見他臉上雖大有懼色，但舉止如常，全無中毒之象，均想這小子不知服食過甚麼靈芝仙草，這般厲害的劇毒竟也奈何他不得，既爲他慶幸，又暗暗感激。他二人自然知道，鐵叉會會衆所以遇到他的掌風立即斃命，是因他體內的劇毒散發出來之故，到得後來，廳內氤氤氳氳，毒霧瀰漫，吸入口鼻，便即致命。但此事不易解釋，他既不問，也就不提。

張三道：「二弟、三弟，咱們走罷！」當先走了出去，李四和石破天跟隨在後。

三人走出地道，只見外面空地上站著數十人，手持鐵叉，正在探頭探腦的張望。衆人見三人出來，發一聲喊，都圍了上來。有人喝問：「總舵主呢？怎麼還不出來？」張三笑道：「總舵主在裏面！」當先那人又問：「怎麼你們先出來了？」張三笑道：「這可連我也不明白了，你們自己進去瞧瞧罷。」雙手探出，一手抓住一人胸口，便向地道中擲了進去。餘人大聲驚呼，紛挺鐵叉向他刺去。張三不閃不避，雙手一探，便抓住兩人，向後擲出。

石破天站在一旁，但見張三隨手抓出，手到擒來，不論對方如何抵禦躲閃，總難逃脫他的一抓一擲。他越看越驚訝，心想原來大哥武功如此了得，以往所見到的高手，實沒一個比得上他。

李四雙手負在背後，並不上前相助。張三擲出十餘人後，兜向各人背後，專抓離得最遠之人，逐步將衆人逼到地道口前。有人大叫：「逃啊！」搶先向地道中奔入，餘人也都跟了進去。石破天叫道：「裏面危險，別進去！」卻又有誰來聽他的話？

他心下充滿了無數疑團：何以鐵叉會會衆一個個突然倒斃？大哥、二哥何以突然中毒肚痛？大哥又爲甚麼將這許多人趕入地道？一時也不知該先問那一件事，只叫了聲：「大哥，二哥！」便聽張三道：「咦！那邊是誰來了？」

石破天回頭一看，不見人影，問道：「甚麼人來了？」卻不聽得張三回答，再回過頭來時，不由得吃了一驚，張三、李四二人已然不見，便如隱身遁去一般。石破天驚叫：「大哥，二哥！你們去了那裏？」連叫幾聲，竟沒一人答應。

他六神無主，忙到四下房舍中去找尋。漁村中都是土屋茅舍，他連闖了七八家人家，竟一個人影也無。

其時紅日初升，遍地陽光，一個大村莊之中，空蕩蕩地便只剩下他一人。

他想起地道中、大廳上各人慘死的情狀，不由得打個寒噤，大叫一聲，發足便奔。直奔出十餘里地，這才放緩腳步，再提起手掌看時，掌心的紅雲藍紋已隱沒了一小半，不似初見時的噁心，心下稍慰。他自不知手掌不使內力，劇毒順著經脈逐漸回歸體內。嗣後每日行功練氣，劇毒便緩緩消減，功力也隨之而增，至快要到七七四十九日後，毒性才能化去。

他信步而行，走了半天，又到了長江邊上，沿著江邊大路，向下游行去。

中午時分在一處小鎮上買些麵條吃了，又向東行。他無牽無掛，任意漫遊，走到傍晚，前面樹林中露出一角黃牆，行到近處，見是一所寺觀，屋宇宏偉，門前鋪著一條寬闊平正的青石板路，山門中走出兩個身負長劍的黃冠道人來。

兩名道人見到石破天，便即快步走近。一名中年道人問道：「幹甚麼的？」他見石破天衣衫污穢，年紀既輕，笨頭笨腦的東張西望，言語中便不客氣。

石破天也不以爲忤，笑道：「我隨便走走，不幹甚麼。這是和尚廟嗎？我有銀子，跟你們買些甚麼吃的，行不行？」那道人怒道：「混小子胡說八道，你瞧我是不是和尚？我們又不是開飯店的，賣甚麼吃的給你？快走，快走！再到上清觀來胡鬧，小心打斷了你的腿。」另一個年輕道人手按劍柄，臉上惡狠狠地，作出便要拔劍殺人的模樣。

石破天道：「我肚子餓了，問你們買些吃的，又不是來打架。好端端地，我又何必再打死你們？」說著便轉身走開。那年輕道人怒道：「你說甚麼？」拔步趕上。

石破天這話實出眞心，他在鐵叉會大廳上手一揚便殺一人，心下老大後悔，實不願再跟人動手，見那年輕道人要上來打架，生怕莫名其妙的又殺了他，當即發足便奔，逃入樹林。只聽得兩個道人哈哈大笑，那中年道人道：「是個渾小子，只一嚇，夾了尾巴就逃。」

石破天見兩個道士不再追來，眼見天色已晚，想找些野果之類充饑，林中卻都是松樹、杉樹、柏樹之屬，不生野果。他奔上一個小山坡，四下瞭望，見那道士廟依山而建，前後左右一共數十間屋宇，後進屋子的煙囪中不斷升起白煙，顯是在煮菜燒飯。除這座道士廟外，極目四望，左近更無其他屋舍。

他見到炊煙，肚中更咕咕亂響，心想：「這些道人好兇，一開口便要打架，我且到後邊瞧瞧，若有甚麼吃的，拿了便走。只須放下銀子，便不是小賊。」當即從林中繞到道觀之後，看準了炊煙所在，挨牆而行，見一扇後門半開半掩，閃身走進。

這時天色已然全黑，進去是個天井，但聽得人聲嘈雜，鍋鏟在鐵鍋中敲得噹噹直響，菜肴在熱油中發出吱吱聲音，陣陣香氣飄入天井，正是廚房的所在。石破天咽了口唾沫，從走廊悄悄掩到廚房門口，躲在一條黑沉沉的甬道之中，尋思：「且看這些飯菜煮好了送到那裏去？若飯堂中一時無人，我買了一碗肉便走，就不會打架殺人了。」

果然過不多時，便有三人從廚房中出來。三個都是小道士，當先一人提著一盞燈籠，後面兩人各端一隻托盤，盤中熱香四溢，顯是放滿了美肴。石破天大咽饞涎，放輕腳步，悄悄跟在後面。三名小道士穿過甬道，又經過一處走廊，來到一座廳堂，在桌上放下菜肴，兩名小道士轉身走出，餘下一人留下來端整坐椅，擺齊杯筷，共設了三席。

石破天躲在長窗之外，探眼向廳堂中凝望。好容易等到這小道士轉到後堂，他快步搶進堂中，抓起碗中一塊紅燒牛肉便往口中塞去，雙手又去撕一隻清蒸鷄的鷄腿。

第一口牛肉剛吞入肚，便聽得長窗外有人道：「師弟、師妹這邊請。」腳步聲響，有好幾人走到廳前。

石破天暗叫：「不好！」將那隻清蒸肥鷄抓在手中，百忙中還從懷裏掏出一錠銀子，放在桌上，便要向後堂闖去，卻聽得腳步聲響，後堂也有人來。四下一瞥，見廳堂中空蕩蕩地無處可躲，不由得暗暗叫苦：「又要打架不成？」

耳聽得那幾人已走到長窗之前，他想起鐵叉會地道中諸人的死狀，雖說或許暗中有妖魔鬼怪作祟，一干會衆未必是自己打死的，究竟心中凜凜，不敢再試，情急之下，瞥眼見橫樑上懸著一塊大匾，當下無暇多想，縱身躍上橫樑，鑽入了匾後。他平身而臥，恰可容身。這時相去當眞只一瞬之間，他剛在匾後藏好，長窗便即推開，好幾人走了進來。

只聽得一人說道：「自己師兄弟，師哥卻恁地客氣，設下這等豐盛的酒饌。」

石破天聽這口音甚熟，從木匾與橫樑之間的隙縫中向下窺視，只見十幾人陪著男女二人相偕入座，這二人便是玄素莊的石莊主夫婦。他對這二人一直甚是感激，尤其石夫人閔柔當年既有贈銀之惠，日前又曾教他劍法，一見之下，心中便感到一陣溫暖。

一個白鬚白髮的老道說道：「師弟、師妹遠道而來，愚兄喜之不盡，一杯水酒，如何說得上豐盛二字？」見到桌上汁水淋漓，一隻大碗中只剩下一些殘湯，碗中的主肴不知是蒸鷄還是蹄子，卻已不翼而飛，碗旁還放著一錠銀子，更不知所云。

那老道眉頭一皺，心想小道士們如何這等疏忽，沒人看守，給貓子來偷了食去，只遠客在座，不便爲這些小事斥責下屬。這時又有小道士端上菜來，各人見了那碗殘湯，神色都感尷尬，忙收拾了去，誰也不提。那老道肅請石清夫婦坐了首席，自己打横相陪，袍袖輕拂，罩在銀錠之上，待得袍袖移開，桌上的銀錠已然不見。中間這一席上又坐了另外三名中年道人，其餘十二名道人則分坐了另外兩席。

酒過三巡，那老道喟然說道：「八年不見，師弟、師妹丰采尤勝昔日，愚兄卻老朽不堪了。」石清道：「師哥頭髮稍白了些，精神卻仍十分健旺。」

那老道道：「甚麼白了些？我是憂心如搗，一夜頭白。師弟、師妹若於三天之前到來，我的鬍子、頭髮也不過是半黑半白而已。」石清道：「師哥所掛懷的，是爲了賞善罰惡二使麼？」那老道嘆了口氣，說道：「除了此事，天下恐怕也沒第二件事，能叫上清觀天虛道人數日之間老了二十歲。」

石清道：「我和師妹在巢湖邊上聽到訊息，賞善罰惡二使復出，武林中正面臨大劫，是以星夜趕來，想跟掌門師哥以及諸位師兄弟商個善策。我上清觀近十年來在武林中名頭越來越響，樹大招風，善惡二使說不定會光顧到咱們頭上。小弟夫婦意欲在觀中逗留一兩月，他們若眞欺上門來，小弟夫婦雖然不濟，也得爲師門捨命效力。」

天虛輕輕一聲嘆息，從懷中摸出兩塊銅牌，啪啪兩聲，放在桌上。

石破天正在他們頭頂，瞧得清楚，兩塊牌上一張笑臉，一張怒臉，正和他已見過兩次的銅牌一模一樣，不禁心中打了個突：「這老道士也有這兩塊牌子？」

石清「咦」了一聲，道：「原來善惡二使已來過了，小弟夫婦馬不停蹄的趕來，畢竟還是晚了一步。是那一天的事？師哥你……你如何應付？」

天虛心神不定，一時未答，坐在他身邊的一個中年道人說道：「那是三天前的事。掌門師哥大仁大義，一力擔當，已答應上俠客島去喝臘八粥。」

石清見到兩塊銅牌，又見觀中諸人無恙，原已猜到了九成，當下霍地站起，向天虛深深一揖，說道：「師哥一肩挑起重擔，保全上清觀全觀平安，小弟既感且愧，這裏先行申謝。但小弟有個不情之請，師哥莫怪。」天虛道人微笑還禮，說道：「天下事物，此刻於愚兄皆如浮雲。賢弟但有所命，無不遵依。」石清道：「如此說來，師哥是答允了？」天虛道：「自然答允了。但不知賢弟有何吩咐？」石清道：「小弟厚顏大膽，要請師哥將這上清觀一派的掌門人，讓給小弟夫婦共同執掌。」

他此言一出，廳上羣道盡皆聳然動容。天虛沉吟未答，石清又道：「小弟夫婦執掌本門之後，這碗臘八粥，便由我們二人上俠客島去嚐一嚐。」

天虛哈哈大笑，但笑聲之中卻充滿了苦澀之意，眼中淚光瑩然，說道：「賢弟美意，愚兄心領了。但愚兄忝爲上清觀一派之長已有十餘年，武林中衆所周知。今日面臨危難，就此畏避退縮，天虛這張老臉今後往那裏擱去？」他說到這裏，伸手抓住了石清的右掌，說道：「賢弟，你我年紀相差遠了，你又是俗家，以往少在一塊。但你我向來交厚，何況你武功人品，確爲本門的第一等人物，愚兄素所欽佩。若不是爲了這臘八之約，你要做本派掌門，愚兄自當欣然奉讓。今日情勢大異，愚兄卻萬萬不能應命了，哈哈，哈哈！」笑得甚是蒼涼。

石破天心想那俠客島上的「臘八粥」不知是甚麼東西，在鐵叉會中曾聽大哥說起過，現今這天虛道人一提到臘八粥的約會，神色便是大異，難道是甚麼致命的劇毒不成？

只聽天虛又道：「賢弟，愚兄一夜頭白，決不是貪生怕死。我行年已六十四歲，今年再死，也算得是壽終。只是我反覆思量，如何方能除去這場武林中每十年便出現一次的大劫？如何方能維持本派威名於不墮？那才是眞正的難事。過去三十年之中，俠客島已約過三次臘八之宴。各門各派、各幫各會中應約赴會的英雄豪傑，沒一個得能回來。愚兄一死，毫不足惜，這善後之事，咱們卻須想個妥法才是。」

石清也哈哈一笑，端起面前的酒杯，一口喝乾，說道：「師哥，小弟夫婦不自量力，要請師哥讓位，並非去代師哥送上兩條性命，卻是要去探個明白。說不定老天爺保佑，竟能查悉其中眞相。雖不敢說能爲武林中除去這個大害，但只要將其中秘奧漏了出來，天下武人羣策羣力，難道當眞便敵不過俠客島這一干人？」

天虛緩緩搖頭，說道：「不是我長他人志氣，小覷了賢弟。像少林寺妙諦方丈、武當派愚茶道長、崆峒派清空道長這等的高手，也都一去不返。唉，賢弟武功雖高，終究……終究尚非妙諦方丈、愚茶道長這些前輩高人之可比。」

石清道：「這一節小弟倒也有自知之明。但事功之成，一半靠本事，一半靠運氣。要誅滅大害固有所不能，設法查探一些隱秘，諒來也不見得全然無望。」

天虛仍然搖頭，說道：「上清觀的掌門，百年來總是由道流執掌。愚兄死後，已定下由沖虛師弟接任。此後賢弟伉儷盡力匡助，令本派不致衰敗湮沒，愚兄已感激不盡了。」

石清說之再三，天虛終是不允。各人停杯不飲，也忘了吃菜。石破天將一塊塊鷄肉輕輕撕下，塞入口中，生怕咀嚼出聲，就此囫圇入肚，但一雙眼睛仍從隙縫中向下凝神窺看。

只見石夫人閔柔聽著丈夫和天虛道人分說，並不揷嘴，卻緩緩伸出手去，拿起了兩塊銅牌，看了一會，順手便往懷中揣去。天虛叫道：「師妹，請放下！」閔柔微微一笑，說道：「我代師哥收著，也是一樣。」天虛道人見話聲阻她不得，伸手便奪。恰在此時，石清伸出筷去向一碗紅燒鱔段夾菜，右臂正好阻住了天虛的手掌。坐在石夫人下首的沖虛手臂一縮，伸手去抓銅牌，說道：「還是由我收著罷！」

石夫人左手抬起，四根手指像彈琵琶一般往他手腕上拂去。沖虛左手也即出指，點向石夫人右腕。石夫人右腕輕揚，左手中指彈出，一股勁風射向沖虛胸口。

沖虛已受天虛道人之命接任上清觀觀主，也即是他們這一派道俗衆弟子的掌門。他知石清夫婦急難赴義，原是一番美意，但這兩塊銅牌關及全觀道侶的性命，天虛道人既已接下，若再落入旁人之手，全觀道侶俱有性命之憂，是以不顧一切的來和石夫人爭奪，見對方手指點到，當即揮掌擋開。

兩人身不離座，霎時間交手了七八招，兩人一師所授，所使俱是本門擒拿手法，雖無傷害對方之意，但出手明快利落，在尺許方圓的範圍之中全力以搏。兩人當年同窗學藝時曾一起切磋武功，分手二十餘年來，其間雖曾數度相晤，一直未見對方出手。此刻突然交手，心下於對方的精湛武功都暗暗喝釆。圍坐在三張飯桌旁的其餘一十六人，也都目不轉睛的瞧著二人較藝，坐得較遠的人還都站起身來觀看。這些人都是本門高手，均知石清夫婦近十多年來江湖上闖下了極響亮的名頭，眼見她和沖虛不動聲色的搶奪銅牌，將本門武功的妙詣發揮到了淋漓盡致，無不讚嘆。又均知石清夫婦意欲代替天虛去赴俠客島之約，那是捨命赴難的大仁大義行逕，心下盡皆感佩。

起初十餘招中，二人勢均力敵，但石夫人右手抓著兩塊銅牌，右手只能使拳，無法勾、拿、彈、抓，本門的擒拿法絕技便打了個大大折扣。又拆得數招，沖虛左手運力將石夫人左臂壓落，右手五指已碰上了銅牌。石夫人心知這一下非給他抓到不可，兩人若各運內力搶奪，一來觀之不雅，二來自己究是女流，氣力恐不及沖虛師哥渾厚，當下鬆手任由兩塊銅牌落下，那自是交給了丈夫。

石清伸手正要去拿，突然兩股勁風撲面而至，正是天虛道人向他雙掌推出。這兩股勁風雖無霸道之氣，但蓄勢甚厚，若不抵擋，必受重傷，那時縱然將銅牌取在手中，也必跌落，只得伸掌一抵。就這麼緩得一緩，坐在天虛下首的照虛道人已伸手取過銅牌。

銅牌一入照虛之手，石清夫婦和天虛、沖虛四人同時哈哈一笑，一齊罷手。沖虛和照虛躬身行禮，說道：「師弟、師妹，得罪莫怪。」

石清夫婦忙也站起還禮。石清說道：「兩位師哥何出此言，卻是小弟夫婦魯莽了。

掌門師兄內功如此深厚，勝於小弟十倍，此行雖然凶險，若求全身而退，也未始無望。」適才和天虛對了一掌，石淸已知這位掌門師兄的內功實比自己深厚得多。

天虛苦笑道：「但願得如師弟金口，請，請！」端起酒杯，一飮而盡。

石破天見閔柔奪牌不成，他不知這兩塊銅牌有何重大干係，只念著石夫人對自己的好處，尋思：「這道士把銅牌搶了去，待會我去搶了過來，送給石夫人。」

只見石淸站起身來，說道：「但願師哥此行，平安而歸。小弟的犬子爲人所擄，急於要去搭救，此番難以多和衆位師兄師弟敘舊。這就告辭。」

羣道心中都是一凜。天虛問道：「聽說賢弟的令郎是在雪山派門下學藝，以賢夫婦的威名，雪山派的聲勢，如何竟有大膽妄爲之徒將令郎劫持而去？」

石淸嘆了口氣，道：「此事說來話長，大半皆由小弟無德，失於管敎，犬子胡作非爲，須怪不得旁人。」他是非分明，雖然玄素莊偌大的家宅爲白萬劍一把火燒得乾乾淨淨，仍知禍由己起，對雪山派並不怨恨。

沖虛道人朗聲說道：「師弟、師妹，對頭擄你們愛子，便是瞧不起上淸觀了。不管他是多大來頭，愚兄縱然不濟，也要助你一臂之力。」頓了一頓，又道：「你愛子落於人手，卻趕著來赴師門之難，足見師兄弟間情義深重。難道我們這些牛鼻子老道，便是毫無心肝之人嗎？」他想對頭不怕石淸夫婦，不怕人多勢衆的雪山派師徒，定是十分厲害的人物，上清觀羣道爲了同門義氣，自當出手，與這勁敵去鬥上一鬥，那想得到擒去石清之子的竟便是雪山派人士。

石清既不願自揚家醜，更不願上清觀於大難臨頭之際，又去另樹強敵，和雪山派結怨成仇，說道：「各位師兄盛情厚意，小弟夫婦感激不盡。這件事現下尚未查訪明白，待有頭緒之後，倘若小弟夫婦人孤勢單，自會回觀求救，請師兄弟們援手。」沖虛道：「這就是了。賢弟賢妹那時也不須親至，只教送個訊來，上清觀自當全觀盡出。」

石清夫婦拱手道謝，心下卻黯自神傷：「雪山派縱將我兒千刀萬剮的處死，我夫婦也只有認命，決不能來向上清觀討一名救兵。」兩人辭了出去，天虛、沖虛等都送將出去。

石破天見衆人走遠，當即從匾後躍出，翻身上屋，跳到牆外，尋思：「石莊主、石夫人說他們的兒子給人擄了去，卻不知是誰下的手。那銅牌只是個玩意兒，搶不搶到無關緊要，看來他們師兄妹之間情誼甚好，搶銅牌多半是鬧著玩的。石夫人待我甚好，我要助她找尋兒子。我先去問她，她兒子多大年紀，怎生模樣，是給誰擄了去。」躍到一株樹上，眼見東北方十餘盞燈籠排成兩列，上清觀羣道正送石清夫婦出觀。

石破天心想：「石莊主夫婦胯下坐騎奔行甚快，我還是儘速趕上前去的爲是。」看明了石清夫婦的去路，躍下樹來，從山坡旁追將上去。

還沒奔過上清觀的觀門，只聽得有人喝道：「是誰？站住了！」他躲在匾中之時，屛氣凝息，沒發出半點聲息，廳堂中衆人均未知覺，這一發足奔跑，上清觀羣道武功了得，立時便察知來了外人，初時不動聲色，待石清夫婦上馬行遠，當即分頭兜截過來。

黑暗之中，石破天猛覺劍氣森森，兩名道人挺劍擋在面前，劍刃反映星月微光，朦朦朧朧中瞧出左首一人正是照虛。他心中一喜，問道：「是照虛道長嗎？」照虛一怔，說道：「正是，閣下是誰？」石破天右手伸出，說道：「請你把銅牌給我。」

照虛大怒，喝道：「給你這個。」挺劍便向他腿上刺去。上清觀戒律精嚴，不得濫殺無辜，這時未明對方來歷，雖石破天出口便要銅牌，犯了大忌，但照虛這一劍仍然並非刺向要害。石破天斜身避開，右手去抓他肩頭。照虛見他身手敏捷，長劍圈轉，指向他右肩。石破天忙低頭從劍下鑽過，生怕他劍鋒削到自己腦袋，右手自然而然的向上托去。照虛只覺一股腥氣刺鼻，頭腦一陣暈眩，登時翻身倒地。

石破天一怔之際，第二名道人的長劍已從後心刺到。他知自己掌上大有古怪，一出手便即殺人，再也不敢出掌還擊，急忙向前縱出，嗤的一聲響，長袍後背已爲劍尖劃破了一道口子。那道人見照虛給敵人不知用甚麼邪法迷倒，急於救人，長劍唰唰唰的疾向石破天刺來。

石破天斜身逃開，百忙中拾起照虛拋下的長劍，見對方劍法凌厲，當下以劍作刀，使動金烏刀法，噹的一聲，架開來劍。他手上內力奇勁，這道人手中長劍把捏不住，脫手飛出。但他上清觀武功不單以劍法取勝，擒拿手法也是武林中一絕，這道人兵刃脫手，竟絲毫不懼，猱身而上，直撲進石破天懷中，雙手成抓，抓向他胸口和小腹要穴。他手中無劍而敵人有劍，就利於近身肉搏，要令敵人的兵刃施展不出。

石破天叫道：「使不得！」左手掠過，將那道人推開，這時他內力發動，劇毒湧至掌心，一推之下，那道人應手倒地，縮成了一團。石破天連連頓足，嘆道：「唉！我眞的不想害你！」耳聽得四下裏都是呼嘯之聲，羣道漸漸逼近，忙到照虛身上一摸，那兩塊銅牌尚在懷中。他伸手取過，放入袋裏，拔步向石清夫婦的去路急追。

他一口氣直追出十餘里，始終沒聽到馬蹄之聲，尋思：「這兩匹馬難道跑得當眞如此之快，再也追他們不上？又莫非我走錯了方向，石莊主和石夫人不是順著這條大道走？」又奔行數里，猛聽得一聲馬嘶，向聲音來處望去，見一株柳樹下繫著兩匹馬，一黑一白，正是石清夫婦的坐騎。

石破天大喜，從袋中取出銅牌，拿在手裏，正待張口叫喚，忽聽得石清的聲音在遠處說道：「師妹，這小賊鬼鬼祟祟的跟著咱們，不懷好意，便將他打發了罷。」石破天吃了一驚：「他們不喜歡我跟來？」雖聽到石清話聲，但不見二人，生怕石夫人向自己動手，倘若被迫還招，一個不小心又害死了她，那便如何是好？忙縮身伏入長草，只等閔柔趕來，將銅牌擲了給她，轉身便逃。

忽聽得呼的一聲，一條人影疾從左側大槐樹後飛出，手挺長劍，劍尖指著草叢，喝道：「朋友，你跟著我們幹甚麼？快給我出來。」正是閔柔。石破天一個「我」字剛到口邊，忽聽得草叢中嗤嗤嗤三聲連響，有人向閔柔發射暗器。閔柔長劍顫處，剛將暗器拍落，草叢中便躍出一個青衣漢子，揮單刀向閔柔砍去。這一下大出石破天意料之外，萬萬想不到這草叢中居然伏得有人。但見這漢子身手矯捷，單刀舞得呼呼風響。閔柔隨手招架，並不還擊。

石清也從槐樹後走了出來，長劍懸在腰間，負手旁觀，看了幾招，說道：「喂，老兄，你是泰山盧十八門下，是不是？」那人喝道：「是便怎樣？」手中單刀絲毫不緩。石清笑道：「盧十八跟我們雖沒交情，也沒樑子，你跟了我們夫婦六七里路，是甚麼用意？」那漢子道：「沒空跟你說……」原來閔柔雖輕描淡寫的出招，卻已迫得他手忙腳亂。

石清笑道：「盧十八的刀法比我們高明，你卻還沒學到師父本事的三成，這就撤刀住手了罷！」石清此言一出，閔柔長劍應聲刺中他手腕，飄身轉到他背後，倒轉劍柄撞出，已封住了他穴道。噹的一聲響，那漢子手中單刀落地，他後心大穴被封，動彈不得了。

石清微笑道：「朋友，你貴姓？」那漢子甚是倔強，惡狠狠的道：「你要殺便殺，多問作甚？」石清笑道：「朋友不說，那也不要緊。你加盟了那一家幫會，你師父只怕還不知道罷？」那漢子臉上露出詫異之色，似乎是說：「你怎知道？」石清又道：「在下和尊師盧十八師傅素來沒嫌隙，他就眞要派人跟蹤我夫婦，嘿嘿，不瞞老兄說，尊師總算還瞧得起我們，決不會派你老兄。」言下之意，顯是說你武功差得太遠，著實不配，你師父不會不知。那漢子一張臉脹成了紫醬色，幸好黑夜之中，旁人也看不到。

石清伸手在他肩頭拍了兩下，說道：「在下夫婦光明磊落，事事不怕人知，你要知我二人行蹤，不妨明白奉告。我們適才從上清觀來，探訪了觀主天虛道長。你回去問你師父，便知石清、閔柔少年時在上清觀學藝，天虛道長是我們師哥。現下我們要赴雪山，到凌霄城去拜訪雪山派掌門人威德先生。朋友倘若沒別的要問，這就請罷！」

那漢子只覺四肢痲痺已失，顯是石清隨手這麼兩拍，已解開了他穴道，心下好生佩服，便拱了拱手，說道：「石莊主仁義待人，名不虛傳，晚輩冒犯了。」石清道：「好說！」那漢子也不敢拾起在地下的單刀，向石夫人一抱拳，說道：「石夫人，得罪了！」轉身便走。石夫人襝衽還禮。

那漢子走出數步，石清忽然問道：「朋友，貴幫石幫主可有下落了嗎？」那漢子身子一震，轉身道：「你……你……都……都知道了？」石清輕嘆一聲，說道：「我不知道。沒有訊息，是不是？」那漢子搖了搖頭，說道：「沒訊息。」石清道：「我們夫婦，也正想找他。」三個人相對半晌，那漢子才轉身又行。

待那漢子走遠，閔柔道：「師哥，他是長樂幫的？」石破天聽到「長樂幫」三字，心中又是一震。石清道：「他剛才轉身走開，揚起袍襟，我依稀見到袍角上繡有一朵黃花，黑暗中看不清楚，隨口一問，居然不錯。他……他跟蹤我們，原來是爲了……爲了玉兒，早知如此，也不用難爲他了。」閔柔道：「他們……他們幫中對玉兒倒很忠心。」石清道：「玉兒爲白萬劍擒去，長樂幫定要四出派人，全力兜截。他們人多勢大，耳目衆多，想不到仍然音訊全無。」閔柔淒然道：「你怎知仍然……仍然音訊全無？」

石清挽著妻子的手，拉著她並肩坐在柳樹之下，溫言道：「他們倘若已查到玉兒的訊息，便不會這般派人到處跟蹤江湖人物。這個盧十八的弟子無緣無故的釘著咱們，除了打探他們幫主下落，不會更有別情。」

石清夫婦所坐之處，和石破天藏身的草叢，相距不過兩丈。石清說話雖輕，石破天卻聽得清清楚楚。本來以石清夫婦的武功修爲，石破天從遠處奔來之時便當發覺，只是當時二人全神留意著一直跟蹤在後的那使刀漢子，石破天又內功甚高，腳步著地極輕，是以二人打發了那漢子之後，沒想到草叢中竟另藏得有人。石破天聽著二人的言語，甚麼長樂幫主，甚麼給白萬劍擒去，說的似乎便是自己，但「玉兒」甚麼的，卻又不是自己了。他本來對自己的身世存著滿腹疑團，這時躲在草中，倘若出人不意的突然現身，未免十分尷尬，索性便躲著想聽個明白。

四野蟲聲唧唧，清風動樹，石清夫婦卻不再說話。石破天生怕自己蹤跡給二人發見，連大氣也不敢喘一口，過了良久，才聽得石夫人嘆了口氣，跟著輕輕啜泣。

只聽石清緩緩道：「你我二人行俠江湖，生平沒做過虧心之事。這幾年來為了要保玉兒平安，更竭力多行善舉，倘若老天爺眞要我二人無後，那也是人力不可勝天。何況像玉兒這樣的不肖孩兒，無子勝於有子。咱們算是沒生這個孩兒，也就是了。」

閔柔低聲道：「玉兒雖從小頑皮淘氣，他……他還是我們的心肝寶貝。總是為了堅兒慘死人手，咱們對玉兒特別寵愛了些，才成今日之累，可是……可是我也始終不怨。那日在那小廟之中，我瞧他也決不是壞到了透頂，倘若不是我失手刺了他一劍，也不會……也不會……」說到這裏，語音嗚咽，自傷自艾，痛不自勝。

石清道：「我一直勸你不必為此自己難受，就算那日咱們將他救了出來，也難保不再給他們搶去。這件事也眞奇怪，雪山派這些人怎麼突然間個個不知去向，中原武林之中再也沒半點訊息。明日咱們就動程往凌霄城去，到了那邊，好歹也有個水落石出。」

閔柔道：「咱們若不找幾個得力幫手，怎能到凌霄城這龍潭虎穴之中，將玉兒救出來？」

石清嘆道：「救人之事，談何容易？倘若不在中途截劫，玉兒一到凌霄城，那是羊入虎口，再難生還了。」

閔柔不語，取帕拭淚，過了一會，說道：「師哥，咱們便請上清觀的師兄弟們拔劍相助罷！我看此事也不會全是玉兒的過錯。你看玉兒的雪山劍法如此生疏，雪山派定是沒好好傳他武功，玉兒又是個心高氣傲、要強好勝之人，定是和不少人結下了怨。這些年中，可將他折磨得苦了。」說著聲音又有些嗚咽。

石清道：「天虛師兄已接了賞善罰惡銅牌，在這當口，我們又怎忍說得出『求助』兩字？都是我打算錯了，對你實在好生抱憾。當日我一力主張送他赴雪山派學藝，你雖不說甚麼，我知你心中實在萬分捨不得。想不到風火神龍封萬里如此響噹噹的男兒，跟咱夫婦又這般交情，竟會虧待玉兒。」

閔柔道：「這事又怎怪得你？你送玉兒上凌霄城，一番心思全是爲了我，你雖不言，我豈有不知？要報堅兒之仇，我獨力難成，到得要緊關頭，你又不便如何出手，再加對頭於本門武功知之甚稔，定有破解之法。倘若玉兒學成了雪山劍法，我娘兒兩個聯手，便可制敵死命，那知道……那知道……唉！」

石破天聽著二人說話，倒有一大半難以索解，只想：「石夫人這般想念她孩兒。聽來好像她兒子是給雪山派擒去啦，我不如便跟他們同上凌霄城去，助他們救人。她不是說想找幾個幫手麼？」正尋思間，忽聽得遠處蹄聲隱隱，有十餘匹馬疾馳而來。

石淸夫婦跟著也聽到了，兩人不再談論兒子，默然而坐。

過不多時，馬蹄聲漸近，有人叫道：「在這裏了！」跟著有人叫道：「石師弟、閔師妹，我們有幾句話說。」

石淸、閔柔聽得是沖虛的呼聲，略感詫異，雙雙縱出。石淸問道：「沖虛師哥，觀中有甚麼事麼？」只見天虛、沖虛以及其他十餘個師兄弟都騎在馬上，其中兩個道人懷中又都抱著一人。其時天色未明，看不淸那二人是誰。

沖虛氣急敗壞的大聲說道：「石……石師弟、閔師妹，你們在觀中搶不到那賞善罰惡兩塊銅牌，怎地另使詭計，又搶了去？要搶銅牌，那也罷了，怎地竟下毒手打死了照虛、通虛兩個師弟，那……那……實在太不成話了！」

石淸和閔柔聽他這麼說，都大吃一驚。石淸道：「照虛、通虛兩位師哥遭了人家毒手，這……這……這是從何說起？兩位師哥給……給人打死了？」他關切兩位師兄的安危，一時之間，也不及爲自己分辯洗刷。

沖虛怒氣沖沖的說道：「也不知你去勾結了甚麼下三濫的匪類，竟敢使用最爲人所不齒的劇毒。兩個師弟雖尙未斷氣，這時恐怕也差不多了。」石淸道：「我瞧瞧。」說著走近身去，要去瞧照虛、通虛二人。唰唰幾聲，幾名道人拔出劍來，擋住了石清去路。天虛嘆道：「讓路！石師弟豈是那樣的人。」那幾名道人哼的一聲，撤劍讓道。

石清從懷中取出火摺打亮了，照向照虛、通虛臉上，見二道臉上一片紫黑，確是中了劇毒，一探二人鼻息，呼吸微弱，性命已在頃刻之間。上清觀的武功原有過人之長，照虛、通虛二道內力深厚，又均非直中石破天的毒掌，只聞到他掌上逼出來的毒氣，因而暈眩栽倒，但饒是如此，看來也已挨不了一時三刻。石清回頭問道：「師妹，你瞧這是那一派人下的毒手？」這一回頭，只見七八名師兄弟各挺長劍，已將他夫婦二人圍在垓心。

閔柔對羣道的敵意只作視而不見，接過石清手中火摺，挨近去瞧二人臉色，微微聞到二道口鼻中呼出來的毒氣，便覺頭暈，不由得退了一步，沉吟道：「江湖上沒見過這般毒藥。請問沖虛師哥，這兩位師哥是怎生中的毒？是誤服了毒藥呢？還是中了敵人餵毒暗器？身上可有傷痕？」

沖虛怒道：「我怎知道？我們正是來問你呢？你這婆娘鬼鬼祟祟的不是好人，多半是適才吃飯之時，你爭銅牌不得，便在酒中下了毒藥。否則爲甚麼旁人不中毒，偏偏銅牌在照虛師弟身上，他就中了毒，而……而……懷中的銅牌，又給你們盜了去？」

閔柔只氣得臉容失色，但她天性溫柔，自幼對諸位師兄謙和有禮，不願和他們作口舌之爭，眼眶中淚水卻已滾來滾去，險些便要奪眶而出。石清知道這中間必有重大誤會，自己夫婦二人在上清觀中搶奪銅牌未得，照虛便身中劇毒而失了銅牌，自己夫婦確是身處重大嫌疑之地。他伸出左手握住妻子右掌，意示安慰，一時也徬徨無計。閔柔道：「我……我……」只說得兩個「我」字，已哭了出來，別瞧她是劍術通神、威震江湖的女傑，在受到這般重大委屈之時，卻也和尋常女子一般的柔弱。

沖虛怒沖沖的道：「你再哭多幾聲，能把我兩個師弟哭活來嗎？貓哭耗子……」一句話沒說完，忽聽身後有人大聲道：「你們怎地不分青紅皂白，胡亂冤枉好人？」衆人聽那人話聲中氣充沛，都是一驚，一齊回過頭來，只見數丈外站著一個衣衫不整的漢子，其時東方漸明，瞧他臉容，似乎年紀甚輕。

石清、閔柔見到那少年，都不禁喜出望外。閔柔更「啊」的一聲叫了出來，道：「你……你……」總算她江湖閱歷甚富，那「玉兒」兩字才沒叫出口來。

這少年正是石破天，他躲在草叢之中，聽到羣道責問石清夫婦，心想自己倘若出頭，不免要和羣道動手，自己一雙毒掌，殺人必多，實在十分不願。但聽沖虛越說越兇，石夫人更給他罵得哭了起來，再也忍耐不住，當即挺身而出。

沖虛大聲喝道：「你是甚麼人？怎知我們是冤枉人了？」石破天道：「石莊主和石夫人沒拿你們的銅牌，你們卻硬說他們拿了，那不是冤枉好人麼？」沖虛挺劍踏上一步，喝道：「你這小孩子又知道甚麼了，卻在這裏胡說八道！」

石破天道：「我自然知道。」他本想實說是自己拿了，但想只要一說出口，對方定要搶奪，自己倘若不還，勢必動手，那麼又要殺人，是以忍住不說。

沖虛心中一動：「說不定這少年得悉其中情由。」便問：「那麼是誰拿的？」

石破天道：「總而言之，決不是石莊主、石夫人拿的。你們得罪了他們，又惹得石夫人哭了，大是不該，快快向石夫人賠禮罷。」

閔柔陡然間見到自己朝思暮想、牽肚掛腸的孩兒安然無恙，已是不勝之喜，這時聽得他叫沖虛向自己賠禮，全是維護母親之意。她生了兩個兒子，花了無數心血，流了無數眼淚，直到此刻，才聽到兒子說一句迴護母親的言語，登時情懷大慰，只覺過去二十年來爲他而受的諸般辛勞、傷心、焦慮、屈辱，那是全都不枉了。

石清見妻子喜動顏色，眼淚卻涔涔而下，明白她心意，一直揑著她手掌的手又緊了一緊，心中也想：「玉兒雖有種種不肖，對母親倒極有孝心。」

沖虛聽他出言挺撞，心下大怒，高聲道：「你是誰？憑甚麼來叫我向石夫人賠禮？」

閔柔心中一歡喜，對沖虛的枉責已絲毫不以爲意，生怕兒子和他衝突起來，傷了師門和氣，忙道：「沖虛師哥是一時誤會，大家自己人，說明白了就是，又賠甚麼禮了。」轉頭向石破天柔聲道：「這裏的都是師伯、師叔，你磕頭行禮罷。」

石破天對閔柔本就大有好感，這時見她臉色溫和，淚眼盈盈的瞧著自己，充滿了愛憐之情，一生之中，從未有誰對自己如此的眞心憐愛，不由得熱血上湧，但覺不論她叫自己去做甚麼都萬死不辭，磕幾個頭又算得甚麼？當下不加思索，雙膝跪地，向沖虛磕頭，說道：「石夫人叫我向你們磕頭，我就磕了！」

天虛、沖虛等都是一呆，眼見石破天對閔柔如此順服，心想石清有兩個兒子，一個給仇家殺了，一個給人擄去，這少年多半是他夫婦的弟子。

沖虛脾氣雖然暴躁，究是玄門練氣有道之士，見石破天行此大禮，胸中怒氣登平，當即翻身下馬，伸手扶起，道：「不須如此客氣！」那知石破天心想石夫人叫自己磕頭，總須磕完才行，沖虛伸手來扶，卻不即行起身。沖虛一扶之下，只覺對方的身子端凝如山，竟紋風不動，不禁又怒氣上衝，心道：「你當我長輩，卻自恃內功了得，在我面前顯本事來了！」當下吸一口氣，將內力運到雙臂之上，用力向上一抬，要將他掀個觔斗。

石清夫婦眼見沖虛的姿式，他們同門學藝，練的是一般功夫，如何不知他臂上已使上了眞力？石清哼的一聲，微感氣惱，但想他是師兄，也只好讓兒子吃一點虧了。閔柔卻叫道：「師哥手下留情！」

卻聽得呼的一聲，沖虛的身子騰空而起，向後飛出，正好重重撞上了他自己的坐騎。沖虛腳下踉蹌，連使「千斤墜」功夫，這才定住，那匹馬給他這麼一撞，卻長嘶一聲，前腿跪倒。原來石破天內力充沛，沖虛大力掀他，沒能掀動，若不是撞在馬上，便會摔一個大觔斗。

這一下人人都瞧得清楚，自都大吃一驚。石清夫婦在揚州城外土地廟中曾和石破天交劍，知他內力渾厚，但決計想不到他內力修爲竟已到了這等地步，單藉反擊之力，便將上清觀中一位一等一的高手如此憑空摔出。

沖虛站定身子，左手在腰間一搭，已拔出長劍，氣極反笑，說道：「好，好，好！」連說了三個「好」，才調勻了氣息，說道：「師弟、師妹調教出來的弟子果然不同凡響，我這可要領教領教。」說著長劍一挺，指向石破天胸口。

石破天退了一步，連連搖手，道：「不，不，我不跟你打架。」

天虛瞧出石破天的武功修爲非同小可，心想沖虛師弟和他相鬥，以師伯的身分，勝了沒甚麼光采，如若不勝，更成了大大笑柄，見石破天退讓，正中下懷，便道：「都是自己人，又較量甚麼？便要切磋武藝，也不忙在這一時三刻。」

石破天道：「是啊，你們是石莊主、石夫人的師兄，我一出手又打死了你們，就大大不好了。」他全然不通人情世故，只怕自己毒掌出手，又殺死了對方，隨口便說了出來。

上清觀羣道素以武功自負，那想到他實是一番好意，一聽之下，無不勃然大怒。十多名道人中，倒有七八個鬍子氣得不住顫動。石清也喝：「你說甚麼？不得胡言亂語。」

沖虛遵從掌門師兄的囑咐，已收劍退開，聽石破天這句凌辱藐視之言，那裏還再忍耐得住？大踏步上前，喝道：「好，我倒想瞧瞧你如何將我們都打死了，出招罷！」石破天不住搖手，道：「我不和你動手。」沖虛愈益惱怒，道：「哼，你連和我動手也不屑！」唰的一劍，刺向他肩頭。他見石破天手中並無兵刃，這一劍劍尖所指之處並非要害，他是上清觀中的劍術高手，臨敵的經歷雖比不上石清夫婦，出招之快卻絲毫不遜。

石破天一閃身沒能避開，只聽得噗的一聲輕響，肩頭已然中劍，立時鮮血冒出。閔柔驚叫：「哎喲！」沖虛喝道：「快取劍出來！」

石破天尋思：「你是石夫人的師兄，適才我已誤殺了她兩個師兄，若再殺你，一來對不起石夫人，二來我也成爲大壞人了。」當沖虛一劍刺來之時，他若出掌劈擊，便能擋開，但他怕極了自己掌上劇毒，雙手負在背後，用力互握，說甚麼也不肯出手。

上清觀羣道見了他這般模樣，都道他有心藐視，即連修養再好的道人也都大爲生氣。有人便道：「沖虛師兄，這小子狂妄得緊，不妨教訓教訓他！」

沖虛道：「你眞不屑和我動手？」唰唰又是兩劍。他出招實在太快，石破天對劍法又沒多大造詣，身子雖然急閃，仍沒能避開，左臂右胸又中了一劍。幸好沖虛劍下留情，只求逼他出手，並非要取他性命，這兩劍一刺中他皮肉，立即縮回，所傷極輕。

閔柔見愛子連中三處劍傷，心疼無比，見沖虛又一劍刺出，噹的一聲，立時揮劍架開，只聽得噹噹噹噹，便如爆豆般接連響了一十三下，瞬息間已拆了一十三招。沖虛連攻一十三劍，閔柔擋了一十三劍，兩人都是本派好手，這「上清快劍」施展出來，直如星丸跳擲，火光飛濺，迅捷無倫。這一十三劍一過，羣道和石清都忍不住大叫一聲：「好！」

場上這些人，除石破天外，個個是上清觀一派的劍術好手，眼見沖虛這一十三劍攻得淩厲剽悍，鋒銳之極，而閔柔連擋一十三劍，卻也是綿綿密密，嚴謹穩實，兩人在彈指之間一攻一守，都施展了本門劍術的巔峯之作，自是人人瞧得心曠神怡。

天虛知道再鬥下去，兩人也不易分出勝敗，問道：「閔師妹，你是護定這少年了？」

閔柔不答，眼望丈夫，要他拿個主意。

石清道：「這孩子目無尊長，大膽妄爲，原該好好教訓才是。他連中沖虛師兄三劍，幸蒙師兄劍下留情，這才沒送了他小命。這孩子功夫粗淺，怎配跟沖虛師兄過招？孩子，快向眾位師伯磕頭賠罪。」

沖虛大聲道：「他明明瞧不起人，不屑動手。否則怎麼說一出手便將我們都打死了？」

石破天攤開手掌，見掌心中隱隱又現紅雲藍線，嘆了口氣，說道：「我這一雙手老是會闖禍，動不動便打死人。」

上清觀羣道又人人變色。石清聽他兀自狂氣逼人，討那嘴頭上便宜，心下也不禁生氣，喝道：「你這小子當眞不知天高地厚，適才沖虛師伯手下留情，才沒將你殺死，你難道不知麼？」石破天道：「我知道他手下留情，那很好啊！我……我……我也不想殺死他，因此也是手下留情。」石清大怒，登時便想搶上去揮拳便打。他身形稍動，閔柔立知其意，當即拉住了他左臂，這一拉雖然使力不大，石清卻也不動了。

沖虛適才向石破天連刺三劍，見他閃避之際，顯然全未明白本門劍法的精要所在，而內力卻又如此強勁，以武功而論，頗不像是石清夫婦的弟子，心下已然起疑，而當石破天舉掌察看之時，又聞到了一股淡淡的腥臭，更疑竇叢生，喝問：「小子，你是誰的徒弟，卻學得這般貧嘴滑舌？」

石破天道：「我……我……我是金烏派的開山大弟子。」

沖虛一怔，心想：「甚麼金烏派，銀烏派？武林中可沒這門派，這小子多半又在胡說八道。」便冷笑道：「我還道閣下是石師弟的高足呢。原來不是自己人，那便無礙了。」一向站在身旁的兩名師弟使個眼色。

兩名道人會意，倒轉長劍，各使一招「朝拜金頂」，一個對著石清，一個對著閔柔。這「朝拜金頂」是上清劍法中禮敬對方的招數，通常是和尊長或是武林名宿動手時所用，這一招劍尖向地，左手劍訣搭在劍柄之上，純是守勢，看似行禮，卻已將身前五尺之地守禦得十分嚴密，敵未動，己不動，敵如搶攻，立遇反擊。

石清夫婦如何不明兩道的用意，那是監視住了自己，若再出劍迴護兒子，這二道手中的長劍立時便彈起應戰，但只要自己不出招，這二道卻永遠不會有敵對的舉動，那是不傷同門義氣之意。閔柔向身前的師兄靈虛瞧了一眼，心想：「當年在上清觀學藝之時，靈虛師兄笨手笨腳，劍術遠不如我，但瞧他這一招『朝拜金頂』似拙實穩，已非吳下阿蒙，眞要動手，只怕非三四十招間能將他打敗。」

她心念略轉之間，只見沖虛手中長劍連續抖動，已將石破天圈住，聽他喝道：「你再不還手，我將你這金烏派的惡徒立斃於當場。」他叫明「金烏派」，顯是要石清夫婦事後無法爲此翻臉。石清當機立斷，知道兒子再不還手，沖虛眞的會將他刺得重傷，但若還手相鬥，沖虛既知自己夫婦有迴護之意，下手決不會過份，只點到爲止，殺殺他的狂氣，於少年人反有益處，當即叫道：「孩子，師伯要點撥你功夫，於你大有好處。師伯決不會傷你，不用害怕，快取兵刃招架罷！」

石破天只見前後左右都是沖虛長劍的劍光，逼得自己臉上寒氣森森，不由得大是害怕，適才爲他接連刺中三劍，躲閃不得，知這道人劍法十分厲害，聽石清命他取兵刃還手，心頭一喜：「是了，我用兵刃招架，手上的毒藥便不會害死了他。」瞥眼見到地下一柄單刀，正是那個盧十八的弟子所遺，忙叫道：「好，好！我還手就是，你……你可別用劍刺我。等我拾起地下這柄刀再說。你如乘機在我背心刺上一劍，那可不成，你不許賴皮。」

沖虛見他說得氣急敗壞，又好氣，又好笑，「呸」的一聲，退開了兩步，跟著噗的一響，將長劍插在地上，說道：「你當我沖虛是甚麼人，難道還會偷襲你這小子？」雙手揷在腰間，等他拾刀，心想：「這小子原來使刀，那麼絕非石師弟夫婦的弟子了。只不知石師弟如何又叫他稱我師伯？」

石破天俯身正要去拾單刀，突然心念一動：「待會打得兇了，說不定我一個不小心，左手又隨手出掌打他，豈不是又要打死人，還是把左手綁在身上，那就太平無事。」當下又站直身子，向沖虛道：「師伯，對不起，請你等一等。」隨即解開腰帶，左手垂在身旁，右手用腰帶將左臂縛在身上，各人眼睜睜的瞧著，均不知他古裏古怪的玩甚麼花樣。石破天收緊腰帶，牢牢打了個結，這才俯身抓起單刀，說道：「好了，咱們比罷，那就不會打死你了。」

這一下沖虛險些給他氣得當場暈去，眼見他縛住了左手和自己比武，對自己的藐視實已達於極點。上清觀羣道固然齊聲喝罵，石清和閔柔也都斥道：「孩子無禮，快解開腰帶！」

石破天微一遲疑，沖虛唰的一劍已疾刺而至。石破天來不及遵照閔柔吩咐，只得舉刀擋格。沖虛知他內力強勁，不讓他單刀和自己長劍相交，立即變招，唰唰唰唰六七劍，只刺得石破天手忙腳亂，別說招架，連對方劍勢來路也瞧不清楚。他心中暗叫：「我命休矣！」提起單刀亂劈亂砍，全然不成章法，將所學的七十三路金烏刀法，盡數抛到了天上的金烏玉兔之間。幸好沖虛領略過他的厲害內力，雖見他刀法中破綻百出，但當他揮刀砍來之時，卻也不得不迴劍以避，生怕長劍給他砸飛，那就顏面掃地了。

石破天亂劈了一陣，見沖虛反而退後，定一定神，那七十三招金烏刀法漸漸來到腦中。只沖虛雖然退後，出招仍然極快，石破天想以史婆婆所授刀法拆解，說甚麼也辦不到。何況金烏刀法專爲剋制雪山派劍法而創，遇上了渾不相同的上清劍法，全然格格不入。他心下慌亂，只得隨興所至，隨手揮舞。使了一會，忽然想起，那日在紫煙島上最後給白萬劍殺得大敗，只因自己不識對方劍法，此刻這道士的劍法自己更加不識，既然不識，索性就不看，於是揮刀自己使自己的，將那七十三路金烏刀法顛三倒四的亂使，渾厚的內力激盪之下，自然而然的構成了一個守禦圈子，沖虛再也攻不進去。

羣道和石清夫婦都暗暗訝異，沖虛更又驚又怒，又加上幾分膽怯。他於武林中各大門派的刀法大致均了然於胸，眼見石破天的刀法既稚拙，又雜亂，大違武學的根本道理，本當一擊即潰，偏偏自己連遇險著，實在是不通情理之至。

又拆得十餘招，沖虛焦躁起來，呼的一劍，進中宮搶攻，恰在此時，石破天揮刀迴轉，兩人出手均快，噹的一聲，刀劍相交。沖虛早有預防，將長劍抓得甚緊，但石破天內力實在太強，衆人驚呼聲中，沖虛見手中長劍已彎成一把曲尺，劍上鮮血淋漓，卻原來虎口已遭震裂。他心中一涼，暗想一世英名付於流水，還練甚麼劍？做甚麼上清觀一派掌門？急怒之下，揮手將彎劍向石破天擲出，隨即雙手成抓，和身撲去。石破天一刀將彎劍砸飛，不知此後該當如何，心中遲疑，胸口門戶大開。沖虛雙手已抓住了他前心的兩處要穴。

沖虛這一招勢同拚命，上清觀一派的擒拿法原也是武學一絕，那知他雙手剛碰到石破天的穴道，便給他內力迴彈，反衝出去，身子仰後便倒。這一次他使的力道更強，反彈之力也就愈大，眼見站立不住，倘若一屁股坐倒，這個醜可就丟得大了。

天虛道人飛身上前，伸掌在他左肩向旁推出，卸去了反彈的勁力。沖虛縱身躍起，這才站定，臉上已沒半點血色。

天虛拔出長劍，說道：「果然是英雄出在少年，佩服，佩服！待貧道來領教幾招，只怕年老力衰，也不是閣下對手了。」說著挺劍緩緩刺出。石破天舉刀一格，突覺刀鋒所觸，有如憑虛，刀上勁力竟消失得無影無蹤，不禁叫道：「咦，奇怪！」

原來天虛知他內力厲害，這一劍使的是個「卸」字訣，卻已震得右臂酸麻，胸口隱隱生疼。他暗吃一驚，生怕已受內傷，待第二劍刺出，石破天又舉單刀擋架時，便不敢再卸他內勁，立時斜劍擊刺。

天虛雖已年逾六旬，身手之矯捷卻不減少年，出招更穩健狠辣。石破天卻仍不與他拆招，對他劍招視而不見，便如是閉上了眼睛自己練刀，不管對方劍招是虛中套實也好，實中帶虛也好，刺向胸口也罷，削來肩頭也罷，自己只管「梅雪逢夏」、「鮑魚之肆」、「漢將當關」、「千鈞壓駝」。這場比試，的的確確是文不對題，答非所問，天虛所出的題目再難，石破天也只管自己練自己的。

兩人這一搭上手，頃刻間也鬥了二十餘招，刀風劍氣不住向外伸展，旁觀眾人所圍的圈子也愈來愈大。靈虛等二人本來監視著石清夫婦，防他們出手相助石破天，但見天虛和石破天鬥得激烈，石清夫婦既轉頭凝視，二道的四隻眼睛也不由自主的都轉到相鬥的二人身上。

石破天懼怕之心既去，金烏刀法漸漸使得似模似樣，顯得招數也頗爲精妙，內力更隨之增長。天虛初時儘還抵敵得住，但每拆一招，對方的勁力便強了一分，眞似無窮無盡、永無枯竭一般。他只覺雙腿漸酸，手臂漸痛，多拆一招，便多一分艱難。這時石清夫婦都已瞧出再鬥下去，天虛必吃大虧，但若出聲喝止兒子，擺明了要他全然相讓，實大削天虛的臉面，不由得甚是焦急。

石破天鬥得興起，刀刀進逼，驀地裏只見天虛右膝一軟，險些跪倒，強自撐住，臉色卻已大變。石破天心念一動，記起阿綉在紫煙島上說過的話來：「你和人家動手之時，要處處手下留情，記著得饒人處且饒人，那就是了。」一想到她那款款叮囑的言語，眼前便出現她溫雅靦覥的容顏，立時橫刀推出。

天虛見他這一刀推來，勁風逼得自己呼吸爲艱，忙退了兩步，這兩步腳下蹣跚，身子搖晃，暗暗叫苦：「他再逼前兩步，我要再退也沒力氣了。」卻見他向左虛掠一刀，拖過刀來，又向右空斫，然後迴刀在自己臉前砍落，只激得地下塵土飛揚。

天虛氣喘吁吁，正驚異間，只見他單刀迴收，退後兩步，豎刀而立，又聽他說道：「閣下劍法精妙，在下佩服得緊，今日難分勝敗，就此罷手，大家交個朋友如何？」天虛幾乎不相信自己的耳朵，怔怔而立，說不出話來。

石清微微一笑，如釋重負。閔柔更樂得眉花眼笑。他夫婦見兒子武功高強，那倒還罷了，最歡喜的是他在勝定之後反能退讓，正合他夫婦處處爲人留有餘地的性情。閔柔笑喝：「傻孩子瞎說八道，甚麼『閣下』、『在下』的，怎不稱師伯、小姪？」這一句笑喝，其辭若有憾焉，其實乃深喜之，慈母情懷，欣慰不可言喻。

天虛吁了口氣，搖搖頭，嘆道：「長江後浪推前浪，我們老了，不中用啦。」

閔柔笑道：「孩子，你得罪了師伯，快上前謝過。」石破天應道：「是！」拋下單刀，解開綁住左臂的腰帶，恭恭敬敬的上前躬身行禮。閔柔甚是得意，柔聲道：「掌門師哥，這是你師弟、師妹的頑皮孩子，從小少了家教，得罪莫怪。」

天虛微微一驚，說道：「原來是令郎，怪不得，怪不得！師弟先前說令郎爲人擄去，原來那是假的。」石清道：「小弟豈敢欺騙師兄？小兒原是爲人擄去，不知如何脫險，匆忙間還沒問過他呢。」天虛點頭道：「這就是了，以他本事，脫身原亦不難。只是賢郎的武功既非師弟、師妹親傳，刀法中也沒多少雪山派的招數，內力卻又如此強勁，實令人莫測高深。最後這一招，更加少見。」

石破天道：「是啊，這招是阿綉教我的，她說人家打不過你，你要處處手下留情，得饒人處且饒人，這一招叫『旁敲側擊』，既讓了對方，又不致爲對方所傷。」他毫無機心，滔滔說來。天虛臉上登時紅一陣，白一陣，羞愧得無地自容。

石清喝道：「住嘴，瞎說甚麼？」石破天道：「是，我不說啦。要是我早想到將這兩隻掌心有毒的手綁了起來，只用單刀跟人動手，也不會……也不會……」說到這裏，心想若是自承打死了照虛、通虛，定要大起糾紛，當即住口。

但天虛等都已心中一凜，紛紛喝問：「你手掌上有毒？」「兩位師兄是你害死的？」「那兩塊銅牌是不是你偷去的？」羣道手中長劍本已入鞘，當下唰唰聲響，又都拔將出來。

石破天嘆了口氣，道：「我本來不想害死他們，不料我手掌只是這麼一揚，他們就倒在地下不動了。」

沖虛怒極，向著石清大聲道：「石師弟，這事怎麼辦，你拿一句話來罷！」

石清心中亂極，一轉頭，但見妻子淚眼盈盈，神情惶恐，當下硬著心腸說道：「師門義氣爲重。這小畜生到處闖禍，我夫婦也已迴護不得，但憑掌門師哥處治便是。」

沖虛道：「很好！」長劍一挺，便欲上前夾攻。

閔柔道：「且慢！」沖虛冷眼相睨，說道：「師妹更有甚麼話說？」閔柔顫聲道：「照虛、通虛兩位師哥此刻未死，說不定……說不定……也……尚可有救。」沖虛仰天嘿嘿一聲冷笑，說道：「兩個師弟中了這等劇毒，那裏還有生望？師妹這句話，可不是消遣人麼？」

閔柔也知無望，向石破天道：「孩兒，你手掌上到底是甚麼毒藥？可有解藥沒有？」一面問，一面走到他身邊，道：「我瞧瞧你衣袋中可有解藥。」假裝伸手去搜他衣袋，卻在他耳邊低聲道：「快逃，快逃！爹爹、媽媽可救你不得！」

石破天大吃一驚，叫道：「爹爹，媽媽？誰是爹爹、媽媽？」適才天虛滿口「令郎」甚麼，「賢郎」如何，石破天卻不知道「令郎、賢郎」就是「兒子」，石清夫婦稱他爲

「孩兒」，他也只道是對少年人的通稱，萬萬料不到他夫婦竟是將自己錯認爲他們的兒子。

便在這時，只覺背心上微有所感，卻是石清將劍尖抵住了他後心，說道：「師妹，咱們不能爲這畜生壞了師門義氣。他不能逃！」語音中充滿了苦澀之意。

閔柔顫聲道：「孩兒，這兩位師伯中了劇毒，你當眞……當眞沒藥可救麼？」

靈虛站在她身旁，見她神情大變，心想女娘們甚麼事都做得出，既怕她動手阻擋，更怕她橫劍自盡，伸五指搭上她手腕，便將她手中長劍奪了下來。這時閔柔全副心神都貫注在石破天身上，於身周事物全不理會，靈虛道人輕輕易易的便將她長劍奪過。

石破天見他欺侮閔柔，叫道：「你幹甚麼？」右手探出，要去奪還閔柔長劍。靈虛揮劍橫削，劍鋒將及他手掌，石破天手掌一沉，反手勾他手腕，那是丁璫所教十八擒拿手的一招「九連環」，式中套式，共有九變。這招擒拿手雖然精妙，但怎奈何得了靈虛這樣的上清觀高手。他喝一聲：「好！」迴劍以擋，突然間身子搖晃，咕咚摔倒。原來石破天掌上劇毒已因使用擒拿手而散發出來，靈虛喝了一聲「好」，隨著自然要吸一口氣，當即中毒。

羣道大駭之下，不由自主的都退了幾步。人人臉色大變，如見鬼魅。

石破天知道這個禍闖得更加大了，眼見羣道雖然退開，各人仍手持長劍，四周團團圍住，若要衝出，非多傷人命不可，瞥眼見靈虛雙手抱住小腹，不住揉擦，顯是肚痛難當。上清觀羣道內力修為深厚，不似鐵叉會會眾那麼一遇他掌上劇毒便即斃命，尚有幾個時辰好挨。石破天猛地想起張三、李四兩個義兄在地下大廳中毒之後，也是這般劇烈肚痛的情狀，後來張三教他救治的方法，將二人身上的劇毒解了，當即將靈虛扶起坐好。

四周羣道劍光閃閃，作勢要往他身上刺去。他急於救人，一時也無暇理會，左手按住靈虛後心靈台穴，右手按住他胸口膻中穴，依照張三所授的法門，左手送氣，右手吸氣。果然不到一盞茶時分，靈虛便長長吁了口氣，罵道：「他媽的，你這賊小子！」

眾人一聽之下，登時歡聲雷動。靈虛破口大罵，未免和他玄門清修的出家人風度不符，但只這一句話，人人都知他的性命是撿回來了。

閔柔喜極流淚，道：「孩子，照虛、通虛兩位師伯中毒在先，快替他們救治。」早有兩名道人將氣息奄奄的照虛、通虛抱了過來，放在石破天身前。他依法施為。這兩道中毒時刻較長，每個人都花了一炷香功夫，體內毒性方得吸出。照虛醒轉後大罵：「你奶奶個雄！」通虛則罵：「狗娘養的王八蛋，膽敢使毒害你道爺。」

石清夫婦喜之不盡，這三個師兄的罵人言語雖都牽扯上自己，卻也不以為意，只暗暗好笑：「三位師哥枉自修為多年，平時一臉正氣，似是有道高士，情急之時，出言卻也這般粗俗。」

閔柔又道：「孩子，照虛師伯的銅牌倘若是你取的，你還了師伯，娘不要啦！」

石破天心下駭然，道：「娘？娘？」取出懷中銅牌，茫然交還給照虛，自言自語的道：「你……你是我娘？」

天虛道人嘆了口氣，向石清、閔柔道：「師弟、師妹，就此別過。」他知道此後更無相見之日，連「後會有期」也不說，率領羣道，告辭而去。

石破天激動之下，撲上前去，摟住了她身子，叫道：「媽媽！媽媽！你眞是我的媽媽。」閔柔回手也抱住了他，叫道：「我的苦命孩兒！」

十三　變得忠厚老實了

石破天一直怔怔的瞧著閔柔，滿腹都是疑團。閔柔雙目含淚，微笑道：「傻孩子，你……你不認得爹爹、媽媽了嗎？」張開雙臂，一把將他摟在懷裏。石破天自識人事以來，從未有人如此憐愛過他，心中激情充溢，不知說甚麼好，隔了半晌，才道：「他……石莊主是我爹爹嗎？我可不知道。不過……不過……你不是我媽媽，我正在找我媽媽。」

閔柔聽他不認自己，心頭一酸，險些又要掉下淚來，說道：「可憐的孩子，這也難怪得你……隔了這許多年，你連爹爹、媽媽也不認得了。你離開玄素莊時，頭頂只到媽心口，現今可長得比你爹爹還高了。你相貌模樣，果然也變了不少。那晚在土地廟中，若不是你爹娘先已得知你給白萬劍擒了去，乍見之下，說甚麼也不會認得你。」

石破天越聽越奇，但自己的母親臉孔黃腫，身裁又比閔柔矮小得多，怎麼會認錯？囁嚅道：「石夫人，你認錯了人，我……我……我不是你們的兒子！」

閔柔轉頭向著石清，忍不住淚水奪眶而出，顫聲道：「師哥，你瞧這孩子……」石清一聽石破天不認父母，便自盤算：「這孩子甚工心計，他不認父母，定有深意。莫非他在凌霄城中闖下了大禍，在長樂幫中為非作歹，聲名狼藉，沒面目和父母相認？還是怕我們責罰？怕牽累了父母？」便問：「那麼你是不是長樂幫的石幫主？」石破天道：「大家都說我是石幫主，其實我不是的，大家可都把我認錯了。」石清道：「那你叫甚麼名字？」石破天臉色迷惘，道：「我眞不知道啊。我娘叫我『狗雜種』。」

石清夫婦對望一眼，見石破天說得誠摯，實不似故意欺瞞。石清向妻子使個眼色，兩人走出了十餘步。石清低聲道：「這孩子到底是不是玉兒？咱們只打聽到玉兒做了長樂幫幫主，但一幫之主，那能如此痴痴呆呆？」閔柔哽咽道：「玉兒離開爹娘身邊，已有十多年，孩子年紀一大，身材相貌千變萬化，可是……可是……我認定他是我的兒子。」石清沉吟道：「你心中毫無懷疑？」閔柔道：「懷疑是有的，但不知怎麼，我相信他……他是我們的孩兒。甚麼道理，我卻說不上來。」

石清突然想到一事，說道：「啊，有了，師妹，當日那賤人動手害你那天……」

這是他夫婦倆的畢生恨事，兩人時刻不忘，卻誰也不願提到，石清只說了個頭，便不再往下說。閔柔立時醒悟，道：「不錯，我跟他說去。」走到一塊大石之旁，坐了下來，向石破天招招手，道：「孩子，你過來，我有話說。」

石破天走到她跟前，閔柔手指大石，要他坐在身側，說道：「孩子，那年你剛滿週歲不久，有個女賊來害你媽媽。你爹爹不在家，你媽剛生你弟弟還沒滿月，沒力氣跟那女賊對打。那女賊惡得很，不但要殺你媽媽，還要殺你，殺你弟弟。」

石破天驚道：「殺到我沒有？」隨即失笑，說道：「我眞胡塗，當然沒殺到我了。」

閔柔卻沒笑，繼續道：「媽媽左手抱著你，右手使劍拚命支持。那女賊武功很了得，正在危急關頭，你爹爹恰好趕回來了。那女賊發出三枚金鏢，兩枚給媽媽砸飛了，第三枚卻打在你的小屁股上，媽媽又急又疲，暈了過去。那女賊見到你爹爹，也就逃走，不料她心也眞狠，逃走之時卻順手將你弟弟抱了去。你爹爹忙著救我，又怕她暗中伏下幫手，乘機害我，不敢遠追，再想那女賊……那女賊也不會眞的害他兒子，不過將嬰兒抱去，嚇他一嚇。那知道到得第三天上，那女賊竟將你弟弟的屍首送了回來，心窩中插了兩柄短劍。一柄是黑劍，一柄白劍，劍上還刻著你爹爹、媽媽的名字……」說到此處，已淚如雨下。

石破天聽得也義憤塡膺，怒道：「這女賊當眞可惡，小小孩子懂得甚麼，卻也下毒手將他害死。否則我有個弟弟，豈不是好？石夫人，這件事我媽從來沒跟我說過。」

閔柔垂淚道：「孩子，難道你眞將你親生的娘忘記了？我……我就是你娘啊。」

石破天凝視她的臉，緩緩搖頭，說道：「不是的。你認錯了人。」

閔柔道：「那日這女賊用金鏢在你左股上打了一鏢，你年紀雖然長大，這鏢痕決不會褪去，你解下小衣來瞧瞧罷。」石破天道：「我……我……」想起自己肩頭有丁璫所咬的牙印，腿上有雪山派「廖師叔」所刺的六朶雪花劍印，自己早忘得乾乾淨淨了，一旦解衣檢視，卻淸淸楚楚的留在肌膚，此中情由，實百思不得其解。石夫人說自己屁股上有金鏢的傷痕，只怕眞有這鏢印也未可知。他伸手隔衣摸自己左臀，似摸不到甚麼傷痕，只是有過兩次先例在，不免大有驚弓之意，臉上神色不定。

閔柔微笑道：「我是你親生的娘，不知給你換過多少屎布屎片，還怕甚麼醜？好罷，你給你爹爹瞧瞧。」說著轉過身子，走開幾步。石淸道：「孩子，你解下褲子來自己瞧瞧。」

石破天伸手又隔衣摸了一下，覺得確沒傷疤，這才解開褲帶，褪下褲子，回頭瞧了一下，只見左臀之上果有一條一寸來長的傷痕。只淡淡的極不明顯。一時之間，他心中驚駭無限，只覺天地都在旋轉，似乎自己突然變成了另一個人，可是自己卻又一點也不知道，極度害怕之際，忍不住放聲大哭。

閔柔急忙轉身。石清向她點了點頭，意思說：「他確是玉兒。」

閔柔又歡喜，又難過，搶到他身邊，將他摟在懷裏，流淚道：「玉兒，玉兒，不用害怕，便有天大的事，也有爹爹、媽媽給你作主。」

石破天哭道：「從前的事，我甚麼都記不起來了。我不知道你是我媽媽，不知道他是我爹爹，不知道我屁股上有這麼一條傷疤。我不知道，甚麼都不知道……」

石清道：「你這深厚的內力，是那裏學來的？」石破天搖頭道：「我不知道。」石清又問：「你這毒掌功夫，是這幾天中學到的，又是誰教你的？」石破天駭道：「沒人教我……我怎麼啦？甚麼都胡塗了。難道我眞的便是石破天？石幫主？石……石……我姓石，是你們的兒子？」他嚇得臉無人色，雙手抓著褲頭，只怕褲子掉下去，卻忘了繫上褲帶。

石清夫婦眼見他嚇成這個模樣，閔柔自是充滿了憐惜之情，不住輕撫他頭頂，柔聲道：「玉兒，別怕，別怕！」石清也將這幾年的惱恨之心抛在一邊，尋思：「我曾見有人腦袋上受了重擊，或身染大病之後，將前事忘得乾乾淨淨，聽說叫做甚麼『離魂症』，極難治愈復原。難道……難道玉兒也患上了這病症？」他心中的盤算一時不敢對妻子提起，不料閔柔卻也在這般思量。夫妻倆你瞧著我，我瞧著你，不約而同的衝口而出：「離魂症！」

石清知道患上了這種病症的人，若加催逼，反致加深他疾患，只有引逗誘導，慢慢助他回復記心，和顏悅色的道：「今日咱們骨肉重逢，實不勝之喜，孩子，你肚子想必餓了，咱們到前面去買些酒飯吃。」

石破天卻仍魂不守舍，問道：「我……我到底是誰？」

閔柔伸手去替他將褲腰摺好，繫上了褲帶，柔聲道：「孩兒，你有沒重重摔過一交，撞痛了腦袋？有沒和人動手，頭上給人打傷了？」石破天搖頭道：「沒有，沒有！」閔柔又問：「那麼這些年中，有沒生過重病？發過高燒？」

石破天道：「有啊！早幾個月前，我全身發燒，好似給人放在大火爐中燒烤一般，後來又全身發冷，那天……那天，在荒山中暈了過去，從此就甚麼都不知道了。」

石清和閔柔探明了他的病源，心頭一喜，同時舒了口氣。閔柔緩緩的道：「孩兒，你不用害怕，你那次發燒挺厲害，把從前的事都燒得忘記啦，慢慢的就會記起來。」

石破天將信將疑，問道：「那麼你眞是我娘，石……石莊主是我爹爹？」閔柔道：「是啊，孩兒，你爹爹和我到處找你，天可憐見，讓我們一家三口，骨肉團圓。你……你怎不叫爹爹？」石破天深信閔柔決不會騙他，自己本來又無父親，略一遲疑，便向石清叫道：「爹爹！」石清微笑答應，道：「你叫媽媽。」

要他叫閔柔作娘，那可難得多了，他記得淸淸楚楚，自己的媽媽相貌和閔柔完全不同，數年前媽媽一去不返之時，她頭髮已經灰白，絕非閔柔這般一頭烏絲，他媽媽性情暴戾，動不動張口便罵，伸手便打，那有閔柔這麼溫柔慈祥？但見閔柔滿臉企盼之色，等了一會，不聽他叫出聲來，眼眶已自紅了，不由得心中不忍，低聲叫道：「媽媽！」

閔柔大喜，伸臂將他摟在懷裏，叫道：「好孩兒，乖兒子！」珠淚滾滾而下。

石清的眼睛也有些濕潤，心想：憑這孩子在凌霄城和長樂幫中的作爲，實是死有餘辜，怎說得上是「好孩兒，乖兒子」？只是念著他身上有病，一時也不便發作，又想「浪子回頭金不換」，日後好好教訓，說不定有悔改之機，又想從小便讓他遠離父母，自己有疏教誨，未始不是沒過失，只玄素雙劍行俠仗義，一世英名，卻生下這樣一個兒子貽羞江湖。霎時間思如潮湧，既感歡喜，又覺懊恨。

閔柔見到丈夫臉色，便明白他心事，生怕他追問兒子過失，說道：「清哥，玉兒，我餓得很，咱們快些去找些東西來吃。」一聲唿哨，黑白雙駒奔了過來。閔柔微笑道：「孩兒，你跟媽一起騎這白馬。」石清見妻子十餘年來極少有今日這般歡喜，微微一笑，縱身上了黑馬。石破天和閔柔共乘白馬，沿大路向前馳去。

石破天滿腹疑團：「她眞是我媽媽？那麼從小養大我的媽媽，難道不是我媽媽？」

三人二騎，行了數里，見道旁有所小廟。閔柔道：「咱們到廟裏去拜拜菩薩。」下馬走進廟門。石清和石破天也跟著進廟。石清素知妻子向來不信神佛，卻見她走進佛殿，在一尊如來佛像之前不住磕頭。他回頭向石破天瞧了一眼，心中突然湧起感激之情：「這孩兒雖然不肖，胡作非爲，其實我愛他勝過自己性命。若有人要傷害於他，我寧可性命不在，也要護他周全。今日咱們父子團聚，老天菩薩，待我石清實是恩重。」雙膝一曲，也磕下頭去。

石破天站在一旁，只聽得閔柔低聲祝告：「如來佛保祐，祐護我兒疾病早愈。他小時無知，幹下的罪孽，都由爲娘的一身抵擋，一切責罰，都由爲娘的來承受。千刀萬剮，甘受不辭，只求我兒今後重新做人，一生無災無難，平安喜樂。」

閔柔的祝禱聲音極低，只口唇微動，但石破天內力既強，目明耳聰，自然而然的大勝常人，閔柔這些祝告之辭，每一個字都聽入了耳裏，胸中登時熱血上湧，心想：「她若不是親生我的媽媽，怎會對我如此好法？我一直不肯叫她『媽媽』，當眞胡塗透頂。」激動之下，撲上前去摟住了她身子，叫道：「媽媽！媽媽！你眞是我的媽媽。」

他先前的稱呼出於勉強，閔柔如何聽不出來？這時才聽到他出自內心的叫喚，回手也抱住了他，叫道：「我的苦命孩兒！」

石破天想起在荒山中和自己共處十多年的那個媽媽，雖待自己不好，但母子倆相依爲命了這許多年，總是割捨不下，忍不住又問：「那麼我從前那個媽媽呢？難道……難道她是騙我的麼？」閔柔輕撫他頭髮，道：「從前那個媽媽是怎樣的，你說給娘聽。」

石破天道：「她……她頭髮有些白了。她不會武功，常常自己生氣，有時候向我乾瞪眼，常常打我罵我。」閔柔道：「她說是你媽媽，也叫你『孩兒』？」石破天道：「不，她叫我『狗雜種』！」

石清和閔柔心中都是一動：「這女人叫玉兒『狗雜種』，自是心中恨極了咱夫婦，莫非……莫非是那個女人？」閔柔忙道：「那女子瓜子臉兒，皮膚很白，相貌很美，笑起來臉上有個酒窩兒，是不是？」石破天搖搖頭道：「不是，我那個媽媽臉蛋胖胖的，有些黃，有些黑，難看得很，整天板起了臉，很少笑的。酒窩兒是甚麼？」

閔柔吁了口氣，說道：「原來不是她。孩兒，那晚在土地廟中，媽的劍尖不小心刺中了你，傷得怎樣？」石破天道：「傷勢很輕，過得幾天就好了。」閔柔又問：「你又怎樣逃脫白萬劍的手？咱們孩兒當真了不起，連『氣寒西北』也拿他不住。」最後這兩句話是向石清說的，言下頗爲得意。石清和白萬劍在土地廟中酣鬥千餘招，對他劍法之精，委實好生欽佩，聽妻子這麼說，內心也自贊同，只道：「別太誇獎孩子，小心寵壞了他。」

石破天道：「不是我自己逃走的，是丁不三爺爺和叮叮噹噹救我的。」石清夫婦聽到丁不三名字，都是一凜，忙問究竟。這件事說來話長，石破天當下源源本本將丁不三和丁璫怎麼相救，丁不三怎麼要殺他，丁璫又怎麼教他擒拿手、怎麼將他抛出船去等事情說了。

閔柔反問前事，石破天只得又述說如何和丁璫拜天地，如何在長樂幫總舵中爲白萬劍所擒，回過來再說怎麼在長江中遇到史婆婆和阿綉，怎麼和丁不四比武，史婆婆怎麼在紫煙島上收他爲金烏派的大弟子，怎麼見到飛魚幫的死屍船，怎麼和張三李四結拜，直說到大鬧鐵叉會、誤入上清觀爲止。他當時遇到這些江湖奇士之時，一直便迷迷糊糊，不明其中原因，此時說來，自不免顚三倒四，但石淸、閔柔逐項盤問，終於明白了十之八九。夫婦倆越來越訝異，心頭也越來越沉重。

石淸問到他怎會來到長樂幫。石破天便述說如何在摩天崖上練捉痲雀的功夫，又回述當年如何在燒餅鋪外蒙閔柔贈銀，如何見到謝煙客搶他夫婦的黑白雙劍，如何爲謝煙客帶上高山。夫婦倆萬萬料想不到，當年侯監集上所見那個污穢小丐竟便是自己兒子，閔柔回想當年這小丐的淪落之狀，又是一陣心酸。

石淸尋思：「按時日推算，咱們在侯監集相遇之時，正是這孩子從凌霄城中逃出不久。耿萬鍾他們怎會不認得？」想到此處，細細又看石中玉的面貌，當年侯監集上所見小丐形貌如何，記憶中已甚模糊，只記得他其時衣衫襤褸，滿臉泥污，又想：「他自凌霄城中逃出來之後，一路乞食，面目污穢，說不定又故意塗上些泥污，以致耿萬鍾他們對面不識。我夫婦和他分別多年，小孩兒變得好快，自更加認不出了。」問道：「那日在燒餅鋪外你見到耿萬鍾師叔他們，心裏怕不怕？」

閔柔本不願丈夫即提雪山派之事，但既已提到，也已阻止不來，只秀眉微蹙，生恐石清嚴辭盤詰愛兒，卻聽石破天道：「耿萬鍾？他們當眞是我師叔嗎？那時我不知他們要捉我，我自然不怕。」石清道：「那時你不知他們要捉你？你……你不知耿萬鍾是你師叔？」石破天搖頭道：「不知！」

閔柔見丈夫臉上掠過一層暗雲，知他甚爲惱怒，只強自克制，便道：「孩兒，人孰無過？知過能改，善莫大焉。從前的事既已做了下來，只有設法補過，爹爹媽媽愛你勝於性命，你不須隱瞞，將各種情由都對爹媽說好了。封師父待你怎樣？」石破天問道：「封師父，那個封師父？」他記得在那土地廟中曾聽父母和白萬劍提過封萬里的名字，便道：「是風火神龍封萬里麼？我聽你們說起過，但我沒見過他。」石清夫婦對瞧了一眼，石清又問：「白爺爺呢？他老人家脾氣挺暴躁，是不是？」石破天搖頭道：「我不識得甚麼白爺爺，從來沒見過。」石清、閔柔跟著問起凌霄城雪山派中的事物，石破天竟也全然不知。

閔柔道：「師哥，這病是從那時起的。」石清點了點頭，默不作聲。二人已了然於胸：「他從凌霄城中逃出來，若不是在雪山下撞傷了頭腦，便是害怕過度，嚇得將舊事忘了個乾乾淨淨。他說在摩天崖和長樂幫中發冷發熱，眞正的病根卻在幾年前便種下了。」

閔柔再問他年幼時的事情，石破天說來說去，只是在荒山如何打獵捕雀，如何帶了阿黃漫遊，再也問不出甚麼所以然來，似乎從他出生到十幾歲之間，便只一片空白。

石清道：「玉兒，有一件事很要緊，跟你生死有重大干係。雪山派的武功，你到底學了多少？」石破天一呆，說道：「我便是在土地廟中，見到他們練劍，心中記了一些。他們很生氣麼？是不是因此要殺我？爹爹，那個白師父硬說我是雪山派弟子，不知是甚麼道理。但我腿上卻當眞又有雪山劍法留下的疤痕，唉！」

石清向妻子道：「師妹，我再試試他的劍法。」拔出長劍，道：「你用學到的雪山劍法和爹爹過招，不可隱瞞。」

閔柔將自己長劍交在石破天手中，向他微微一笑，意示激勵。石清緩緩挺劍刺去，石破天舉劍一擋，使的是雪山劍法中一招「朔風忽起」，劍招似是而非，破綻百出。

石清眉頭微皺，不與他長劍相交，隨即變招，說道：「你只管還招好了！」石破天道：「是！」斜劈一劍，卻是以劍作刀，更似金烏刀法，顯然不是劍法。石清長劍疾刺，漸漸緊迫，心想：「這孩子再機靈，也休想在武功上瞞得過我，一個人面臨生死關頭之際，決不能以劍法作僞。」當下每一招都刺向他要害。石破天心下微慌，自然而然的又和沖虛、天虛相鬥時那般，以劍作刀，自管自的使動金烏刀法。石清出劍如風，越使越快。

石破天知道這是跟爹爹試招，使動金烏刀法時劍上全無內力狠勁，單有招數，自是威力全失。倘若石清的對手不是自己兒子，眞要制他死命，在第十一招時已可一劍貫胸而入，到第二十三招時更可橫劍將他腦袋削去半邊。在第二十八招上，石破天更門戶洞開，前胸、小腹、左肩、右腿，四處同時露出破綻。石清向妻子望了一眼，搖了搖頭，長劍中宮直進，指向石破天小腹。

石破天手忙腳亂之下，揮刀亂擋，噹的一聲響，石清手中長劍立時震飛，胸口塞悶，氣也透不過來，登時向後連退四五步，險些站立不定。石破天驚呼：「爹爹！你……你怎麼？」抛下長劍，搶上前去攙扶。石清腦中一陣暈眩，急忙閉氣，揮手命他不可走近。原來石破天和人動手過招，體內劇毒自然而然受內力之逼而散發出來。幸好石清事前得知內情，凝氣不吸，才未中毒昏倒，但受到毒氣侵襲，也已頭昏腦脹。

閔柔關心丈夫，忙上前扶住，轉頭向石破天道：「爹爹試你武功，怎地出手如此沒輕沒重？」石破天甚是惶恐，道：「爹爹，是……是我不好！你……你沒受傷麼？」

石清見他關切之情甚爲眞切，甚感喜慰，微微一笑，調勻了一下氣息，道：「沒甚麼。師妹，你不須怪玉兒，他確沒學到雪山派劍法，倘若他眞的能發能收，決不會對我無禮。這孩子內力眞強，武林中能及上他的可還沒幾個。」

閔柔知丈夫素來對一般武學之士少所許可，聽得他如此稱讚愛兒，不由得滿臉春風，道：「但他武功太也生疏，便請做爹爹的調教一番。」石清笑道：「你在那土地廟中早就教過他了，看來教誨頑皮兒子，嚴父不如慈母。」閔柔嫣然一笑，道：「爺兒兩個一定都餓啦，咱們吃飯去罷。」

三人到了一處鎮甸吃飯。閔柔歡喜之餘，竟破例多吃了一碗。

飯後來到荒僻的山坳之中。石清便將劍法的精義所在說給兒子聽。石破天數月來親炙高手，於武學之道已領悟了不少，此刻經石清這大行家一加指點，登時豁然貫通。史婆婆雖收他為徒，但相處時日無多，教得七十三招金烏刀法後便即分手，沒來得及如石清這般詳加指點。何況史婆婆似乎只是志在剋制雪山派劍法，別無所求，教刀之時，說來說去，總不離如何打敗雪山劍法。並不似石清那樣，所教的是兵刃拳腳中的武學道理。

石清夫婦輪流和他過招，見到他招數中的破綻，隨時指點，比之當日閔柔在土地廟中默不作聲的教招，自然簡明快捷得多。石破天遇有疑難，立即詢問。石清夫婦聽他所問，竟連武學中最粗淺的道理也全不懂，細加解釋之後，於雪山派如此小氣藏私，虧待愛兒，都忍不住極為惱怒。

石破天內力悠長，自午迄晚，專心致志的學劍，竟絲毫不見疲累，練了半天，面不紅，氣不喘。石清夫婦輪流給他餵招，各人反都累出了一身大汗。如此教了七八日，石破天進步神速，對父母所授上清觀一派的劍法，領會甚多。石氏夫婦腹笥甚廣，於武林中各大門派的武功所知淵博，隨口指點，石破天學得的著實不少，於待人待物之道，不知不覺中也學到一些。

這六七天中，石清夫婦每當飲食或休息之際，總引逗他述說往事，盼能助他恢復記憶。但石破天只對在長樂幫總舵大病醒轉之後的事跡記得清清楚楚，雖小事細節，亦能敘述明白，一說到幼時在玄素莊的往事，在凌霄城中學藝的經過，便瞠目不知所對。

這日午後，三人吃過飯後，又來到每日練劍的柳樹之下，坐著閒談。閔柔拾起一根小樹枝，在地下寫了「黑白分明」四字，問道：「玉兒，你記得這四個字嗎？」

石破天搖頭道：「我不識字。」石清夫婦都是一驚，當這孩子離家之時，閔柔已教他識字逾千，「三字經」、唐詩等都已朗朗上口。此刻怎會說出「我不識字」這句話來？

那「黑白分明」四字，寫於玄素莊大廳正中的大匾之上，出於一位武林名宿之手，既合黑白雙劍的身分，又譽他夫婦主持公道、伸張正義。當年石中玉四歲之時，閔柔將他抱在懷裏，指點大匾，教了他這四個字，石中玉當時便認得了，石清夫妻倆都讚他聰明。此刻她寫此四字，盼他能由此而記起往事，那知他竟連四歲時便已識得的字也都忘了，當下又用樹枝在地下劃了個「一」字，笑問：「這個字你還記得麼？」石破天道：

「我甚麼字都不識，沒人教過我。」閔柔心下淒楚，淚水已在眼眶中滾來滾去。

石清道：「玉兒，你到那邊歇歇去。」石破天答應了，卻提起長劍，自去練習劍招。

石清勸妻子道：「師妹，玉兒染疾不輕，非朝夕之間所能痊可。」他頓了一頓，又道：「再說，就算他把前事全忘了，也未始不是美事。這孩子從前輕浮跳脫，此刻雖然有點……有點神不守舍，卻穩重厚實得多，而且學武很快，悟性也高。他是大大的長進了。」閔柔一想丈夫之言不錯，登時轉悲為喜，心想：「不識字有甚麼打緊？最多我再重頭教起，也就是了。」想起當年調兒教子之樂，不由得心下柔情盪漾，雖此刻孩兒已然長大，但在她心中，兒子還是一般的天真幼稚，越胡塗不懂事，反而更加可喜可愛。

石清忽道：「有一件事我好生不解，這孩子的離魂病，顯是在離開凌霄城之時就得下了的，後來一場熱病，只不過令他疾患加深而已。可是……可是……」

閔柔聽丈夫言語之中似含深憂，不禁擔心，問道：「你想到了甚麼？」

石清道：「玉兒論文才是一字不識，論武功也毫不高明，徒然內力深厚而已，說到閱歷資望、計謀手腕，更不足一哂。長樂幫是近年來江湖上崛起的一個大幫，八九年間闖下了好大的萬兒，怎能……」閔柔點頭道：「是啊，怎能奉他這樣一個孩子做幫主？」

石清沉吟道：「那日咱們在徐州聽魯東三雄說起，長樂幫始創幫主名叫『快馬』司徒橫，本是遼東的馬賊頭兒，也不是怎麼了不起的腳色，倒是做他副手的那『著手成春』

貝海石甚是了得。不知怎樣，幫主換作了個少年石破天。魯東三雄說道長樂幫這少年幫主貪花好色，行事詭詐，武功頗爲高強。本來誰也不知他來歷，後來卻給雪山派的女弟子花萬紫認了出來，竟然是該派的棄徒石中玉，說雪山派正在上門去和他理論。此刻看來，甚麼『行事詭詐、武功高強』，這八個字評語，實在安不到他身上呢。」

閔柔雙眉緊鎖，道：「當時咱們想玉兒年紀雖輕，心計卻很厲害，倘若武功眞強，做個甚麼幫主也非奇事，是以當時毫不懷疑，只計議如何相救，免遭雪山派的毒手。可是他這個模樣……」凝思片刻，突然提高嗓子說道：「師哥，其中定有重大陰謀。你想『著手成春』貝大夫是何等精明能幹的腳色……」說到這裏，心中害怕起來，話聲也顫抖了。

石淸雙手負在背後，在柳樹下踱步轉圈，嘴裏不住叨念：「叫他做幫主，爲了甚麼？爲了甚麼？」他轉到第五個圈子時，心下已自雪亮，種種事情，全合符節，只是這件事實在太過可怕，卻不敢說出口來。他轉到第七個圈子上，向閔柔瞥了一眼，只見她目光也正向自己射來。兩人四目交投，目光中都露出驚怖之極的神色。夫婦倆怔怔的對望片刻，突然同聲說道：「賞善罰惡！」

兩人這四字說得甚響，石破天在遠處也聽到了，走近身來，問道：「爹，媽，那『賞善罰惡』到底是甚麼名堂？我聽鐵叉會的人提到過，上淸觀的道長們也說起過幾次。」

石清不即答他的問話，反問道：「張三、李四二人和你結拜之時，知不知道你是長樂幫的幫主？」石破天道：「他們沒提，多半不知。」石清又道：「他們和你賭喝毒酒之時，情狀如何？你再詳細說給我聽。」石破天奇道：「那是毒酒麼？怎麼我卻沒中毒？」當下將如何遇見張三、李四，如何吃肉喝酒等情，從頭詳述了一遍。

石清待他說完後，沉吟半晌，才道：「玉兒，有一件事須得跟你說明白，好在此刻尚可挽回，你也不用驚慌。」頓了一頓，續道：「三十年之前，武林中許多大門派、大幫會的首腦，忽然先後接到請柬，邀他們於十二月初八那日，到南海的俠客島去喝臘八粥。」

石破天點頭道：「是了，大家一聽得『到俠客島去喝臘八粥』就非常害怕，不知是甚麼道理？臘八粥有毒麼？」

石清道：「那就誰也不知了。這些大門派、大幫會的首腦接到銅牌請柬……」石破天插嘴問道：「銅牌請柬？就是那兩塊銅牌麼？」石清道：「不錯，就是你曾從照虛師伯身上拿來的那兩塊銅牌。一塊牌上刻著一張笑臉，那是『賞善』之意；另一塊牌上有發怒的面容，那是『罰惡』。投送銅牌的是一胖一瘦兩個少年。」

石破天道：「少年？」他已猜到那是張三、李四，但說少年，卻又不是。

石清道：「那是三十年前的事了，他二人那時尚是少年。各門派幫會的首腦接到銅牌請柬，便問請客的主人是誰，那兩個使者說道，嘉賓到得俠客島上，自然知曉；又道，倘若接到請柬之人依約前往，自然無事，否則他這一門派或幫會免不了大禍臨頭，當時便問：『到底去是不去？』最先接到銅牌請柬的，是涼州崆峒派掌門人旭山道長。他長笑之下，將兩塊銅牌抓在手中，運用內力，將兩塊銅牌鎔成了兩團廢銅。這原是震爍當時的獨步內功，原盼這兩個狂妄少年知難而退。豈知他剛捏毀銅牌，這兩個少年突然四掌齊出，擊在他前胸，登時將這位西涼武林的領袖生生擊死！」

石破天「啊」的一聲，說道：「下手如此狠毒！」

石清道：「崆峒派羣雄自然羣起而攻，當時這兩少年的武功，還未到後來這般登峯造極的地步，當下搶過兩柄長劍，殺了三名好手，便即逃走。崆峒派是何等聲勢，旭山道長又是何等名望，竟給兩個無名少年上門殺死，全身而退，這件事半月之內便已轟傳武林。二十天後，渝州巴旺鏢局的刁老鏢頭正在大張筵席，慶祝六十大壽，到賀的賓客甚衆，這兩個少年不速而至，遞上銅牌。一衆賀客本就正在談論此事，一見之下，動了公憤，大家上前圍攻，不料竟給這兩個少年從容逸去。

「三天之後，巴旺鏢局自刁老鏢頭以下，鏢師、趟子手，三十餘人個個死於非命，只餘下老弱婦孺不殺。鏢局大門上，赫然便釘著那兩塊銅牌，還有一張大字書寫的告示，聲稱刁老鏢頭一年之前假冒盜賊殺害保家，呑沒五十萬鏢銀的劣跡，又說一干鏢師、趟子手均有參與惡行，因此予以『罰惡』，此事也不知眞假。後來崆峒派由旭山道長的師弟淸空道長接任掌門，他要報師兄之仇，便自行找到那一胖一瘦兩個少年，討了銅牌，到俠客島去喝臘八粥，可是一去之後，始終就沒回來，多半是仇沒報成，反將性命送在俠客島了。」

石破天嘆口氣，道：「我最先看到兩塊銅牌，是在飛魚幫死屍船的艙門上，想不到……想不到這竟是閻羅王送來的請客帖子。」

石淸道：「這件事一傳開，大夥兒便想去請少林派掌門人妙諦大師領頭對付。那知到得少林寺，寺中僧人說道方丈大師出外雲遊未歸，言語支吾，說來不盡不實。大夥兒便去武當山，找武當派掌門愚茶道長，不料眞武觀的道人個個愁眉苦臉，也說掌門人出觀去了。衆人一琢磨，料想這兩位當世武林中頂兒尖兒的高人忽然同時失蹤，若不是中了俠客島使者的毒手，便是躲了起來避禍。當下由五台山善本長老和崑崙派苦柏道長共同出面，邀請武林中各大門派的掌門人，商議對付之策，同時偵騎四出，探查這兩個使者的下落。但這兩個使者神出鬼沒，對方有備之時，到處找不到他二人蹤影，一旦戒備稍疏，便不知從那裏鑽了出來，傳遞這兩塊拘魂牌。這二人又善於用毒。善本長老和苦柏道長接到銅牌後立即毀去，當時也沒甚麼，隔了月餘，卻先後染上惡疾而死。衆人事後思量，才想到善本長老和苦柏道長武功太高，賞善罰惡二使自知單憑武功鬥他們不過，更動搖不了五台、崑崙這兩個大派，便在銅牌上下了劇毒，善本長老和苦柏道長沾手後劇毒上身，終於毒發身死。」

石破天只聽得毛骨悚然，道：「我那張三、李四兩位義兄，難道竟是……竟是這等狠毒之人？他們和這許多門派幫會爲難，到底是爲了甚麼？」

石清搖頭道：「三十年來，這件大事始終沒人索解得透。少林派妙諦方丈、武當派愚茶道長失蹤，事隔多年後終於消息先後洩漏，這兩位高手果然是給俠客島強請去的。在少林寺外曾激鬥了七日七夜，武當山上卻沒動手，多半愚茶道長一拔劍便即失手。這一僧一道，武功之高，江湖上罕有匹敵，再加上崆峒旭山道人、渝州刁老鏢頭、五台派善本大師、崑崙派苦柏道人四位先後遭了毒手，其餘武林人物自忖武功跟這六大高手差得甚遠，待得再接到那銅牌請柬，便有人答允去喝臘八粥。兩個使者說道：『閣下惠允光臨俠客島，實不勝榮幸，某月某日請在某地相候，屆時有人來迎接上船。』這一年中，遭他二人明打暗襲、行刺下毒而害死的掌門人、幫會幫主，已有一十四人，此外有三十七人應邀赴宴。可是三十七人一去無蹤，三十年來更沒半點消息。」

石破天道：「俠客島在南海甚麼地方？何不邀集人手，去救那三十七人出來？」

石清道：「這俠客島三字，問遍了老於航海的舵工海師，竟沒一人聽見過，看來多半並無此島，不過是那兩個少年信口胡謅。如此一年又一年的過去，除了那數十家身受其禍的子弟親人，大家也就漸漸淡忘了。不料過得十年，這兩塊銅牌請柬又再出現。

「這時那兩名使者武功已然大進，只在十餘天之內，便將不肯赴宴的三個門派、兩個大幫，上下數百人丁殺得乾乾淨淨。江湖上自然羣相聳動，於是由峨嵋派的三長老出面，邀集三十餘名高手，埋伏在河南紅槍會總舵之中，靜候這兩名兇手到來。那知這兩名使者竟便避開了紅槍會，甚至不踏進河南省境，銅牌卻仍到處分送。只要接到銅牌的首腦答應赴會，他這門派幫會便太平無事，否則不論如何防備周密，終究先後遭了毒手。

「那一年黑龍幫的沙幫主也接到了銅牌，他當時一口答允，暗中卻將上船的時間地點通知了紅槍會。那三十餘名高手屆時趕往，不知如何走漏了風聲，到時竟沒人迎接。

「衆人守候數日，卻一個接一個的中毒而死。餘人害怕起來，登時一鬨而散，還沒回到家中，道上便已聽得訊息，這些人不是途中遭害，便是全幫已遭人誅滅。這一來，誰也不敢抗拒，接到銅牌，便即依命前往。這一年中共有四十八人乘船前赴俠客島，卻也都一去無蹤，從此更沒半點音訊。那眞是武林中的浩劫，思之可怖可嘆！」

石破天欲待不信，但飛魚幫幫衆死屍盈船，鐵叉會會衆盡數就殲，自己卻親眼目睹，而誅滅鐵叉會會衆之時，自己無意中還作了張三、李四二人幫兇，想來兀自不寒而慄。

石清又道：「十年之前，江西無極門首先接到銅牌請柬。早一年之前，各大門派幫會的首腦已經商議定當，大夥兒抱著『不入虎穴，焉得虎子』的打算，決意到俠客島上去瞧個究竟，人人齊心合力，好歹也要除去這武林中的公敵。是以這一年中銅牌所到之處，竟沒傷到一條人命，共五十三人接到請柬，便有五十三人赴會。這五十三位英雄好漢有的武功卓絕，有的智謀過人，可是一去之後，卻又無影無蹤，從此沒了音訊。俠客島這般爲禍江湖，令得武林中的菁英爲之一空。普天下武人竟束手無策，只有十年一度的聽任宰割。我上清觀深自隱晦，從來不在江湖招搖，你爹爹媽媽武功出自上清觀，在外行道，卻只用玄素莊的名頭。你衆位師伯、師叔武功雖高，但極少與人動手，旁人只道上清觀中只是一批修眞養性、不會武功的道人罷了……」

石破天問道：「那是怕了俠客島嗎？」

石清臉上掠過一絲尷尬之色，略一遲疑，道：「衆位師伯師叔都是與世無爭，出家清修的道士，原本也不慕這武林的虛名。但若說是怕了俠客島，那也不錯。武林之中，任你是多麼人多勢衆、武藝高強的大派大幫，一提起『俠客島』三字，又有誰不眉頭深皺？想不到上清觀如此韜光養晦，仍然難逃這一劫。」說著長嘆一聲。

石破天又問：「爹爹媽媽要共做上清觀的掌門，想去探查俠客島的虛實。過去那三批大有本領之人沒一個能回來，這件事只怕難辨得很罷？」石清道：「難當然是極難。但我們素以扶危解困爲己任，何況事情臨到自己師門，豈有袖手之理？我和你娘都想，難道老天爺當眞這般沒眼，任由惡人橫行？你爹娘的武功，比之妙諦、愚茶那些高人，當然頗有不及，但自來邪不勝正，也說不定老天爺要假手於你爹娘，將誅滅俠客島的關鍵洩露出來。」

他說到這裏，與妻子對望了一眼，兩人均想：「我們所以甘願捨命去幹這件大事，其實都是爲了你。你奸邪淫佚，犯上欺師，實已不容於武林，我夫妻亦已無面目見江湖朋友，我二人上俠客島去，如所謀不成，自是送了性命，倘能爲武林同道立一大功，人人便能見諒，不再追究你的罪愆。」但這番爲子拚命的苦心，卻也不必對石破天明言。

石破天沉吟半晌，忽道：「張三、李四我那兩個義兄，就是俠客島派出來分送銅牌的使者？」石清道：「確然無疑。」石破天道：「他們旣是惡人，爲甚麼肯和我結拜爲兄弟？」石清啞然失笑，道：「當時你獃頭獃腦的一番言語，纏得他們無可推託。何況他們發的都是假誓，當不得眞的。」

石破天奇道：「怎麼是假誓？」石清道：「張三、李四本是假名，他們說我張三如何如何，我李四怎樣怎樣，名字都是假的，自然不論說甚麼都是假的了。」石破天道：「原來如此！」想起兩個義兄竟會相欺，不禁愀然不樂；但想爹爹所料未必眞是如此，說不定他們眞的便叫張三、李四呢，說道：「下次見到他們，倒要問個淸楚。」

閔柔一直默不作聲，這時忙插嘴道：「玉兒，下次再見到這二人可千萬要小心了。這二人殺人不眨眼，明鬥不勝，就行暗算，偷襲不得，便使毒藥，實是兇狠陰毒到了極處。」

石淸道：「玉兒，你要記住娘的話。別說你如此忠厚老實，就是比你機靈百倍之人，遇上了這兩個使者也難逃毒手。說到防範，那是防不勝防的，下次一見到他二人，立刻便使殺招，先下手爲強，縱使只殺得一人，那也爲武林中除去一個大害，造無窮之福。」石破天遲疑道：「我們是拜把子兄弟，他們是我大哥、二哥，可殺不得的。」

石淸嘆了口氣，回思兒子與張三、李四結義，以及在鐵叉會中的經歷，只覺他輕生重義，實是豪傑行逕，又想他對義兄重情重義，頗合俠義之道，雖然用在張三、李四身上，未免迂腐，但寧可人負我、不可我負人，正是英雄本色，若非如此，不免是無恥小人了，便微笑點頭，意示讚許。

閔柔笑道：「師哥，連你也說玉兒忠厚老實。咱們的孩兒當眞變乖了，是不是？」

石淸點了點頭，道：「他確是變得忠厚老實了，正因如此，便有人利用他來擋災解難。玉兒，你可知長樂幫羣雄奉你爲幫主，到底是甚麼用意？」

石破天原非蠢笨，只幼時和母親僻處荒山，少年時又和謝煙客共居摩天崖，兩人均極少和他說話，是以於世務人情一竅不通。此刻聽石清一番講述，登時省悟，失聲道：「他們奉我爲幫主，莫非……莫非要我做替死鬼？」

石清嘆了口氣，道：「本來嘛，眞相尚未大明之前，無憑無據，原不該以小人之心，妄自度測江湖上的英雄好漢。但若非如此，長樂幫中英才濟濟，怎能奉你這不通世務的少年爲幫主？推想起來，長樂幫近年好生興旺，幫中首腦算來俠客島的銅牌請柬又屆重現之期，這一次長樂幫定會接到請柬，他們事先便物色好一個和他們沒甚淵源之人來做幫主，事到臨頭之際，便由這個人來擋過這一劫。」

石破天心下茫然，實難相信人心竟如此險惡。但父親的推想合情合理，卻不由得不信。

閔柔也道：「孩子，長樂幫在江湖上名聲甚壞，雖非無惡不作，但行兇傷人，恃強搶劫之事，著實做了不少，尤其不禁淫戒，更爲武林中所不齒。幫中的舵主香主大多不是好人，他們安排了一個圈套給你鑽，那半點也不希奇。」

石清哼了一聲，道：「要找個外人來做幫主，玉兒原是挺合適的人選。他忘了往事，於江湖上的風波險惡又渾渾噩噩，全然不解。不過他們萬萬沒料想到，這個小幫主竟是玄素莊石清、閔柔的兒子。這個如意算盤，打起來也未必如意得很呢。」說到這裏，手按劍柄，遙望東方，那正是長樂幫總舵的所在。

閔柔道：「咱們既識穿了他們的奸謀，那就不用躭心，好在玉兒尚未接到銅牌請柬。師哥，眼下該當怎麼辦？」石清微一沉吟，道：「咱三人自須到長樂幫去，將這件事揭穿了。這些人老羞成怒，難免動武，咱三人寡不敵衆；再則也得有幾位武林中知名之士在旁作個見證，以免他們日後再對玉兒糾纏不清。」閔柔道：「江南松江府銀戟楊光楊大哥交遊廣闊，又是咱們至交，不妨由他出面，廣邀同道，同到長樂幫去拜山。」石清喜道：「此計大佳。江南一帶武林朋友，總還得買我夫妻這個小小面子。」

他夫婦在武林中人緣極好，二十年來仗義疏財，扶難解困，只有他夫婦去幫人家的忙，從來不求人做過甚麼事，一旦需人相助，自必登高一呼，從者雲集。

高三娘子彎腰避開軟鞭，只聽得衆人大聲驚呼，跟著便是頭頂一緊，身不由主的向上空飛去，原來丁不四軟鞭的鞭梢已捲住了她髮髻，將她提向半空。

十四 關東四大門派

石清一家三口取道向東南松江府行去。在道上走了三日，這一晚到了雙鳳鎮。三人在一家客店中借宿。石清夫婦住了間上房，石破天在院子的另一端住了間小房。閔柔愛惜兒子，本想在隔房找間寬大上房給他住宿，但上房都住滿了，只索罷了。

當晚石破天在床上盤膝而坐，運轉內息，只覺全身眞氣流動，神清氣暢，再在燈下看雙掌時，掌心中的紅雲藍筋已若有若無，褪得甚淡。他不知那兩葫蘆毒酒大半已化作了內力，還道連日用功，已將毒質驅出了十之八九，甚感欣慰，便即就枕。

睡到中夜，忽聽得窗上剝啄有聲。石破天翻身而起，低問：「是誰？」只聽得窗上又是得得得輕擊三下，這敲窗之聲甚是熟悉，他心中怦的一跳，問道：「是叮叮噹噹麼？」窗外丁璫的聲音低聲道：「自然是我，你盼望是誰？」

石破天聽到丁璫說話之聲，又歡喜，又著慌，一時說不出話來。嗤的一聲，窗紙穿破，一隻手從窗格中伸了進來，扭住他耳朵重重一擰，聽得丁璫說道：「還不開窗？」

石破天吃痛，生怕驚動了父母，不敢出聲，忙輕輕推開窗格。丁璫跳進房來，格的一笑，道：「天哥，你想不想我？」石破天道：「我……我……我……」

丁璫嗔道：「好啊，你不想我，是不是？你只想著那個新和你拜天地的新娘子。」石破天道：「我幾時又和人拜天地了？」丁璫笑道：「我親眼瞧見的，還想賴？好罷，我也不怪你，這原是你風流成性，我反歡喜。那個小姑娘呢？」

石破天道：「不見啦，我回到山洞去，再也找不到她了。」想到阿繡的嬌羞溫雅，瞧著自己時那含情脈脈的眼色，想到她說把自己「也當做心肝寶貝」，此後卻再也見不到她，心下惘然若失。這些日子來，他確是思念阿繡的時候遠比想到丁璫爲多，但他人雖忠誠，也知此事決不能向丁璫坦然直陳。

丁璫嘻嘻一笑，道：「菩薩保佑，但願你永生永世再也找不著她。」

石破天心想：「我定要再找到阿繡。」但這話可不能對丁璫說，只得岔開話題，問道：「你爺爺呢？他老人家好不好？」丁璫伸手到他手臂上一扭，嗔道：「你也不問我好不好？唉唷！死鬼！」原來石破天體內眞氣發動，將她兩根手指猛力向外彈開。

石破天道：「叮叮噹噹，你好不好？那天我給你抛到江中，幸好掉在一艘船上，才沒淹死。」隨即想到和阿綉同衾共枕的情景，只想：「阿綉到那裏去了？她為甚麼不等我？」這些日來他雖勤於學武，阿綉的面貌身形在心中仍時時出現，此刻見到丁璫，不知如何，更念念不忘的想起了阿綉。

丁璫道：「甚麼幸好掉在一艘船上？是我故意抛你上去的，難道你不知道？」石破天忸怩道：「我心中自然知道你待我好，只不過……只不過說起來有些不好意思。」丁璫噗哧一笑，說道：「我和你是夫妻，有甚麼好不好意思？」

兩人並肩坐在床沿，身側相接。石破天聞到丁璫身上微微的蘭馨之氣，不禁有些心猿意馬，但想：「阿綉要是見到我跟叮叮噹噹親熱，一定會生氣的。」伸出右臂本想去摟丁璫肩頭，只輕輕碰了碰，又縮回了手。

丁璫道：「天哥，你老實跟我說，是我好看呢？還是你那個新的老婆好看？」

石破天嘆道：「我那裏有甚麼新的老婆？就只有你……只有你一個老婆。」說著又嘆了口氣，心想：「要是阿綉肯做我老婆，那我就開心死了。只不知能不能再見到她？又不知她肯不肯做我老婆？」他本來無心無事，但一想到阿綉，心中不由得千迴百轉，當眞是牽肚掛腸，情難自已。

丁璫伸臂抱住他頭頸，在他嘴上親了一吻，隨即伸手在他額頭鑿了一下，說道：「只有我一個老婆，嫌太少麼？又為甚麼嘆氣？」石破天只道給她識破了自己心事，窘得滿臉通紅，給她抱住了，不知如何是好，想要推拒，又捨不得這溫柔滋味，想伸臂反抱，卻又不敢。

丁璫雖行事大膽任性，究竟是個黃花閨女，情不自禁的吻了石破天一下，好生羞慚，一縮身便躲入床角，抓過被來裹住了身子。

石破天猶豫半晌，低聲喚道：「叮叮噹噹，叮叮噹噹！」丁璫卻不理睬。石破天心中只想著阿綉，突然之間，明白了那日在紫煙島樹林中她瞧著自己的眼色，明白了她叫自己作「心肝寶貝」的含意，心中大喜若狂：「阿綉肯做我老婆的，阿綉肯做我老婆的。」隨即又想：「卻到那裏找她去呢？」嘆了口氣，坐到椅上，伏案竟自睡了。

丁璫見他不上床來，既感寬慰，又有些失望，心想：「我終於找著他啦！」連日奔波，這時心中甜甜地，只覺嬌慵無限，過不多時便即沉沉睡去。

睡到天明，只聽得有人輕輕打門，閔柔在門外叫道：「玉兒，起來了嗎？」石破天應了聲，道：「媽！」站起身來，向丁璫望了一眼，不由得手足無措。閔柔道：「你開門，我有話說！」石破天道：「是！」略一猶豫，便要去拔門閂。

丁璫大羞，心想自己和石破天深宵同處一室，雖以禮自持，旁人見了這等情景卻焉能相信？何況進來的是婆婆，自必爲她大爲輕賤，忙從床上躍起，推開窗格，便想縱身逃出，但斜眼見到石破天，心想好容易才找到石郎，這番分手，不知何日又再會面，連打手勢，要他別去開門。石破天低聲道：「是我媽媽，不要緊的。」雙手已碰到了門閂。

丁璫大急，心想：「是旁人還不要緊，是你媽媽卻最要緊。」再要躍窗而逃，其勢已然不及。她本是個天不怕地不怕的姑娘，但想到要和婆婆見面，且是在如此尷尬的情景下給她撞見，不由得全身發熱，見石破天便要拔閂開門，情急之下，右手使出「虎爪手」抓住他背心「靈台穴」，左手使「玉女拈針」揑住他「懸樞穴」。石破天只覺兩處要穴上微微一陣酸麻，丁璫已將他身子抱起，鑽入了床底。

閔柔江湖上閱歷甚富，只聽得兒子輕噫一聲，料知已出了事，她護子心切，肩頭撞去，門閂早斷，踏進門便見窗戶大開，房中卻已不見了愛子所在。她縱聲叫道：「師哥快來！」石清提劍趕到。

閔柔顫聲道：「玉兒……玉兒給人劫走啦！」說著向窗口一指。兩人更不打話，同時右足一蹬，雙雙從窗口穿出，一黑一白，猶如兩頭大鳥一般，姿式甚為美妙。丁璫躲在床底見了，不由得暗暗喝一聲采。

以石清夫婦這般江湖上的大行家，原不易如此輕易上當，只關心則亂，閔柔一見愛子失了蹤影，心神便即大亂，心中先入為主，料想不是雪山派、便是長樂幫來擄了去。她破門而入之時，距石破天那聲驚噫只頃刻間事，算來定可趕上，是以再沒在室中多瞧上一眼，以免延擱了時刻。

石破天爲丁璫拿住了要穴，他內力渾厚，立時便衝開給閉住的穴道，但他身子爲丁璫抱著，卻也不願出聲呼喚父母，微一遲疑之際，石清夫婦已雙雙越窗而出。床底下盡是灰土，微塵入鼻，石破天連打了三個噴嚏，拉著丁璫的手腕，從床底下鑽出，只見她兀自滿臉通紅，嬌羞無限。

石破天道：「那是我爹爹媽媽。」丁璫道：「我早知道啦！昨日下午我聽到你叫他們的。」石破天道：「等我爹爹媽媽回來，你見見他們好不好？」丁璫微微側頭，道：「我不見。你爹娘瞧不起我爺爺，自然也瞧不起我。」

石破天這幾日中和父母在一起，多聽了二人談吐，覺得父母俠義爲懷，光明磊落，坦率正大，和丁不三動不動殺人的行逕確然大不相同。石破天雖跟丁璫拜了天地，但當時爲丁不三所迫，近月來多明世事，雖覺丁璫明艷可愛，總不願她就此做了自己老婆，何況心中又多了個阿繡，而這阿繡，才眞正是自己的「心肝寶貝」，只有這阿繡，自己才肯爲她而死，丁璫卻不成。沉吟道：「那怎麼辦？」

丁璫心想石清夫婦不久定然復回，便道：「你到我房裏去，我跟你說一件事。」石破天奇道：「你也宿在這客店？」丁璫笑道：「是啊，我要半夜裏來捉老公，怎不宿在這裏？」向石破天一招手，穿窗而出，經過院子，眼看四下無人，推門走進一間小房。

石破天跟了進去，不見丁不三，大爲寬慰，問道：「你爺爺呢？」丁璫道：「我一個兒溜啦，沒跟爺爺在一起。」石破天問道：「爲甚麼？」丁璫哼的一聲，說道：「我要來找你，爺爺不許，我只好獨自走。」石破天心下感動，老實說出心裏話：「叮叮噹噹，你待我眞好。」丁璫笑道：「昨兒晚上不好意思說，怎麼今天好意思了？」石破天笑道：「你說咱們是夫妻，沒甚麼不好意思的。」丁璫臉上又是一紅。

只聽得院子中人聲響動，石清朗聲道：「這是房飯錢！」馬蹄聲響，夫婦倆牽馬出店。石破天追出兩步，又即停步，回頭問丁璫道：「你可知松江府在那裏？」丁璫笑道：「松江府偌大地方，怎會不知？」石破天道：「爹爹媽媽要去松江府，找一個叫做銀戟楊光的人，待會咱們趕上去便是。」他乍與丁璫相遇，雖然心裏念著阿綉，卻也不捨得就此和她分手。

丁璫心念一動：「這獃郎不識得路，此去松江府是向東南，我引他往東北走，他和爹娘越離越遠，道上便不怕碰面了。」心下得意，不由得笑靨如花，明艷不可方物。石破天目不轉睛的瞧著她。丁璫笑道：「你沒見過麼？這般瞧我幹麼？」石破天道：「叮噹噹，你……你眞好看，比我媽媽還好看。」又想：「她跟阿綉相比，不知是誰更好看些？不過阿綉比她好，我只要阿綉做老婆！」丁璫嘻嘻而笑，道：「天哥，你也很好看，比我爺爺還好看。」說著哈哈大笑。

兩人說了一會閒話，石破天終究記掛父母，道：「我爹娘找我不見，一定好生記掛，咱們這就追上去罷。」丁璫道：「好，眞是孝順兒子。」當下算了房飯錢，出店而去。

客店中掌櫃和店小二見石破天和石清夫婦同來投店，卻和這個單身美貌姑娘在房中同住一夜，相偕而出，無不嘖嘖稱奇，自此一直口沫橫飛的談論了十餘日，言詞中自然猥褻者有之，香艷者有之，衆議紛紜，猜測多端。

石破天和丁璫出得雙鳳鎭來，即向東行，走了三里，便到了一處三岔路口。丁璫想也不想，逕向東北方走去。

石破天料想她識得道路，便和她並肩而行，說道：「我爹爹媽媽騎著快馬，他們若不在打尖處等我，就追不上了。」丁璫抿嘴笑道：「到了松江府楊家，自然遇上。你爹娘這麼大的人，還怕不認得路麼？」石破天道：「我爹爹媽媽走遍天下，那有不認得路之理？」

兩人一路談笑。石破天自和父母相聚數日，頗得指點教導，於世務已懂了許多。丁璫見他獃氣大減，芳心竊喜，尋思：「石郎大病一場之後，許多事情都忘記了，但只須提他一次，他便不再忘。」一路上將諸般江湖規矩、人情好惡，說了許多給他聽。

眼見日中，兩人來到一處小鎭打尖。丁璫尋著了一家飯店，走進大堂，見三張大白木桌旁都坐滿了人。兩人便在屋角裏一張小桌旁坐下。那飯店本不甚大，店小二忙著給三張大桌的客人張羅飯菜，沒空來理會二人。

丁璫見大桌旁坐著十八九人，內有三個女子，年紀均已不輕，姿色也自平庸，一干人身上各帶兵刃，說的是遼東口音，大碗飲酒，大塊吃肉，神情豪邁，心想：「這些江湖朋友，不是鏢局子的，便是綠林豪客。」看了幾眼，沒再理會，心想：「我和天哥這般並肩行路，同桌吃飯，就這麼過一輩子，也快活得很了。」店小二不過來招呼，她也不著惱。

忽聽得門口有人說道：「好啊，有酒有肉，爺爺正餓得很了。」

石破天一聽聲音好熟，見一個老者大踏步走進店來，卻是丁不四。石破天吃了一驚，暗叫：「糟糕！」回過頭來，不敢和他相對。丁璫低聲道：「是我叔公，你別瞧他，我去打扮打扮。」也不等石破天回答，便向後堂溜了進去。

丁不四見四張桌旁都坐滿了人，石破天的桌旁雖有空位，桌上卻既無碗筷，更沒菜餚，當即向中間白木桌旁的一張長凳上坐落，左肩一挨，將身旁一條大漢擠了開去。

那大漢大怒，用力回擠，心想這一擠之下，非將這糟老頭摔出門外不可。那知剛撞到丁不四身上，立時便有一股剛猛之極的力道反逼出來，登時沒法坐穩，臀部離凳，便要斜身摔跌。丁不四左手一拉，道：「別客氣，大家一塊兒坐！」那大漢給他這麼一拉，才不摔跌，登時紫脹了臉皮，不知如何是好。

丁不四道：「請，請！大家別客氣。」端起酒碗，仰脖子便即喝乾，提起別人用過的筷子，夾了一大塊牛肉，吃得津津有味。

三張桌上的人都不識得他是誰，但均知那大漢武功不弱，給他這麼一擠之下，險些摔跌，這老兒自是本領非小。丁不四自管飲酒吃肉，搖頭晃腦的十分高興。三桌上的十八九人卻個個停箸不食，眼睜睜的瞧著他。

丁不四道：「你怎麼不喝酒？」搶過一名矮瘦老者面前的一碗酒，骨嘟骨嘟的喝了一大半碗，一抹鬍子，說道：「這酒有些酸，不好。」

那瘦老者強忍怒氣，問道：「尊駕貴姓大名？」丁不四哈哈笑道：「你不知我姓名，本事也好不到那裏去了。」那老者道：「我們向在關東營生，少識關內英雄好漢的名號。在下遼東鶴范一飛。」丁不四笑道：「瞧你這麼黑不溜秋的，不像白鶴像烏鴉，倒是改稱『遼東鴉』爲妙。」范一飛大怒，拍案而起，大聲喝道：「咱們素不相識，我敬你一把白鬍子，不來跟你計較，卻恁地消遣爺爺！」

另一桌上一名高身材的中年漢子忽道：「這老兒莫非是長樂幫的？」

石破天聽到「長樂幫」三字，心中一凜，只見丁璫頭戴氈帽，身穿灰布直裰，打扮成個飯店中店小二的模樣，回到桌旁。石破天好生奇怪，不知倉卒之間，她從何處尋來這一身衣服。丁璫微微一笑，在他耳邊輕聲道：「我點倒了店小二，跟他借了衣裳，別讓四爺爺認出我來。天哥，我跟你抹抹臉兒。」說著雙手在石破天臉上塗抹一遍。她掌心塗滿了煤灰，登時將石破天臉蛋抹得污黑不堪，跟著又在自己臉上抹了一陣。飯店中雖然人衆，人人都正瞧著丁不四，誰也沒去留意他兩人搗鬼。

丁不四向那高身材的漢子側目斜視，微微冷笑，道：「你是錦州青龍門的，是不是？好小子，纏了一條九節軟鞭，大模大樣的來到中原，當眞活得不耐煩了。」

這漢子正是錦州青龍門的掌門人風良，九節軟鞭是他家祖傳武功。他聽得丁不四報出自己門戶來歷，倒微微一喜：「這老兒單憑我腰中一條九節軟鞭，便知我的門派。原來我青龍門的名頭，在中原倒也著實有人知道。」當下說道：「在下錦州風良，忝掌青龍門的門戶。老爺子貴姓？」言語中便頗客氣。

丁不四將桌子拍得震天價響，大聲道：「氣死我了！氣死我了！氣死我了！」他連說三句「氣死我了」，舉碗又自喝酒，臉上卻笑嘻嘻地，殊無生氣之狀，旁人誰也不知這「氣死我了」四字意何所指。只聽他大聲自言自語：「九節鞭矯矢靈動，向稱『兵中之龍』，最是難學難使、難用難精。甚麼長槍大戟，雙刀單劍，當之無不披靡。氣死我了！氣死我了！氣死我了！」

風良心中又是一喜：「這老兒說出九節鞭的道理來，看來對本門功夫倒是個知音。」

聽他接下去連說三句「氣死我了」，便道：「不知老爺子因何生氣？」

丁不四對他全不理睬，仰頭瞧著屋樑，仍然自言自語：「你爺爺見到人家舞刀弄棍，都不生氣，單是見到有人提一根九節鞭，便怒不可遏。你奶奶的，長沙彭氏兄弟使九節鞭，去年爺爺將他兩兄弟雙雙宰了。四川有個姓章的武官使九節鞭，爺爺把他的腦殼子打了個稀巴爛。安徽鳳陽有個女子使九節鞭，爺爺不愛殺女人，只斬去了她的雙手，叫她從此不能去碰那兵中之龍。」

眾人越聽越駭異，看來這老兒乃衝著風良而來，聽他說話雖瘋瘋顛顛，卻又不似假話。長沙彭氏兄弟彭鎮江、彭鎖湖都使九節鞭，去年爲人所害，他們在遼東也曾有所聞。

風良面色鐵青，手按九節鞭的柄子，說道：「尊駕何以對使九節鞭之人如此痛恨？」

丁不四呵呵大笑，說道：「胡說八道！爺爺怎會痛恨使九節鞭之人？」探手入懷，豁喇一聲響，手中已多了一條軟鞭。這條軟鞭金光閃閃，共分九節，顯是黃金打成，鞭首是個龍頭，鞭身上鑲嵌各色寶石，閃閃發光，燦爛輝煌，一展動間，既威猛，又華麗，端的好看。

眾人心中一凜：「原來他自己也使九節鞭。」

丁不四道：「小娃娃武功沒學到兩三成，居然便膽敢動九節軟鞭，跟人家動上手，打到後來，不是爬著，便是躺著，很少有站著走回家的，那豈不讓人將使九節鞭之人小覷了？爺爺早就聽得關東錦州有你這麼一個青龍門，他媽的祖傳七八代都使九節鞭。我早就想來把你全家殺得乾乾淨淨。只不過關東太冷，爺爺懶得千里迢迢的趕去殺人，碰巧你這小子腰纏九節鞭，大搖大擺的來到中原，好極，好極！還不快快自己上吊，更等甚麼？」

風良這才明白，原來這老兒自己使九節鞭，便不許別人使同樣的兵刃，當眞橫蠻之至。他尙未答話，卻聽西首桌上一個響亮的聲音說道：「哼！幸好你這老小子不使單刀。」

丁不四向說話之人瞧去，只見他一張西字臉，腮上一部虬髯，將大半臉都遮沒了，臉上直是毛多肉少，便問：「我使單刀便怎樣？」那虬髯漢子道：「你爺爺也使單刀，照你老小子這般橫法，豈不是要將爺爺殺了？你就算殺得了爺爺，天下使單刀的成千成萬，你又怎殺得乾淨？」說著唰的一聲，從腰間拔出單刀，插在桌上。

這口單刀刀身紫金，刀口鋒利純鋼，厚背薄刃，刀柄上掛著一塊紫綢，一插到桌上，全桌震動，碗碟撞擊作響，良久不絕，足見刀既沉重，這一插之力也是極大。

這漢子是長白山畔快刀門掌門人紫金刀呂正平。

只聽得豁啦一響，丁不四收回九節鞭，揣入懷中，左手一彎，已將身旁那漢子腰間的單刀拔在手中，說道：「就算爺爺使單刀，卻又怎地？啊喲，不對！氣死我了！氣死

我了！氣死我了！」

單刀是武林中最尋常的兵器，這一十九人中倒有十一人身上帶刀，眼見丁不四搶刀手法奇快，心頭都是一驚，不由自主的人人都手按刀把。

只聽他又道：「爺爺外號叫做『一日不過四』，這裏倒有一十一個賊小子使單刀，再加上這個使九節鞭的，爺爺倒要分開三日來殺……」

衆人聽他自稱「一日不過四」，便有幾人脫口而出：「他……他是丁不四！」

丁不四哈哈大笑，道：「爺爺今兒還沒殺過人，還有四個小賊好殺。是那四個？自己報上名來！要不然，除了這個使九節鞭的小子，別的只要乖乖的向我磕十個響頭，叫我三聲好爺爺，我也可饒了不殺。」

但聽得嘿嘿冷笑，四個人霍然站起，大踏步走出店門，在門外一字排開，除了風良、范一飛、呂正平三人外，第四人是個中年女子。

這女子不持兵刃，一到門外便將兩幅羅裙往上一翻，繫上腰帶，腰間明晃晃地露出兩排短刀，每把刀半尺來長，少說也有三十幾把，整整齊齊的插在腰間一條繡花鸞帶之上。

范一飛左手倒持判官雙筆，朗聲說道：「在下遼東鶴范一飛，忝居鶴筆門掌門，會同青龍門掌門人風良風兄弟、快刀門掌門人呂正平呂兄弟、萬馬莊女莊主飛鳳刀高三娘子，和人有約，率領本派門人自關東來到中原。我關東四門和丁老爺子往日無仇、近日無怨，如此一再戲侮，到底爲了甚麼？」

丁不四對他的話宛如全然不聞，側頭向高三娘子瞧了半晌，說道：「不美，不好看！」他說這五個字時眼光對著高三娘子，連連搖頭，似是鑒賞字畫，看得大大不合意一般。這神情自人人都知，他在說高三娘子相貌不佳。

那高三娘子性如烈火，平素自高自大，一來她本人確有驚人藝業，二來她父親、公公、師父三人在關東武林中都極有權勢，三來萬馬莊良田萬頃，馬場、參場、山林不計其數，是以她雖是個寡婦，在關東卻大大有名，不論白道黑道，官府百姓，人人都讓她三尺，敬她幾分。丁不四如此放肆胡言，實是她生平從未受過的羞辱，何況高三娘子年輕之時，在關東武林中頗有艷名，此時年近四旬，風華亦未老去。關東風俗淳厚，女子大都穩重，旁人當面讚美尚且不可，何況大肆譏彈？她氣得臉都白了，叫道：「丁不四，你出來！」

丁不四慢慢踱步出店，道：「就是你們四人？四個人？那挺合式！」突然間白光耀眼，五柄飛刀分從上下左右激射而至。這五柄飛刀來得好快，刀身雖短，劈風之聲卻渾似長劍大刀發出來一般。

丁不四喝道：「人不美，刀美！」右手在懷中一探，抽出九節軟鞭，黃光抖動，將四柄飛刀擊落，眼見第五柄飛刀射到面門，索性賣弄本領，口一張，咬住了刀頭。

范一飛、風良、呂正平一怔之下，各展兵刃，左右攻上。

丁不四斜身閃開呂正平砍來的一刀，飛足踢向范一飛手腕，教他不得不縮回判官筆，手中黃金軟鞭纏向風良的軟鞭。

風良一出店門，便已打疊起十二分精神，心知這老兒其實只衝著自己一人而來，餘人都不過陪襯，眼見丁不四軟鞭捲到，手腕抖處，鞭身挺直，便如一枝長槍般刺向對方胸口。這一招「四夷賓服」本來是長槍的槍法，他以眞力貫到軟鞭之上，再加上一股巧勁，竟然運鞭如槍。錦州青龍門的鞭法原也著實了得，他知對方實是勁敵，一上來便施展平生絕技。

丁不四吐下飛刀，讚道：「這一下挺好。賊小子倒有幾下子！」伸出右手，硬去抓他鞭頭。風良吃了一驚，忙收臂迴鞭，丁不四的手臂卻跟著過來，幸好呂正平恰好揮刀往他臂彎砍去，丁不四才縮回手掌。嗤的一聲急響，高三娘子又發出一柄飛刀。

四人這一交上手，丁不四登時收起了嘻皮笑臉，凝神接戰，九節軟鞭舞成一團黃光，護住了全身，心下暗自嘀咕：「想不到遼東武功半點也不含糊，爺爺倒小覷他們了。這四個傢伙倘若一個一個上來，爺爺殺來毫不費力，一起擁上來打羣架，倒有點扎手。」

這次關東四大門派齊赴中原，四個掌門人事先曾在萬馬莊切磋了一月有餘，研討四派武功的得失，臨敵之時如何互相救援。這番事先操練的功夫果沒白費，一到江南，便四人併肩禦敵。這時呂正平和范一飛貼身近攻，風良的軟鞭尋瑕抵隙，圈打丁不四中盤，高三娘子站在遠處，每發出一把飛刀，都教丁不四不得不分心閃避。這四人招數以范一飛最為老辣，呂正平則膂力沉雄，每一刀砍出都有八九十斤的力道。

石破天和丁璫站在眾人身後觀戰。石破天自跟父母學了十多日武功後，見識已然大進。看到三四十招後，見呂正平和范一飛同時搶攻，丁不四揮鞭將兩人擋開，風良的軟鞭正好往他頭上掃去。丁不四頭一低，嗤的一聲，兩柄飛刀從他咽喉邊掠過，相去不過數寸。丁不四雖然避過，頦下的花白鬍子已給飛刀削下了數十根，條條銀絲，在他臉前飛舞。

站在飯店門邊觀戰的關東四派門人齊聲喝采：「高三娘子好飛刀！」

丁不四暗暗心驚：「這婆娘好生了得，若不再下殺手，只怕丁不四今日要吃大虧！」陡然間一聲長嘯，九節鞭展了開來，鞭影之中，左手施展擒拿手法，軟鞭遠打，左手近攻，單是一隻左手，竟將呂正平和范一飛二人逼得遮攔多，進擊少。

關東四大派的門人喝采之聲甫畢，臉上便均現憂色。

石破天在一旁卻瞧得眉飛色舞。這些手法丁不四在長江船上都曾傳授過他，只當時他於武學的道理所知太也有限，囫圇吞棗的記在心裏，全不知如何運用。這些日子來跟著父母學劍，劍術固然大進，拳腳上的門道也學到了不少，眼見丁不四一抓一拿，一勾一打，無不巧妙狠辣，而所使手法他大都熟知，只看得又驚又喜，原來這一招竟可如此使用，而對方只好縮身閃避。

眼見五人鬥到酣處，丁不四突然間左臂一探，手掌已搭向呂正平肩頭。呂正平揮刀便削他手臂。石破天大吃一驚，知道這一刀削出，丁不四乘勢反掌，必定擊中他臉面，以他凌厲的掌力，呂正平性命難保，忍不住脫口呼叫：「要打你臉哪！」

他內力充沛，一聲叫出，雖在諸般兵刃呼呼風響之中，各人仍聽得清清楚楚。呂正平武藝了得，聽得這一聲呼喝，立時省悟，百忙中脫手擲刀，臥地急滾，饒是變招迅速，臉上已著了丁不四的掌風，登時氣也喘不過來，臉上如受刀削，甚是疼痛。他滾出數丈後這才躍起，心中怦怦亂跳，情知適才生死只相去一線，若非有人提醒，這一掌非給打實了不可。

呂正平滾出戰圈，范一飛隨即連遇險著。呂正平吸了口氣，叫道：「刀來！」他的大弟子立時拋上單刀，呂正平伸手抄住，又攻了上去。卻見丁不四的金鞭已和風良的軟鞭纏住，一拉之下，竟提起風良身子，向呂正平的刀鋒上衝來。呂正平迴刀急讓。

石破天叫道：「遼東鶴小心，抓你咽喉！」范一飛一怔，不及細想，判官雙筆先護住咽喉再說，果然丁不四左手五根手指同時抓到，嚓的一聲，在他咽喉邊掠過，抓出了五條血痕，當眞只一瞬之差。

石破天連叫兩聲，先後救了二人性命。關東羣豪無不心存感激，回頭瞧他，見他臉上搽了煤黑，顯不願以眞面目示人。

丁不四破口大罵：「你奶奶的，是那一個狗雜種在這裏多嘴多舌？有本事便出來跟爺爺鬥上一鬥！」石破天伸了伸舌頭，向丁璫道：「他……他認出來啦！」丁璫道：「誰叫你多口？不過他說『那一個狗雜種』，未必便知是你。」

這時呂正平和范一飛連續急攻數招，高三娘子連發飛刀相助，風良也已解脫了鞭上的糾纏，五人又鬥在一起。丁不四急於要知出言相救對手的人是誰，出手越來越快。石破天不忍見關東四豪無辜喪命，又少年好事，每逢四人遇到危難，總事先及時叫破。不到一頓飯之間，救了呂正平三次、范一飛四次、風良三次。

丁不四狂怒之下，忽使險著，金鞭高揮，身子躍起，撲向高三娘子，左掌斗然揮落。這招「天馬行空」的落手處甚是怪異，石破天急忙叫破，高三娘子才得躲過，但右肩還是爲丁不四手指掃中，右臂再也提不起來。她右手乏勁，立時左手拔刀，嗤嗤嗤三聲，三柄飛刀向丁不四射去。丁不四軟鞭斜捲，裹住兩柄飛刀，張口咬住了第三柄，隨即抖鞭，將兩柄飛刀分射風良與呂正平，同時身子縱起，軟鞭從半空中掠將下來。

高三娘子彎腰避開軟鞭，只聽得衆人大聲驚呼，跟著便是頭頂一緊，身不由主的向上空飛去，原來丁不四軟鞭的鞭梢已捲住了她髮髻，將她提向半空。風良等三人大驚，四人聯手，已讓敵人逼得驚險萬狀，高三娘子倘再遭難，餘下三人也絕難倖免，當下三人奮不顧身的向丁不四撲去。

丁不四運一口眞氣，噗的一聲，將口中啣著的那柄飛刀噴向高三娘子肚腹，左手拿、打、勾、掠，瞬時間連使殺著，將撲來的三人擋了開去。高三娘子身在半空，這一刀之厄萬難躲過，她雙目一閉，腦海中掠過一個念頭：「死在我飛刀之下的騎匪馬賊，少說也已有七八十人。今日報應不爽，竟還是畢命於自己刀下。」

說來也眞巧，丁不四軟鞭上甩出的兩柄飛刀分別給風良與呂正平砸開，正好激射而過石破天身旁。他眼見情勢危急，便出聲提醒也已無用，當即右手抄出，抓住了兩柄飛刀，甩了出去。他從未練過暗器，接飛刀時毛手毛腳，擲出時也亂七八糟，全沒準頭，只內力雄渾之極，飛刀去勢勁急，噹的一聲響，一刀撞開射向高三娘子肚腹的飛刀，另一刀卻割斷了她頭髮。

高三娘子從數丈高處落下，足尖點地，倒縱數丈，已嚇得臉無人色。

這一下連丁不四也大出意料之外，當即轉過身來，喝道：「是那一位朋友在這裏礙我的事？有種的便出來鬥三百回合，藏頭露尾的不是好漢。」雙目瞪著石破天，只因他臉上塗滿了煤灰，一時沒認他出來。他聽石破天連番叫破自己殺著，似乎自己每一招、每一式功夫全在對方意料之中，而適才這兩柄飛刀將自己發出的飛刀撞開之時，勁道更大得異乎尋常，飛刀竟爾飛出數丈，轉眼便無影無蹤，他心下雖惱，卻也知這股內勁遠非自己所及，說出話來畢竟乾淨了些，甚麼「爺爺」、「小子」的，居然盡數收起。

石破天當救人之際，甚麼都不及細想，雙刀擲出，居然奏功，自己也又驚又喜，只是接刀擲刀之際，飛刀的刀鋒將手掌割出了兩道口子，鮮血淋漓，一時也還不覺如何疼痛，眼見丁不四如此聲勢洶洶的向自己說話，早忘了丁璫已將自己臉蛋塗黑，戰戰兢兢的道：「四爺爺，是……是我……是大粽子！」

丁不四一怔，隨即哈哈大笑，笑道：「哈哈！我道是誰，卻原來是你大粽子！」心想：「這小子學過我的武功，難怪他能出言點破，那當眞半點也不希奇了。」怯意一去，怒氣陡生，喝道：「臭粽子來多管爺爺的閒事！」呼的一鞭，向他當頭擊去。

石破天順著軟鞭的勁風，向後縱開，避得雖遠，身法卻難看之極。

丁不四一擊不中，怒氣更盛，呼呼呼連環三鞭，招數極盡巧妙，卻都給石破天閃躍避開。石破天的內功修爲既到此境界，身隨心轉，無所不可，左右高下，盡皆如意，但在丁不四積威之下，餘悸尚在，只管閃避，卻不還手。

丁不四暗暗奇怪：「這軟鞭功夫我又沒教過這小子，他怎麼也知道招數？」一條軟鞭越使越急，霎時間幻成一團金光閃閃的黃雲，將石破天裹在其中。眼看始終奈何他不得，突然想起：「這臭粽子在紫煙島上和白萬劍聯手，居然將我和老三打得狼狽而逃……不，老三固然敗得挺不光采，我丁老四卻是不願跟後輩多所計較，瀟瀟洒洒的飄然引退，揚長而去。這小子怕了爺爺，不敢追趕，可是這小子總有點古怪……」

旁人見石破天在軟鞭的橫掃直打之間東閃西避，迭遭奇險，往往間不容髮，手心中都爲他捏一把冷汗。石破天心中卻想：「四爺爺爲甚麼不眞的打我？他在跟我鬧著玩，故意將軟鞭在我身旁掠過？」他那知丁不四已施出了十成功夫，只因自己內功了得，閃避神速，軟鞭始終差了少些，掃不到他身上。

丁璫素知這位叔祖父的厲害，眼見他大展神威，似乎每一鞭揮出，都能將石破天打得筋折骨斷，越看越躭心，叫道：「天哥，快還手啊！你不還手，那就糟啦！」

衆人聽得這幾句清脆的女子呼聲發自一個店小二口中，當眞奇事迭生，層出不窮，但眼看丁不四和石破天一個狂揮金鞭，一個亂閃急避，對於店小二的忽發嬌聲，那也來不及去驚詫了。

石破天卻想：「爲甚麼要糟？是了，那日我縛起左臂和上清觀道長們動手，他們十分生氣，說我瞧他們不起。我娘說倘若和人動手過招，最忌的就是輕視對手。你打勝了他，倒也罷了，但若言語舉止之時稍露輕視之意，對方必當奇恥大辱，從此結爲死仇。

我只閃避而不還手，那是輕視四爺爺了。」當即雙手齊伸，抓向丁不四胸膛，所使的正是丁璫所授的一十八路擒拿手。除此之外，他手上功夫別的就沒有了。

這是丁家的祖傳武功，丁不四如何不識？立即便避開了。可是這一十八路擒拿手在石破天雄渾的內力運使之下，勾、帶、鎖、拿、戳、擊、劈、拗，每一招全挾著嗤嗤勁風，威猛之極。

丁璫見他所使全是自己所授，芳心大喜，連聲喝采。丁不四大駭，叫道：「見了鬼啦，見了鬼啦！」拆到第十二招上，石破天反手抓去，使出「鳳尾手」的第五變招，將金鞭鞭梢抓住。丁不四運力回奪，竟紋絲不動。他大喝一聲，奮起平生之力急拉，心想自己不許人家使九節鞭，但若自己的九節鞭卻教一個後生小子奪了去，那還了得？回奪之時，全身骨節格格作響，將功力發揮到了極致。

石破天心想：「你要拉回兵刃，我放手便是了。」手指鬆開，只聽得砰嘭、喀喇幾聲大響，丁不四身子向後撞去，將飯店的土牆撞坍了半堵，磚坭跌進店中，桌子板櫈、碗碟傢生也不知壓壞了多少。

跟著聽得四聲慘呼，兩名關東子弟、兩名閒人俯身撲倒，背心湧出鮮血。

石破天搶過看時，只見四人背上或中破碗，或中竹筷，丁不四已不知去向。卻是他自知不敵，急怒而去，一口惡氣無處發洩，隨手抓起破碗竹筷，打中了四人。

范一飛等忙將四人扶起，只見每人都給打中了要害，已然氣絕，眼見丁不四如此兇橫，無不駭然，又想若不是石破天仗義出手，此刻屍橫就地的不是這四人，而是四個掌門人了，當即齊向石破天拜倒，說道：「少俠高義，恩德難忘，請問少俠高姓大名。」

石破天已得母親指點江湖上的儀節，當下也即拜倒還禮，說道：「不敢，不敢！小事微勞，何足掛齒？在下姓石，賤名中玉。」他得母親告知，自己眞名石中玉，便不再自稱石破天了。四人的姓名門派他早聽他們說過，也稱呼爲禮。范一飛等又問起丁璫姓名。石破天道：「她叫叮叮噹噹，是我的……我的……我的……」連說三個「我的」，脹紅了臉，卻說不下去了。

范一飛等閱歷廣博，心想一對青年男女化了裝結伴同行，自不免有些尷尷尬尬的難言之隱，見石破天神色忸怩，當下便不再問。

丁璫道：「咱們走罷！」石破天道：「是，是！」拱手和衆人作別。

范一飛等不住道謝，直送出鎭外。各人想再請教石破天的師承門派，但見丁璫不住向石破天使眼色，顯是不願旁人多所打擾，只得說道：「石少俠大恩大德，此生難報，日後但有所命，我關東衆兄弟赴湯蹈火，在所不辭。」

石破天記起母親教過他的對答，便道：「大家是武林一脈，義當互助。各位再這般客氣，倒令小可汗顏了。今日結成了朋友，小可實不勝之喜。」

范一飛等承他救了性命，本已十分感激，見他年紀輕輕，武功高強，偏生又如此謙和，更加欽佩，雅不願就此和他分手。

丁璫聽他談吐得體，芳心竊喜：「誰說我那石郎是白痴？他武功已強過了四爺爺，只怕比爺爺也已高了些。連腦筋也越來越清楚了。」心中高興，臉上登時露出笑靨。她雖臉上煤灰塗得一塌胡塗，但衆人留心細看之下，都瞧出是個明艷少女，只頭戴破氈帽，穿著一件胸前油膩如鏡的市儈直裰，人人不免暗暗好笑。

高三娘子伸手挽住了她手臂，笑道：「這樣一個美貌的店小二，耳上又戴了一副明珠耳環。江南果然是繁華風雅之地，連店小二也跟我們關東的大不相同。」衆人聽了，無不哈哈大笑。丁璫也噗哧一聲，笑了出來，心想：「適才一見四爺爺，便慌了手腳，忙著改裝，卻忘了除下耳環。」

高三娘子見數百名鎮上百姓遠遠站著觀看，不敢過來，知道剛才這一場惡戰鬥得甚兇，丁不四又殺了兩名鎮人，當地百姓定當自己這干人是打家劫舍的綠林豪客了，說道：「此地不可久留，咱們也都走罷。」向丁璫道：「小妹子，你這一改裝，只怕將裏衣也弄髒了，我帶的替換衣服甚多，你若不嫌棄，咱們就找家客店，你洗個澡，換上幾件。小妹子，像你這樣的江南小美人兒，老姊姊可從來沒見過，你改了女裝之後，這副畫兒上美女般的相貌，老姊姊眞想瞧瞧，日後回到關東，也好向沒見過世面的親戚朋友們誇誇口。」高三娘子這般甜嘴蜜舌的稱讚，丁璫聽在耳中，實是說不出的受用，抿了嘴笑了笑，道：「我不會打扮，姊姊你可別笑話我。」

高三娘子聽她這麼說，知已允諾，左手一揮，道：「大夥兒走罷！」衆人轟然答應，牽過馬來，先請石破天和丁璫上馬，然後各人紛紛上馬，帶了那兩個關東弟子的屍體，疾馳出鎭。這一行人論年紀和武功，均以范一飛居首，但此次來到中原，一應使費都由萬馬莊出貲，高三娘子生性豪闊，使錢如流水一般，便成了這行人的首領。

各人所乘的都是遼東健馬，頃刻間便馳出數十里。石破天悄悄問丁璫道：「這是去松江府的道路麼？」丁璫笑著點點頭。其實松江府是在東南，各人卻馳向西北，和石清夫婦越離越遠了。

傍晚時分，到得一城市常熟，衆人逕投當地最大的客店。那死了的兩名漢子都是快刀門的，呂正平自和羣弟子去料理喪事，拜祭後火化了，收了骨灰。

高三娘子卻在房中助丁璫改換女裝。她見丁璫雖作少婦裝束，但體態舉止，卻顯是個黃花閨女，不由得暗暗納罕。

當晚關東羣豪在客店中殺豬屠羊，大張筵席，推石破天坐了首席。丁璫不願述說丁不四和自己的干連，當高三娘子和范一飛兜圈子探詢石破天和她的師承門派之時，總支吾以應。羣豪見他們不肯說，也就不敢多問。

高三娘子見石破天和丁璫神情親密，丁璫向他凝睇之時，更含情脈脈，心想：「恩公和這小妹子多半是私奔離家的一對小情人，我們可不能不識趣，阻了他倆的好事。」

范一飛等在關東素來氣燄不可一世，這次來到中原，與丁不四一戰，險些兒鬧了個全軍覆沒，心中均感老大不是味兒，呂正平死了兩個得力門人，更加心中鬱鬱，但在石破天、丁璫面前，只得強打精神，吃了個酒醉飯飽。

筵席散後，高三娘子向范一飛使個眼色，二人分別挽著丁璫和石破天的手臂，送入一間店房。范一飛一笑退開。高三娘子笑道：「恩公，你說咱們這個新娘子美不美？」

石破天紅著臉向丁璫瞧了一眼，只見她滿臉紅暈，眼波欲流，不由得心中怦的一跳。兩人同時轉開了頭，各自退後兩步，倚牆而立。

高三娘子格格笑道：「兩位今晚洞房花燭，卻怕醜麼？這般離得遠遠的，是不是相敬如賓？」左手去關房門，右手一揮，嗤的一聲響，一柄飛刀飛出，將一枝點得明晃晃的蠟燭斬去了半截。那飛刀餘勢不衰，破窗而出，房中已黑漆一團。高三娘子笑道：「恭祝兩位百年好合，白頭偕老！」砰的一聲，關上了房門。

石破天和丁璫臉上發燒，心中情意盪漾。突然之間，石破天又想起了阿綉：「阿綉見到我此刻這副情景，定要生氣，只怕她從此不肯做我老婆了。那怎麼辦？」

忽聽得院子中一個男子聲音喝道：「是英雄好漢，咱們就明刀明槍的來打上一架，偷偷的放一柄飛刀，算是甚麼狗熊？」

丁璫「嚶」的一聲，奔到石破天身前，兩人四手相握，都忍不住暗暗好笑：「高三娘子這一刀是給咱們滅燭，卻叫人誤會了。」石破天開口待欲分說，只覺一隻溫軟嫩滑的手掌按上了自己嘴巴。

只聽院子中那人繼續罵道：「這飛刀險狠毒辣，多半還是關東那不要臉的姓高賤人所使。聽說遼東有個甚麼千狗莊、萬馬莊，姓高的寡婦學不好武功，就用這種飛刀暗算人。咱們中原的江湖同道，還眞沒這麼差勁的暗器。」

高三娘子這一刀給人誤會了，本想多一事不如少一事，由得他罵幾句算了，那知他竟然罵到自己頭上來，心想：「不知他是認得我的飛刀呢，還是只不過隨口說說？」

只聽那人越罵越起勁：「關東地方窮得到了家，鬍匪馬賊到處都是，他媽的有個叫甚麼慢刀門的，刀子使得不快，就專用蒙汗藥害人。還有個甚麼叫青蛇門的，拿幾條毒蛇兒沿門討飯。又有個姓范的叫甚麼『遼東小痲雀』，使兩橛掏糞短棍兒，眞叫人笑歪了嘴。」

聽這人這般大聲叫嚷，關東羣豪無不變色，自知此人是衝著自己這夥人而來。

呂正平手提紫金刀，衝進院子，只見一個矮小的漢子指手劃腳的正罵得高興。呂正平喝道：「朋友，你在這裏胡言亂語，是何用意？」那人道：「有甚麼用意？老子一見到關東的扁腦殼，心中就生氣，就想一個個都砍將下來，掛在樑上。」

呂正平道：「很好，扁腦殼在這裏，你來砍罷！」身形一晃，已欺到他的身側，橫過紫金刀，一刀揮出，登時將他攔腰斬為兩截，上半截飛出丈餘，滿院子都是鮮血。

這時范一飛、風良、高三娘子等都已站在院子中觀看，不論這矮小漢子使出如何神奇的武功，甚至將呂正平斬為兩截，各人的驚訝都沒如此之甚。呂正平更驚得呆了。這漢子大言炎炎，將關東四大門派的武功說得一錢不值，身上就算沒驚人藝業，至少也能跟呂正平拆上幾招，那想得到竟絲毫不會武功。

羣豪正在面面相覷之際，忽聽得屋頂有人冷冷的道：「好功夫啊好功夫，關東快刀門呂大俠，一刀將一個端茶送飯的店小二斬為兩截！」羣豪仰頭向聲音來處瞧去，只見一人身穿灰袍，雙手叉腰，站在屋頂。羣豪立時省悟，呂正平所殺的乃這家客店中的店小二，他定是受了此人銀子，到院子中來胡罵一番，豈知竟爾送了性命。

高三娘子右手揮處，嗤嗤聲響，三柄飛刀勢挾勁風，向他射去。

那人左手抄處，抓住了一柄飛刀的刀柄，跟著向左一躍，避開了餘下兩柄，長笑說道：「關東四大門派大駕光臨，咱們在鎮北十二里的松林相會，倘若不願來，也就罷了！」不等范一飛等回答，一躍落屋，飛奔而去。

高三娘子問道：「去不去？」范一飛道：「不管對方是誰，既來叫了陣，咱們非得赴約不可。」高三娘子道：「不錯，總不能教咱們把關東武林的臉面丟得乾乾淨淨。」

她走到石破天窗下，朗聲說道：「石恩公，小妹子，我們跟人家定了約會，須得先行一步，明日在前面鎮上再一同喝酒罷。」她頓了一頓，不聽石破天回答，又道：「此處鬧出了人命，不免有些麻煩，兩位也請及早動身爲是，免受無謂牽累。」她並不邀石丁二人同去赴約，心想日間惡戰丁不四，石破天救了他四人性命，倘再邀他同去，變成求他保護一般，顯得關東四派太也膿包了。

這時客店中發現店小二被殺，已然大呼小叫，亂成一團。有的叫嚷：「強盜殺了人哪，救命，救命！」有的叫道：「快去報官！」有的低聲道：「別作聲，強盜還沒走！」

石破天低聲問道：「怎麼辦？」丁璫嘆了口氣，道：「反正這裏是不能住了，跟在他們後面去瞧瞧熱鬧罷。」石破天道：「卻不知對方是誰，會不會是你四爺爺？」丁璫道：「我也不知。咱二人可別露面，說不定是我爺爺。」石破天「啊」的一聲，驚道：「那可糟糕，我……我還是不去了。」丁璫道：「傻子，倘若是我爺爺，咱們不會溜嗎？你現下武功這麼強，爺爺也殺不了你啦。他是聰明白痴，你不是白痴，你是聰明天哥。」

說話之間，馬蹄聲響，關東羣豪陸續出店。只聽高三娘子大聲道：「這裏二百一十兩銀子，十兩是房飯錢，二百兩是那店小二的喪葬和安家費用。殺人的是山東響馬王大虎，可別連累了旁人。」

石破天低聲問道：「怎麼出了個山東響馬王大虎？」丁璫道：「那是假的。報起官來，有個推搪就是了。」

兩人出了店門，只見門前馬樁上繫著兩匹坐騎，料想是關東羣豪留給他們的，當即上馬，向北而去。

俠客行. 2,賞善罰惡 / 金庸作. -- 二版. -- 臺北市：
遠流, 2019.04
面； 公分. --(大字版金庸作品集；52)
大字版
ISBN 978-957-32-8496-3 (平裝)

857.9 108003400